# 时光深处的你

方不见 著

台海出版社

**图书在版编目（CIP）数据**

时光深处的你 / 方不见著．-- 北京：台海出版社，
2021.8

ISBN 978-7-5168-3044-4

Ⅰ．①时… Ⅱ．①方… Ⅲ．①长篇小说－中国－当代
Ⅳ．① I247.5

**中国版本图书馆 CIP 数据核字（2021）第 120945 号**

## 时光深处的你

著　　者：方不见

出 版 人：蔡　旭　　　　　　　　　责任编辑：俞滟荣

出版发行：台海出版社

地　　址：北京市东城区景山东街 20 号　　邮政编码：100009

电　　话：010-64041652（发行，邮购）

传　　真：010-84045799（总编室）

网　　址：www.taimeng.org.cn/thcbs/default.htm

E－m a i l：thcbs@126.com

经　　销：全国各地新华书店

印　　刷：大厂回族自治县德诚印务有限公司

本书如有破损、缺页、装订错误，请与本社联系调换

开　　本：880 毫米×1230 毫米　　　1/32

字　　数：236 千字　　　　　　　　印　　张：9

版　　次：2021 年 8 月第 1 版　　　　印　　次：2021 年 9 月第 1 次印刷

书　　号：ISBN 978-7-5168-3044-4

定　　价：48.00 元

# 目录

时
光
深
处

的

你

# 目录

时光深处的你

# Chapter 1

×

# 珍 藏 的 签 名 书

我叫方淘安,今年刚上高中。我成绩不好,但喜欢看书,喜欢写文章。我的梦想是成为一个作家,因为我想不起来还有什么比作家更拉风的事情。爷爷对我这个梦想十分恼火,但奶奶总会笑嘻嘻地摸着我的脑袋说:"淘安,写作是一件好事。"

我从小就是个沉默寡言的孩子,一起出去玩,同学们总喜欢拿着手机到处拍照,而我却喜欢找一个角落安安静静地观察。观察每一个人脸上的表情,想象着他们的悲欢,我会在脑海里不停地去想词语,该怎么形容那些满脸的笑容,或者低头的落寞。

在我的世界里,我觉得文字永远比固定的图画来得更加有价值,这好像是一个执念,从小便根植在我的心里。但奶奶觉得这是宿命,是从她开始的一场难以避免的宿命。

我双手抱着膝盖坐在沙发上对奶奶说:"我要写一本书,一百年后也会有人看的那种。"

奶奶轻轻抚摸着趴在她膝盖上的阿黄说:"屁咧,写作可以泡妞,这才是正事。"

妈妈这个时候总会把声音拖长了对着奶奶讲:"妈,你在讲什么呢?淘安还小,他的任务就是好好读书。"

"读书、读书!"奶奶悄悄地对我挤了一个眼神,然后压低了一点儿声音说,"我名牌大学毕业,连爱一个人的权利都没有,读那么多书过得不快乐有什么用？我就希望我孙子可以快乐！"

这些话只有我听到了，妈妈在厨房里忙，那只叫阿黄的猫蹭上了茶几嗅了嗅果盆里的香蕉，然后跃上沙发，摇了摇尾巴又窜到了窗台，窗帘被风吹得掀起一角，外面的枫叶飘落下来，天空一片湛蓝，比海还要清澈，这是一个晴朗的夏天。

奶奶的目光望着窗外，有些浑浊，但奶奶保养得很好，皮肤看上去并不像一个60多岁的老人，穿着也相当时尚，看奶奶年轻时候的照片，就像电视里的大明星。不过奶奶也常常叹气，对于我喜欢写作这件事，奶奶其实也是矛盾的，比如她会和我讲："洵安，以后写作如果挣不到很多钱的话就别写了，不然你连你想保护的人都保护不了，那么写作也就没什么意义了，这个世界终归还是钱重要。"

其实我知道奶奶心里深藏着一个故事，是一个关于作家的，一个很不知名的作家，我去网上查过，竟然没有一点儿信息，真是一个又穷又可怜的家伙！奶奶可能就是怕我成为像他那样的作家吧。

我还在上小学的时候就知道，奶奶柜子里有一本书，已经保存很多年了，估计比我爸爸方木白的年龄还要大。虽然我小学的时候算数不好，但是我知道我爸爸那年已经35岁了，所以我推算这本书起码有36岁了。

每次我这样说的时候，奶奶总会敲我的头，然后小心翼翼地翻开书的扉页说："笨仔，你看看这里不是有出版日期吗？2020年，现在是哪一年？"

这个我记得清楚，今年是2057年呗。

奶奶笑着说："那你算算这本书多少岁了？"

奶奶对我的智商充满疑问，但我从来不会放弃每一个证明的机会，我拿出十根手指比画着，虽然我清楚这毫无意义，但又好像这样能给我安全感或者力量，我嘴里嘟囔着："2057减2020，也就是57减20，5减2等于3，7减0等于7。"

我对着奶奶喊："我知道了！是37。这本书已经有37岁了。"

奶奶揉了揉耳朵，又敲了敲我的头说："你这臭小子，这么大声干吗？你奶奶的耳朵早就治好了，30年前就治好了。你这臭小子，是又想把奶奶的耳朵叫坏了。"

我现在还记得书的扉页有两句诗，不是印刷体，是用黑色水笔写上去的，奶奶从来不告诉我，我虽然对数字很愚钝，但我对文字很敏感。

上面那一句是：曾经沧海难为水，除却巫山不是云。

右下角是奶奶的名字：江晓月。

下面一句是：今日有幸得君心，余生白首不相离。

这个右下角的名字，却不是爷爷的，而是叫陆之开的，就是那本书的作者。

奶奶的字写得非常好看，但陆之开的字却是一言难尽的丑，奶奶的字如龙似凤的在已经泛黄的纸上依旧神采奕奕，但是陆之开的字却像是一群排着队的螃蟹被时间风干在了纸间。

发现这个秘密的时候，再加上我情窦初开的推测，我按捺不住内心的冲动，拿着书冲进厨房对奶奶叫起来："奶奶，这本书是陆之开送给你的定情信物！奶奶有定情信物，但不是我爷爷那个傻瓜老头儿的。"

我没开心两秒，奶奶的脸色便开始让人害怕得阴沉，我挥舞着书的手一下子便停了下来，我从来没有见过奶奶这样的眼神，好像我不是她的孙子，而是她的仇人，我害怕地往后退了两步，奶奶一把从我手里抢过书，然后重重地用手里的锅铲打了一下我的手，我疼得哇哇大哭起来。

但是奶奶头也没回地走进卧室，出来的时候脸色依旧阴沉，我看了连眼泪都不敢流了，我知道奶奶是真的生气了，她走到我面前，蹲下来看着我的双眼说："要是你再敢去碰那本书，我打断你的手。"我知道奶奶不是开玩笑，她的目光好像要把我吃了。

这个时候，妈妈跑过来护着我。她对奶奶是不满的，很多次她都和方木白抱怨："也是你爸能忍，你妈这一辈子心里都装着其他人。你看看，一个从来都没见过的人，却放在心里一辈子，比她孙子都重要。"

方木白不喜欢听妈妈啰唆，总会顺手把灯关了，但是妈妈不依不饶，生气地用力推了一下方木白的肩膀说："你和你爸一样窝囊！要是哪天我在外面找个男人，你肯定也放不出个屁来。"

方木白感到男人的自尊受到了伤害，他一耸肩把妈妈的手甩开，然后把声音提高了几个分贝说："你敢！"

妈妈一脚踹在方木白的屁股上说："是我不想，我有什么不敢的。"

方木白带着困意说："好了好了，我妈这一辈子不容易，现在已经很好了，何必跟一个一辈子没见过面的人去吃醋呢，你还不是喜欢电视上那个大明星，一看见人家演的电视剧眼睛都亮了，我吃醋了吗？人总要有活下去的希望的，你不懂这些的。"

"那不一样！"妈妈叫起来，"那能一样吗？"

方木白从身后抱住妈妈说："好了好了，不过是妈的一个念想。他们这辈子都没见过面，年纪大了，就随她去吧。"

妈妈甩了甩肩膀想挣脱方木白的怀抱，但是很快便又沉浸在方木白的怀抱里，妈妈总是这样，明明喜欢的，却要表现得不想要。

我们家在奶奶的权威下变得格外开放，比如我喜欢直接叫爸爸的名字——方木白。这是和奶奶学的，奶奶每次不满的时候就对着爸爸喊"方木白"。我也跟着奶奶喊"方木白"。从小到大这样，竟然都习惯了，爸爸也不生气，只是妈妈会悄悄捏我的耳朵警告我，要是再没大没小就要打我。

可是她从来没因为这事打过我，毕竟我是她的心头肉。

我喜欢这样的生活，从小衣食无忧，爸爸在交易所上班，工资收入都很不错，加上祖上的坟埋得好，在厦门这个寸土寸金的城市，竟然有一大片祖产，然后成了拆迁户，我在网上查资料的时候发现，在二十一世纪一二十年代，房子算是最值钱的资产，很多人一辈子拼死拼活都挣不到一套房子的钱，而我爷爷什么都没做，就成了拆迁户，不仅仅有好几套房子，还有一大笔钱。

每到这个时候，我就会想到那个叫陆之开的可怜家伙，他可能一辈子都没买上一套房吧。

我记忆里奶奶特别喜欢压马路，但爷爷不大喜欢，他喜欢在家里下象棋，没人陪奶奶，奶奶就会带上我。她牵着我的手沿着长街一路走，走到海边，看淡紫与猩红色的夕阳，海面上有远帆的巨轮，波光粼粼的海面反射着阳光像铺满了碎金子，汽车来来往往，空气里弥漫着海的腥甜，还有经过一日曝晒从水泥地里涌出来的热浪。奶奶一望就是很久，好像大海的尽头会有人出现一样，但是从小学到高中，从来没有人出现过，只有远航的轮船来来往往。

我问奶奶："你是不是在等那个叫陆之开的作家？"

奶奶捏捏我的脸蛋说："等什么等，别人早就结婚生子了，他的孙子肯定比你还大，到时候你一定要争气，打赢他的孙子，给你奶奶我争口气。"

说到这里的时候奶奶满眼都是笑容，我在很多年以后才明白那种笑容，那不是高兴，只是在这无奈的世界里暂时找到了一种与自己和解的方式罢了。在那一刻，我有点明白，方木白总是说"奶奶是个苦命的女人"这句话的意思了。

我说："奶奶，你有没有想过去找他？"

奶奶从来没有回答我，她只是双手无力地在空气里甩了甩，然后抓起我的手说："回家，不想那些事了！"

在某个午后，我望着奶奶，想起奶奶的一生，作家的梦想让我开始意识到奶奶的故事会是个绝好的题材，那个叫陆之开的人在奶奶的一生中是怎样的角色，连时间的风沙都没有办法抹去那段记忆，甚至为了那本已经泛黄的书连我都可以转瞬成为奶奶的仇敌，这一切都让我感觉到兴奋。

书扉页的那两句话，我理解了很久，因为那似乎就是一把钥匙，只是时间把一切藏匿得太好，那把锁被岁月的风沙给掩埋了。

"曾经沧海难为水，除却巫山不是云"，这句话是奶奶写的，很美，但仅仅只是承诺，却没有未来的期许，好像奶奶只是想表达自己坚贞不屈的爱，却没有讲关于未来。

"今日有幸得君心，余生白首不相离"，这是陆之开写的，陆之开想和奶奶一辈子，白首不相离，却没有表达至死不渝的爱。

我很多时候都想问奶奶，但是我却不敢问，我悄悄问过方木白，但是方木白只是拍了拍我的脑袋说："大人的事，你不要总是好奇，你好好把书读好。"

他永远这样，他和爷爷一样，他们两个是一点儿乐趣都没有的男人，我想我的性格里更多的是像奶奶，这一点让我分外开心。因为这个家除了奶奶，我觉得都是一潭死水，奶奶到现在都有很多漂亮的衣服放在衣橱里，她喝红酒的姿势让时光在她身上都无能为力，她喜欢看那些经典的电影，她写的字漂亮，她的英文很好，这些都没有遗传给我爸爸，我妈妈就更不用讲了，在奶奶面前，我妈妈就像乌鸦一样。她嗓门很大，遇到一点儿事就不淡定，喜欢扯着嗓子喊，拿着高脚杯的样子有点滑稽，喝红酒像喝啤酒，很多时候我总感觉，奶奶维系着这个家的美与气质，而妈妈就是市井的生活气。

奶奶的故事揭开序章，是因为她病了，如果没有生病，我想奶奶是一辈子都不愿意对人讲的，她在医院的病床上脸色有些苍白，她和方木白说："等我出院了，我想去一趟深圳，你们都不用陪我。现在是暑假，让洵安陪我就好了，就算带他去玩一下。"

我听到以后，恨不得立马原地跳起来，和奶奶出去玩一定非常有趣，但是妈妈立刻就制止了，她说："您都多大了，好好待在家里有人伺候着，跑那么远去，要是有什么事怎么办？"

奶奶没有说话，她看着方木白，方木白叹了口气说："让妈去吧，妈决定了的事是谁也改变不了的。"

妈妈生气地走了，方木白追了出去，奶奶摸了摸我的头，眼睛里有些暗淡的光，那好像是关于时光的剪影，我问："奶奶，你为什么要带我去？"

奶奶说："因为你的梦想不是要成为一个好作家吗？奶奶能为你做的也就这些了。"

我虽然听不明白，但是我爱死奶奶了。我和奶奶说我要出去上个厕所，然后就走出了病房。走廊里都是消毒水的味道，我哼着新学的歌走着，却看见妈妈和方木白在走廊里你一句我一句地争吵。妈妈说："你不知道你妈想去干吗？那个叫陆之开的作家以前就是在深圳，她是要去找他，去旧情复燃，你竟然还答应了。我看你们一家都是什么怪胎，你爸怎么办，这么老了还要给他来一顶绿帽子？"

方木白没什么出息，只是一脸焦躁又无奈地说："你别乱讲，我妈不是那样的人。她一辈子都没见过那个作家，现在年纪大了，可能就想了却一桩心愿。"

妈妈又咆哮起来："这话你信？一辈子思念一个见都没见过的人？"

我很讨厌妈妈，我在一边喊起来："我信，你们不懂爱情。文学作品里有很多很多这样的爱情，《霍乱时期的爱情》你们读过吗？你们能明白弗洛伦蒂诺和费尔米娜的爱情吗？"

他们这时候才反应过来，我就站在身边，方木白没有讲话，他总是这样，妈妈却好像受到了惊吓一样，她瞪大了眼睛看着我，然后用力掐了一下方木白的肩膀说："看看你的好儿子，都被他奶奶教成什么样了！"

方木白嘟囔着："你有本事去找我妈啊！"

妈妈瞪了一眼方木白，方木白便把脸扭向了一边。

我觉得这个家里，只有我最懂奶奶，我想奶奶也是知道的，所以她才愿意带上我。那天下午，舅爷来的时候，奶奶把她要去深圳的想法告诉了舅爷。舅爷只是坐在床前一边叹气一边削着苹果说："阿姐，都这么多年了，还没放下吗？"

奶奶说："没有什么放不放下，就是想去看看。他曾经给过我地址的，但是我没有勇气去，我知道他现在肯定已经不住那里了。那时候，他在深圳漂泊，那个地址是他租的房子，我这一辈子都没有勇气，你是知道姐的，我不想以那种状态去见他。"

说到这里的时候，奶奶的声音忽然间有些哽咽，我诧异地看着奶奶，这么多年奶奶好像从来没有为什么事情而伤心过。

舅爷把苹果皮削得长长一条，苹果像一个如玉般的工艺品夹在舅爷的拇指和食指之间，舅爷说："阿姐，我问你，如果那时候你听力是正常的，你会不会去找他嫁给他？"

奶奶的目光忽然间就如迷雾般，我找不到焦点，在时间的河流里奶奶仿佛发现了自己不过是一条迷失的木舟，她忽而看看舅爷，忽而又看看我，一瞬间我有些心疼，奶奶内心有渴望的东西，但是因为得不到只能假装不在意，奶奶的笑容之下，其实并不是真正的开心，看淡了和放下也许从来都是两件不同的事情。

舅爷把削好的苹果递给奶奶，奶奶摆了摆手，舅爷便把苹果放在了身边的盘子里，舅爷皱了皱眉头说："阿姐，我知道你有心结，这一辈子都没有解开，可是为一个你从来没有见过的人，又何必有这份执念呢？我和姐夫一直都以为时间会让你放下这一切的。"

我鼓起勇气打断舅爷说："舅爷，你不懂爱情。爱情不是拥有，而是在一个人心里的烙印。"

舅爷好气又好笑地看着我，然后捏了捏我的脸蛋儿说："阿姐，你看看这小子，嘴上都还没长毛，还真的像很懂爱情一样。"

奶奶看着我，满脸笑容地拿起盘中舅爷削好的苹果递给我说："你拿去吃。"然后接着说，"他应该也和我一样，有孙子了吧？这么多年，总以为他可以出名的，我能在网络上或者电视上再看见他，再不济总应该搞个签售会吧，我悄悄去看一眼，没想到他也真够没出息的，写完那本书以后，就消失了，连公众号都不更新了。"

舅爷拍了拍膝盖站起身来，然后走到窗户前，这是 VIP 病房，舅爷和这家医院的院长是朋友，所以病房的条件相当不错，舅爷拉开窗帘，外面的阳光便倾泻进来。

舅爷转过头来说："你要是想去就去吧，我陪你去，他也算是个好人，我想姐夫也会理解的。"

奶奶看着舅爷，然后深深地舒了一口气说："阳仔，你去准备一下吧。"

我看着自己刚咬过的一口苹果，那个缺口处已经是一片褐黄色。

一个礼拜以后，奶奶出院了。

她看起来气色依旧很好，头发打理得一丝不苟，口红涂得也很正，奶奶这一辈子最喜欢的就是口红，我看见她抽屉里塞满了口红，就好像是一个口红收藏家。

她又是那个精神矍铄的老太太了，奶奶牵着我的手，方木白跟在后面，奶奶转头说了一句："你回去，跟着我干吗？你舅舅会来接我们，我们直接去深圳。"

我真的太喜欢奶奶的做事风格了，她想做的事总是会立刻去做，而不像方木白，说给我买一台最新款的电脑，都说了一个学期了，却故意当作忘记了一样。

我和奶奶说："可是我电脑没带啊。"

奶奶想都没想就说："让你舅爷给你买一台新的好了吧。"

奶奶的回答我很满意，我挑衅地给了方木白一个眼神。

方木白张了张嘴，什么也没说，他真是一个毫无存在感的人，舅爷站在医院的门口，手里捧着一束花，看着奶奶便迎了上来，将手里的花献给奶奶，奶奶把花让我拿着便上了车，车上是舅爷的司机，别人都叫他炮哥，而舅舅叫他小刘。

炮哥开车就带着我们直接往深圳去，奶奶真是很厉害，一路上一点儿都不晕车，我倒有些受不了了，我把车窗打开，让外面的风吹进来，然后大口呼吸着空气，奶奶有些不满地说："你一个男孩子怎么还晕车？"我不知道怎么回答，舅爷忽然间抓住奶奶的手说："阿姐，我觉得你真的该忘了，都这么多年了，这次去了以后，答应我就再也不要提了，那本书烧了吧。"

奶奶看着舅爷说："为什么要烧了？"

舅爷说："姐夫虽然嘴上不说什么，但是这么多年，心里终究是根刺。"

奶奶说："那又怎样，人就不能有个念想吗？我和你说阳仔，这件事情你别在我耳边念叨了，不然就把我送到车站，我和我孙子自己去。"

舅爷知道奶奶言出必行，便赶紧说："知道了，老姐，我闭嘴就是了。"

"酒店订好了吗？"奶奶问。

炮哥赶紧微微侧了脸点头说："酒店早就定好了，是那一片最好的。"

奶奶说："不要最好的，随便住个连锁酒店就行了。"

我看着后视镜里的炮哥，一脸为难的不知所措。

舅爷假意咳嗽了一声，然后抓过奶奶的手说："好了好了，订都订了，也不能退，就这样吧。小刘，你好好开车。"

到了深圳已经是黄昏，天空中的夕阳真美，我看了眼奶奶，奶奶的目光一直盯着窗外，渐渐地，渐渐地，那双眼睛里满是光芒，她一定想起了很多，也许那些在陆之开故事里的场景现在徐徐展开在奶奶面前，但是似乎又有些不对，时间的河流已经流淌过这么多年，曾经的风景早已沉没于时间的海里，奶奶眼里的光芒，或许只是在回忆里渐渐发芽。

到了酒店，办理好入住，奶奶要带我出去走走，舅爷让炮哥跟着，但是奶奶不让，奶奶说："让小刘去给淘安买一台最新款的苹果电脑，钱回来找我报销。"

炮哥看了一眼舅爷，舅爷说："那就听阿姐的吧。"

奶奶告诉我曾经陆之开住的那个地址，但是我在地图上并没有找到，这里到处都是高楼大厦，30多年的时光，城市发展的脉络早就延伸到了这里，但是奶奶依旧执着地找着。

我有些时候真的为陆之开感到悲哀，好歹也是个出过书的作家，为什么在网上没有任何消息？每次我这样讲的时候，奶奶总是打断我的话说，他要是懂得包装，哪怕去和那些营销公司低一次头，也不至于落到籍籍无名的地步。

我们一无所获，奶奶有些沮丧，回到酒店她站在窗户前，一站就是很久，仿佛成了一尊雕塑，舅爷拿着一碗鸡汤进来说："阿姐，喝点儿鸡汤，我刚让酒店的厨房做的。"

奶奶回头看了一眼说："给洵安喝吧。"

我说："我不喝。"

但是奶奶似乎没有听见，而是对着舅爷说："都不一样了！这里已经没有他文章里的风景了，他曾经的那个地址也没有了。你说要是当初我悄悄去看一眼，是不是就不会这么遗憾了。"

说到这里奶奶有些难过，她伸出手臂擦了擦眼角，那一瞬间我想陆之开这一生也算是没有白活，能让奶奶这样的女人挂念一辈子不知道是一种怎样的福分。

舅爷离开房间，我把炮哥买的电脑拆开，果然是最新款的，而且配置也是最高的。

我开心地说："谢谢奶奶。"

奶奶说："好好写文章，有一天你也会写出姑娘来，但是别遇见奶奶这样的，都是遗憾。"

我撒娇地说："不是不想，是没那么好的运气，我真不知道陆之开那小子哪来那么好命。"

奶奶笑盈盈地敲了一下我的脑袋说："没大没小，要是真见到人家，你好歹也要叫声'爷爷'。"

夜里看着翻来覆去的奶奶，我想着奶奶对我这么好，而我却不能帮助奶奶排忧解难，一种深深的失落袭涌而来。

"奶奶，要不我去网上发帖，让以前的那些读者一起来帮你找陆之开，可能会有线索。"

我也不知道这是不是个馊主意。

但奶奶被我的想法震惊了，她看着我说："以前他也有很多读者，我就是在群里加的他，后来因为一些事情，我退群了，也把号码换掉了，那些人都已经30多年没联系了，我不知道在这茫茫人海里还能不能找到，不过那时候他虽然不出名，但还是有不少读者的。"

我只能鼓励奶奶："试试吧，总比在这里干等着好啊。在这个时代，像陆之开这样虽然不火，但也算是留过文字痕迹的人，不可能一点儿信息都没有的。"

奶奶的脸上开始有了笑容，她像个少女一样说："淘安啊，我有点害怕，你说要是真见到他了怎么办，都这么多年了，要是见到了，我真是不知道该怎么办才好，我想了30多年了，想到连这种想念都变成了习惯。淘安啊，你告诉奶奶，有些人是不是留在记忆里更好。"

那时候我对爱情的感觉就好像是乘船去大西洋看鲸鱼，太遥远了。

但奶奶故事的闸口，我已经找到了开关，我只要再努力一点儿，奶奶的故事便会如潮水一般涌出来。

我带着些许自私地说："当然要见，人这一辈子心心念念的事情一定要有个结果。"

奶奶看着我，然后摸了摸我的头说："那你就去写吧，把奶奶的故事写出来。"

我等了几天，一直想着奶奶的故事会以怎样的形式开头。

但每个傍晚，奶奶只是带我去散步，她说这些道路虽然都变了，但是有些东西是不会变的。

我好奇地看着奶奶问："什么不会变？"

奶奶闭上眼深深地吸了一口气说："这空气里的气息和那酱紫色的天空，在时间的流水之间永远都不会变。"

我说："奶奶，你真的很文艺。"

奶奶笑了笑说："我其实并不文艺，都是后来跟着陆之开学的，是不是有那么点儿意思。"

我奉承地看着奶奶说："何止一点点，简直厉害得不得了。"

奶奶拍了拍我的脑袋说："把这功夫用到撩妹上去不好吗，拍我这个老太婆的马屁干吗？"

我挠了挠脑袋不知道说什么，奶奶站在路边的大王椰子树下，两边都是大排档，空气里都是孜然的气味，喝酒聊天的人们显得很惬意，烧烤摊的老板光着膀子大汗淋漓地正把烤架上的羊肉翻了一个身，然后一把孜然和胡椒撒上去，蹿起了一阵火苗。

奶奶看了看我说："我们也去吃一点儿吧。"

我说："奶奶，这里的东西有点辣，你不是不吃这些吗？"

奶奶说："那就不要放辣椒，你多吃点儿。"

我看着奶奶说："可是我妈是不让我吃这些的，她说这是垃圾食品。"

奶奶鄙夷地看了我一眼说："人生是你自己的，你要敢于去尝试，这烟火气有什么不好？以前陆之开的文章里都是这烟火气，我就特别喜欢，实在是那时候我听力不好，不然我也真想和陆之开坐在一起大碗喝酒大口吃肉。我一辈子畏畏缩缩，到头来连回忆都是空洞的，你要趁年轻多去经历，别总是听你妈的，一辈子听她的能有什么出息，大胆去爱，大胆去尝试。"

这就是我喜欢奶奶的原因，她总是鼓励我去尝试，而我的妈妈却像一个念经的尼姑，我知道要成为一个优秀的作家一定不可以是家里的乖孩子，奶奶从小就疼爱我，我唯一记得的一次揍我也就是我拿了陆之开的那本书。

奶奶点了各种烧烤，还有油焖小龙虾，看起来就很辣，烤羊肉上还滋滋冒着油，小龙虾上的蒜蓉铺了厚厚一层。

我说："奶奶，这还是太辣了，你别乱吃东西啊，肠胃受不了的，等会儿回去舅爷得骂我的。"

我学着舅爷的口气，把声音压得又低又粗地说："喂，臭小子，看老子不揍你，带奶奶去吃的什么东西。"

奶奶嘴角笑了一下，说："他敢！你是我的孙子，轮不到他教训。"

我得意地看着奶奶说："还是奶奶霸气，我以后娶老婆也一定要娶奶奶这样的。"

奶奶用一次性手套拿了一只油焖小龙虾，看着上面红红的油水，奶奶皱了皱眉头，这一看上去就很辣，我看着都感觉到舌头一阵刺痛，奶奶低着头用舌头舔了一下，然后连连用手对着嘴扇风，一边扇风一边对我说："孙子，给奶奶开一瓶水。"

我把水递给奶奶说："这么辣？"

奶奶仰头喝了一大口说："真是要死哟！太辣了，还好没和他在一起，这也太辣了。"

我也跟着吃了一个，辣得我一头都是汗，满桌的菜其实只吃了一点儿，我知道奶奶只是来怀念以前陆之开尝过的味道。

买完单，奶奶一路都没有说话，街上人来人往，熙熙攘攘，我想着30多年前的夜晚也是这样的，陆之开一个人在这条街上走着，我看着迎面而来的人群，想象着陆之开的样子，他一定也很落寞，时不时看看地面，时不时看看天空。

回到酒店我便肚子开始不舒服，上了几次厕所之后便躺在沙发上。

窗外能看见灯火海洋一般的街道，天空的月亮是模糊的，好像是倒映在古代的铜镜里一般，飞机在云层之上闪着红色的灯光飞过，奶奶说："洵安，尝试是不是一件很幸福的事情？"

我忽然间胃里又开始翻江倒海，我捂着肚子往厕所跑去，一边跑一边说："我感觉肠子都要拉出来了！"

# Chapter 2

×

# 奶 奶 的 回 忆

　　故事的种子是在 2015 年种下的，等它发芽等了五年，但是凋谢只有短暂的几个月，它的花期真的很短，短到在人生的长河里只是那么一瞬。

　　2015 年是陆之开成为博主的年份，也是在那一年我关注了他，成为他万千读者里的一个。

　　其实在所有年份里，我最不喜欢的就是 2015 年，那一年发生了太多事情，我和弟弟江晓阳成了孤儿，生活最狰狞的面孔突然间就张牙舞爪地摆在我的面前，我想装作软弱，我想告诉生活我是个残疾人，你不可以这样对我，可是没有了父母的庇护，我才知道眼泪和柔弱其实一文不值。

　　我要自己去赚学费，很累的时候，我和晓阳说："要是有个人愿意养姐姐，姐姐就嫁了。"

　　晓阳总会叫我别瞎扯，但是我知道他话里面也充满了有心无力，毕竟我和晓阳都只是 20 来岁的孩子，都还在学校这个象牙塔里，依旧不知道如何去面对这个世界。

　　我喜欢陆之开的文章，他文章里的那些生活气，他和那些朋友嘻嘻哈哈、没心没肺，大口喝酒、大口吃肉的日子，那些都是我得不到的，但我喜欢从他的文章里去感受那些文字之间的温暖和热闹，于我而言却是这世界上最真诚的存在，也成了我孤独生活里的慰藉。

　　毕业之后我回到厦门，在一家公司做财务，常常夜里失眠，这些年都这样，一个人生活在厦门，也没有什么朋友，因为耳朵的事情也要远离人群嘈杂的地方，这些年我都没有去过 KTV，更别说酒吧了，我习惯了安静，但是喜欢听歌，我想在还能听见的日子里就多听听这世界的声音，喜欢做的事就是在家里喝点儿红酒，然后看部电影，我喜欢看那些有年代感的电影，那样的电影才能让我好好思考。

那年的四月，是一个平静的夜晚，好像比往常的夜晚更加无聊，但我全然不知命运的触礁已经攥住了我，陆之开建了一个粉丝群，我阴错阳差地加了进去，和我想象的一样，女粉比男粉要多得多，在群里的几乎都是女孩子，她们闹腾又激动，好像是失散多年的兄弟姐妹一样，夜里连麦到三四点都不睡觉，我当然也不甘落后，毕竟是我喜欢了五年的作者，总想让他可以看见，我也连麦，也在群里一直说话。

没过几天，我悄悄通过群加了陆之开的微信，我都快以为自己疯了，这五年里所有的构想好像要渐渐清晰起来，但是我怕了，我忐忑不安，我养了一只猫，它叫尾巴，没人陪我讲话，我蹲下去和尾巴讲，尾巴嫌弃地摇了摇肥肥的臀部就走开了，这只臭猫，真想揍它一顿。夜晚很安静，沙发上的一条毯子一半搭在沙发上，一半滑到了地板上，电视机柜下面有好几本书，我也忘记有多久没有去看了，窗户没有关，窗帘被风吹得轻轻飘动，我跑到阳台，天空可以看见微弱的几颗星星，我想，陆之开看见的天空是不是也是这样的。

我回到厨房，给自己倒了半杯葡萄酒，我用手机的指南针找到了属于深圳的方向，然后举了举酒杯自己喝了一大口，我没有想过自己会有怎样的故事，我一直以来都像是那个沿着墙根走的孩子，习惯了落寞，对于外面的阳光总会有些不知所措。

在后面遇见的日子里，陆之开和我说："上帝也许早就写好了剧本，就是要让我们相遇，也许五年前写文章就是为了遇见我。"他说话总是那么温暖，让人笑着笑着就掉眼泪，可是那时候他不知道，我一点儿也不喜欢上帝的剧本，除了遇见他。

我从阳台走到卧室，尾巴又在客厅的窝里睡着了，他在深夜通过了我的好友，却没有说话，我知道像他这样的作者肯定是高冷的，还喜欢熬夜。

如果我不主动说出第一句话，我想我们永远都不会有任何联系，我想了很久，我一直到凌晨才给他发了一句话，让他给我推荐一个失眠电台。那时候我是真的失眠，每天只睡 3 个小时，头发大把地掉，我一直都觉得就算自己哪天忽然死掉了也不足为奇。

陆之开敷衍般地回了一句，"我不怎么听电台的。"

第一次聊天就这样匆匆结束，我真是被气到了，我喜欢了五年的作者，竟然是这样一个不近人情的家伙，我本来有很多很多话想说，却不知道从何说起了，我又沉浸在自己的世界里，把剩余的红酒喝完，把剩余的电影看完，然后躺在床上看着天花板，我依旧睡不着。虽然第二天要上班，但是越逼自己越精神，既然这样就索性起来打两把游戏吧。

陆之开也许很忙，毕竟群里的女孩子都那么喜欢他，有些时候看见他和别的女孩子互动，我有些生气，自己气呼呼地喝红酒，然后拿尾巴出气，那些日子尾巴看见我就往床底钻。

真正关系的靠近，是陆之开有一次主动找我，他说："你已经关注我五年了。"

这突兀的一个陈述句，让我不知所措，我想也许作家都是这样讲话的吧，但这却让我纠结了，过了很久我发送了一句，"你也知道，我可是你的老粉，快点儿夸我，哼。"

我被自己撒娇的语气吓了一跳，赶紧撤回，但是陆之开发了一个笑脸过来说，"我都看到了。"

我赶紧说："那不算，那不算，我不是这样的。"

后来才发现陆之开也是个话痨，并不是我想象的那般高冷，他很多时候好像是个孩子，讲起话来滔滔不绝。

我和他说，你在我心里的形象"崩塌"了，我以为你是个高冷的作者，没想到你竟然回复得这么快。

他笑着说："那你以为我是怎样的？"

我想了想，回道："至少也要是那种冷冷的酷酷的，发信息不用语气词，言简意赅，没有一个字是多余的，就像电视剧里的大明星一样，一副拒人千里之外的样子。"

陆之开发了一串笑脸。

我们开始聊天，聊深圳，聊厦门，聊生活和工作，他说他去过几次厦门，他喜欢厦门，在夜晚骑着单车在厦门的环岛路上是一件很幸福的事，吹着腥甜的海风，看着淡红色棉花糖一样的云朵，会把所有的烦恼都忘掉。

我开始渐渐发现陆之开其实也是个孤独的人，他和我讲的他那些故事里的人其实早就离开了他，那些人各奔东西，有些人结婚了，有些人去了别的城市，他这样写着，就好像世界依旧热闹，现实生活的一片虚无，他就想创造一个比真实世界还真实的世界，所以在他的故事里永远热闹，永远有酒有肉，大排档总会飘出孜然的烤串味，朋友总愿意跋涉千里只为了见一面，每个人都活得自由洒脱，可以为兄弟两肋插刀，可以为朋友不远千里。他想去创造一个热闹的事情来和这个孤独的世界对抗。

那些温暖和热闹不过是用文字构建起来的血肉，而这一切都是要用孤独作为养料的，好像这就是作家的使命。

陆之开走进了我的世界我的生命，同时我也走进了他的世界他的生命，但我知道这一切上帝早就安排好了时间期限，我能做的只是在期限还没有到来的时候尽情地去享用这段时光。

我们常常打电话，下班的地铁上打，往回走的路上打，出来散步的时候也连着麦，我开车去看厦门的海，他开车去看深圳的海，我们看天空然后彼此许愿，我们真的有很多很多的话聊，吃晚餐会拍个照给对方，我去剪个头发会和他讲，他逛超市也会给我发个照片，我们开始越来越没羞没臊了，我是什么肉麻话都会讲了，他开始的时候还不好意思，后来比我讲得还多。那时候，我才知道，有些男生看上去那么高冷，其实心里也住着个孩子。

我常常会恍惚，质疑这一切的真实性，我一直不觉得自己会是一个有好运的人，但是陆之开的出现，从一个我喜欢的作家，变成每天都连着麦的真人，这似乎好像是小说里的情节，美好得不太真实，我时常害怕，害怕有一天忽然有个人拍拍我的肩膀说："喂，电影结束了，你该醒醒了。"

那年我24岁，从来没有谈过恋爱，在遇见陆之开之前我已经决定了，一辈子不谈恋爱不嫁人不给人添麻烦，但是遇见他之后，我真有结婚的冲动，并开始想象未来和他的生活，一起牵着手走在长街的尽头，一起看夕阳的余晖落在海面上，我靠在他的肩膀直到夜幕降临然后回家一起看一场电影，我想每一个清晨都可以看见他双手把窗帘拉开。

他不喜欢我喝酒，我真的就很长时间没有喝酒，他每晚陪我讲话，我的失眠也渐渐好了，我所有的情绪都有了发泄口，那种感觉就好像在茫茫人海中终于有人接收到了你的信号，我开始有一点儿喜欢这个世界了。

我和晓阳讲起了他。

晓阳一脸诧异地看着我说："姐，你和一个网上的人谈恋爱？你没病吧？"

我说，他陪了我很久的，五年多了，他的每一篇文章我都看过，要是我早点儿认识他就好了。

晓阳说："你不要被人骗了，那些作家能说会道的。"

我拍了一下晓阳的脑袋说："你以为你老姐傻啊？"

晓阳不愿管我的事，他还是那一副没心没肺的样子，不过这样最好，我可不希望他变得有太多负担。

我希望多听一点儿陆之于的声音，所以只要一有时间我就会给他打电话，我记得第一次打电话的时候我也是鼓足了勇气的，我喝了半瓶葡萄酒才敢给我喜欢的作家打一个电话，我在小区一直走一直走，夏天的夜晚依旧炎热。

他发微信的时候不喜欢语音，也许他是一个作家，所以习惯了写字，但我还是喜欢给他发语音，不管他会不会烦，我和他讲过，有一天我会听不见这世界的声音，但是我知道他并没有放在心上，因为他没有办法站在我的角度去理解这个世界，我并不怪他，因为这世上并没有真正的感同身受。

但不管如何在我 24 岁的人生里，第一次知道了甜的味道，那是鼓浪屿让人微醺的晚风，那是曾厝垵热闹的街市，那是南普陀的一缕幽香，厦门傍晚的云是那种不用滤镜的美丽，淡淡的紫色和淡淡的红，整个天空都是一幅美妙的画，像某个行吟诗人描述的那样。

但是那个七月我的耳朵流血了，我的耳朵渐渐听不见声音，有个下午，陆之开给我打了很多电话，我不是不想接，是听不到，我也不知道事情会一下子变得这么糟糕，我听不见声音了，我的判断是那次耳朵出血造成神经感染，我可能会永远听不见，这样的后果还有一个就是脑压升高，我已经常常感到头疼了。

我不知道该怎么和陆之开讲，但是看着他一副好像做错了事的样子不停地和我道歉，让我不要离开他，我的心变得很痛。

我鼓起勇气和陆之开说了这个残酷的现实，我会变成一个聋哑女孩。陆之开还是不明白聋哑女孩意味着什么，他只是不停地让我不要离开，作家的骨子里也许只有浪漫，但我清楚他的一生不应该和一个聋哑女孩在一起。

他不明白体面对我来讲有多重要，我不希望爱到最后是同情，那段日子陆之开像一个迷失了方向的孩子，他不断地求我说别放弃，我的心真的很痛，我也不想放弃，但是我更清楚放弃是唯一的也是最好的结局。

我最后说："陆之开，你送我一样东西吧，留个纪念，我会好好珍藏的。"

我知道他不想结束，但是我已经下定决心，如果最后没有一点儿留恋，我也会义无反顾地离开。

最后他说："那我送你一本书，我不喜欢签名，因为我的字不好看，但是我给你一本全世界独一无二的版本。"

我说："那你把'曾经沧海难为水，除却巫山不是云'写上去吧。"

陆之开说："好。"

在往后的漫长人生里，我一直在复盘和陆之开的这一段短暂而没有结果的往事，连我自己都感到惶恐和虚无，所有记忆其实都没有现实作为支撑点，我们一生没有见过，相遇只有三个月，这一切不过是夜空中的两朵焰火，在那一刻都奋力绽放了，也在那一刻以为拥有了彼此的全世界。

但之后，只是无尽的夜空和漫天的星河。

# Chapter 3

×

# 往 事 追 寻

关于奶奶故事的帖子已经写好了，但是一无所获。

一个礼拜后我们准备回家了，我问奶奶："失望吗？"

奶奶说："没什么失望的，其实这样也好，人这一生，总要留点儿遗憾。"奶奶这样说的时候，目光里好像落满了灰尘，外面的天空似乎要下雨了，炮哥帮我们把行李一样一样地提上车，奶奶靠车窗坐着，在车子启动的那一瞬间，奶奶不断望向车窗外，我知道她心里满是遗憾和不舍，但是人总是得往前走，我想奶奶是明白这个道理的。

车子渐渐驶离了深圳往厦门开去，奶奶好像有点累了，靠在我的肩膀上睡着了，我百无聊赖地玩着手机，忽然间看见我的帖子下面有一条信息。

有个叫阿瓜的人写了这样一条留言：

"这本书我见过，这个作家我知道，我奶奶也有一本这样的书，连上面的字迹都是一样的。"

我的心一阵澎湃，然后又把那段话看了一遍，每一个字我都看得很认真。因为我相信奶奶一定会觉得我很能干，能得到奶奶的赞赏比送给我什么礼物都要开心。

我把手机凑到奶奶眼前，然后推了推奶奶说："奶奶，你快看！"

奶奶从睡梦中醒来，拿过我的手机看了一眼，她的眼里满是期待地对我说："你快问问，他奶奶叫什么名字？不对，问问他奶奶以前用的网名是什么，是怎么认识陆之开的，他从来没有签售过，有他签名书的人一定是认识陆之开的，至少关系还不错。"

舅爷看着奶奶，脸上有一种让人琢磨不透的表情，好像并不是非常高兴。

我赶紧在手机里去和阿瓜留言，写好了留言，我给奶奶看，奶奶看了很久说："你把你的电话加上去，让他看见了务必给你打电话。"我又听奶奶的话，把电话加了上去，接着问奶奶，"那现在我们？"

舅爷看了我一眼赶紧说："阿姐，我们先回厦门吧，在哪里等都一样，要不姐夫和木白都该着急了。"

奶奶想了想说："也罢，那就先回去吧。"

我其实很不想回去，但好像又找不到不回去的理由，我只是在心里希望阿瓜可以赶紧回我，车子在高速上飞驰，奶奶也没有再睡，我知道奶奶一定比我还要激动，毕竟这是她一生的遗憾。回到家里，妈妈已经做好了饭，她看见我在厨房里双手擦了擦围裙就走了过来，还在我的脸上捏了捏说："你看看，都瘦了。"

妈妈总是这样，说话从来都不顾及场合，她这样说好像是奶奶亏待了我一样，方木白假装咳嗽了一声，妈妈依旧不依不饶地讲："我们家洵安本来就瘦了啊！"方木白看了一眼奶奶，妈妈便说："妈，您别误会，我不是那个意思。"

奶奶从来不愿和她计较，便摆了摆手讲："孩子瘦就瘦，没什么大惊小怪的。"

妈妈用眼睛剜了方木白一眼，方木白赶紧借口去厨房拿汤勺。

吃饭的时候，妈妈给我夹了一个鸡腿，方木白在闷头吃饭，爷爷看了看舅爷问："这次去，没遇到什么麻烦吧？"

舅爷笑了笑说："能有什么麻烦，不过就是陪阿姐散散心。"

奶奶看了一眼爷爷说："陪了你一辈子，都七老八十了你还不放心？"

爷爷说："我不是那个意思。"

奶奶没有理爷爷，而是看着我说："淘安，要是有消息就第一时间告诉奶奶，奶奶给你奖励。"

爷爷一脸吃惊地看着奶奶，方木白和妈妈也抬起头看着奶奶，我当然也有点小兴奋地看着奶奶，就在我要脱口而出的时候，奶奶说："这是我和你之间的秘密，不可以告诉别人。"

我赶紧把嘴闭上，然后很认真地点了点头，我看了一眼舅爷的表情，他一副欲言又止无奈的样子，在这个家，奶奶就是王，舅爷虽然在工作上呼风唤雨，但是在奶奶面前也是弟弟。吃完饭，我坐在沙发上玩着猫，妈妈对我招了招手，我知道她想探听我和奶奶的秘密，我站起来回头看了一眼奶奶，奶奶笑了一下，我知道奶奶的意思。

我站在妈妈面前，有些不耐烦地问："叫我干吗？"

妈妈一点儿都不遮掩地说："你奶奶有什么事瞒着大家，你快告诉我，你这样对得起爷爷吗？"

妈妈竟然学会和我打感情牌了，但是手里的筹码显然不够，我满脸严肃地摇着头："哪有什么秘密？"

妈妈依旧拉着我问："你告诉我，是不是见到那个陆之开了？"

我立刻打断妈妈说："没见到。30多年早就变样了，陆之开那样不出名的作家怎么可能留在深圳，他买得起那里的房子吗？奶奶去只是为了了却一桩心事，你不要总是瞎猜了，你有这个时间做点儿别的事情不好吗？你看看你，活的有奶奶一半洒脱就好了。"

妈妈听完我的话愣住了，方木白在身后听着没有忍住笑了一下，妈妈立刻把矛头对准了方木白，我刚好找了个间隙跑出去，我坐在奶奶身边，奶奶问我："有消息了吗？"

我摇了摇头。奶奶说："没事，那就再等等。奶奶都等了一辈子了，不在乎这点儿时间。"

看着奶奶气定神闲的样子，我在心里都要喊出来了："奶奶，可是我在乎啊！我可不想等我的暑假过去了，才等来消息！"

回到房间，我打开电脑，阿瓜依旧没有回信，我点开阿瓜的主页，这个懒鬼，竟然连主页都是一片空白，我给他留言，希望他看见的时候一定要立刻回我，我便给他写了一封信。

阿瓜：

你好！

也许你这些天都在忙，并没有看见我给你的留言。但是如果你看见了，一定要立刻回我，因为这对我的奶奶很重要，她等一个人等了一辈子。我想你看过我写的文章也知道我奶奶的故事，而你说你的奶奶也有一本，我想那么没有名气的一个作家，你奶奶会留着他的书，也一定有她的故事，难道你不想知道吗？

我记得我小时候碰了我奶奶的那本书，我奶奶狠狠地揍了我。你要知道她本来是最心疼我的，竟然会因为一本书揍我，所以我现在非常好奇，你奶奶是不是也喜欢那个毫无知名度的作家。如果是这样，那就太有趣了，你别告诉我，你一点儿都不好奇，你的奶奶为什么会留一本 30 多年前落魄作家的书，我希望你能和我一同解开这个秘密，我不知道你今年多大，但我有一种预感，这是我们人生中非常重要且异常有趣的一段经历，我期待你的回信。

洵安

我等了很多天依旧没有回复，在等待的日子里我和奶奶一起去了鼓浪屿几趟，然后和同学去图书馆看了几次书。有一天，我的同桌要带我去酒吧，我很犹豫，因为我知道要是被我妈妈知道，她一定会疯掉的。在她的世界里，高一除了学习其他所有的活动都是不务正业，更别说去酒吧了，但是我想去，因为我在陆之开的书里常常会看见酒吧。

我和奶奶讲了以后，奶奶说："去吧，这事我帮你。"

我说："要是我妈妈知道我就完了。"

奶奶说："你别喝酒，然后早点儿回来，剩下的交给奶奶就好了。"

我一把抱住奶奶说："奶奶真好！"

奶奶"哎哟哎哟"地叫起来，"我这一把老骨头都要被你摇散架了。"

我同桌叫大熊，长的人高马大的，挑染了绿色头发，他朝我走过来，上下打量了我一番说："太俗了！"

我说："我就来看看。"

大熊一只手搭在我的肩膀上说："淘安，我把你当朋友才带你来，等下喝两杯。"

我说："那不行。我答应我奶奶不能喝的。"

大熊叫起来："那你来干什么？来酒吧不喝酒你来干吗？"

我抬头看着霓虹灯，然后看着从远处穿着小短裙的姑娘，嚼着口香糖走过来，她从我身边走过的时候甩了一下头发，我闻到了一股淡淡的香味，大熊勾着我的肩膀说："可以啊，来看美女的，你小子发育得够早啊！"

说着往我身上抓了一把，然后说："我看看有没有反应。"

我一把推开大熊说："别闹！"

这个时候，我忽然间听见手机有一条信息，它不是微信也不是短信，它是网站的通知声，我赶紧打开手机，点开那条信息，果然是阿瓜的。

我兴奋地在原地捏紧拳头朝空气打了一拳，大熊一只手抱住我的肩膀把我往酒吧里扯，说："走，带你去看美女去。"

我挣脱大熊说："今天不去了，我有事。"

说着我就一个人小跑而去，在前方的路灯下停了下来，我蹲在地上，打开手机，迫不及待地读着阿瓜的留言。


淘安：

你好！

实在是抱歉，已经很多天没有上网了，你说你在读高一，那么我是你的学姐了，我马上就高三了，所以这个暑假大多数时候都在补习，关于你说的那本书，我奶奶确实有一本。她一直珍藏着，我只是看过几次，她没有给我讲关于那个作者的故事，但是你这样一说，我倒是十分好奇了，我会去找我奶奶，然后问她，我也非常期待能够把那个尘封了 30 多年的秘密揭开。我一直以为我奶奶是个没有故事的老人，但是现在我得改变看法了，你等我的消息。

阿瓜

我抬头看了眼天空，内心满是激动，我觉得这个世界真是可爱极了，我赶紧给阿瓜写下留言。

阿瓜：

你好！

看见你的回信，我万分激动，我会第一时间把这个好消息告诉奶奶的。我想她一定比我更激动，毕竟这是她的人生，我会一直等你的消息，加上我的奶奶，也非常期待有一天能够见到你。如果没有打搅你的话，我希望如果你有消息，可以给我打个电话，虽然这个电话我之前也写过一遍，但我再贴一下，131×××÷1118。

洵安

写完留言，我握着手机乘地铁回家，我想着奶奶开心的笑脸我就一路奔跑着回家，打开房门，奶奶腿上的猫噌地跳到了窗台上，我气喘吁吁地站在奶奶面前，奶奶说："你这是干吗，在酒吧和人打架了？"

我连连摇头，但是我还没有讲出来，奶奶把茶几上的水端起来递给我说："把水喝了再讲，不管遇到什么事也不能这样慌慌张张的，遇事不慌才是男子汉。"

我看着奶奶，一瞬间觉得自己真是一点儿也沉不住气，我把水喝了，然后说："那个人回复我了。"

奶奶抬头看了我一眼，问："有回信了？"

我一边点头一边把那条回复打开给奶奶看，奶奶看完之后陷入了沉思，窗户外一片蓝天和白云，树叶在风吹动下沙沙作响，猫趴在窗台的小窝里，奶奶说："看来这世间记得陆之开的不止我一个。"

我从奶奶的语气里没有读懂那是欣慰还是心酸，她拍了拍膝盖站起来，我跟在奶奶后面，爷爷去外面散步还没有回来，在我的记忆里，好像奶奶从来不和爷爷出去散步，倒是方木白和妈妈会陪着爷爷出去走走，而我是奶奶的贴心小棉袄。

第二天，阿瓜给我打了电话，她说："你的猜测完全正确，我们在做一件了不起的事。我把你发在网上的那本书给我奶奶看了，她看见那些字以后就掉眼泪了。她以前的网名叫作'香瓜'，我声明我的网名'阿瓜'和奶奶没有关系。奶奶说她以前是陆之开粉丝群的管理员，是最活跃的那个。"

我问："那你奶奶有没有讲陆之开的故事？"

阿瓜说："我把你写的都给我奶奶看了，奶奶说想见下你奶奶。"

我说："你奶奶知道陆之开在哪吗？"

阿瓜说："奶奶什么都没有和我说。她只想见见你奶奶。"

我说："那行，我去和奶奶说。对了，你在哪个城市？"

阿瓜说："我在西安。"

我说："真好，我还没去过西安，我在厦门，我会马上把这些话告诉奶奶的。等会一有消息我就打电话给你。"

挂掉电话，我去找奶奶，但是奶奶没有在客厅，我知道奶奶要是没有在家，就会一个人去商场的书店点一杯咖啡看看书，于是我就跑出门找奶奶，奶奶真的在那里看书，我坐在奶奶对面，奶奶问："你也来看书吗？"

我对奶奶笑，奶奶把书合上说："你小子，有话就快说。你这笑得我鸡皮疙瘩都起来了。"

我缓缓地从嘴里说了两个字"香瓜"。

奶奶拍了一下我的脑袋说："想吃香瓜自己去买，别来这里扰我清静。"

我把奶奶的手拿开说："不是那个香瓜，以前陆之开粉丝群里是不是有个叫'香瓜'的？"

"香瓜？"奶奶盖在书上的手微微抽动了一下，"你是说阿瓜的奶奶叫'香瓜'，我想起来了。我和香瓜常常在一个群里玩，唱歌、语音、打游戏，她知道陆之开现在在哪吗？"

我说："她没有说，她只是想见你。奶奶，我们去西安吧，她在西安。"

奶奶没有说话，我轻轻拍了拍奶奶的手讲："我们就去一趟西安吧。我陪您去，我还从来没有去过西安呢。"

奶奶看着我温和地笑了笑，在那一笑里我竟然看见了沧桑，奶奶伸出拇指和食指捏了捏我的脸庞，那时候我没有明白，奶奶一直将岁月藏好，但是在与回忆接头的时候，岁月的痕迹还是跑了出来。奶奶没有回答我，但是我知道奶奶一定会给我一个肯定的答复，我即将要去西安。

我给阿瓜打电话，我说："放心吧，奶奶会去西安的，这是她一辈子的心愿。我越来越好奇，我奶奶和陆之开到底有怎样的故事，我总感觉在奶奶的叙述中隐藏了什么，也许你奶奶知道。"

阿瓜叹了口气讲："我奶奶什么也不告诉我。她只是说很遗憾陆之开没有被更多的人认识，这一生都籍籍无名。"

我说："阿瓜，我叫你一句姐吧，我常常搞不懂，是什么样的感情，让我奶奶记了一辈子，我真的想见见陆之开，想当面问问他，要是他把我奶奶忘了，我一定揍死他。"

阿瓜"嗯"了一声，"我也很好奇，不就是一个不出名的作家吗？

有什么了不起的，我奶奶还把他的书留了一辈子。我也想看看那个作家长什么样子，要是他有孙子、孙女，我就帮你一起揍他。"

我们在电话里聊着聊着竟哈哈大笑起来，好像我们已经结成了同盟，要一同去对付陆之开的子孙后代，想想就很刺激。

挂掉电话，我回到家里，看了部电影，然后把习题写了，我相信奶奶一定会去西安的，因为一个人有了执念，就再也回不了头了。奶奶虽然一辈子都把事情看得很淡漠，但是对于感情依旧有着最初的那一份欣喜。眼下唯一让我心烦的是，暑假已经过去了一半，要是奶奶再不做决定，妈妈便有理由把我留在厦门等待开学了。

我每天都用幽怨的眼神看着奶奶，奶奶心知肚明，但是就不回应我，我坐在奶奶的对面，歪着头，目光呆滞地看着奶奶，妈妈走过来拍拍我的后背说："淘安，你生病了吗？你怎么每天都无精打采的。"

我把目光冲着奶奶努了努嘴，奶奶笑起来，说："我真是受不了你了，带你去西安。"

我立马从椅子上蹿起来，嘴里喊着："奶奶万岁！"

妈妈被吓了一跳，"这孩子一惊一乍的。"但是她好像很快就反应过来了，然后接着用不可思议的语气说，"去西安？妈，你怎么能带他去西安呢？刚从深圳回来又去西安，淘安过两年就得高考了呀。"

我说："妈，我才刚上高一，下半年才高二，不用那么着急。"

奶奶看着妈妈，然后故意冲我摊了摊手讲："那你要听妈妈的话哟。"

说完，奶奶就从沙发上站起来往外走去，爷爷问了一句："晓月，这太折腾了，西安那么远。"

我赶紧跟着奶奶转头对着爷爷说："没事的没事的，我陪着奶奶去。我会照顾好奶奶的，爷爷你就放心吧。"

奶奶并没有急着决定，又过了两天，第三天的傍晚，奶奶让我陪她出去散步，和奶奶走在沿海的景观道上，路上都是手牵着手的情侣，夕阳挂在海天相接的地方，有海鸥掠过海面飞翔，奶奶额前花白的刘海被风吹乱，我比奶奶高出半头，挽着奶奶的手臂走着。

奶奶说："你真的想去西安吗？"

我说："很想去的，我想知道奶奶以前的故事。"

奶奶用手拨了拨刘海在风里停住了脚步讲："淘安，奶奶会带你去的，你能喜欢写作奶奶很开心。但是奶奶更希望你能明白，人这一生要有所追求，而不是浑浑噩噩地走到生命的尽头。你爸你妈还有你爷爷，我不想你去过他们的人生，我想有一天你可以被很多人记得和知道。"

我知道奶奶的意思，奶奶是想我能够成为一个名人，一个作品能被后人记着，这一生轰轰烈烈的人，我的目光掠过奶奶凌乱的头发望向海的尽头，我忽然间有一种油然而生的自豪感，我想我这一生一定不会平凡。

我对着奶奶点了点头讲："奶奶，我这一生会去勇敢追求自己所爱的人。"

奶奶捏了一下我的脸蛋儿说："你个小屁孩，怕以后会成为情圣哟。"

我挠了挠脑袋不知道怎么回答奶奶。

奶奶继续往前走，我跟在奶奶身边，奶奶讲："其实最幸福的就是一辈子只爱一个人，把完完整整的爱都给一个人，那才是最好的。"

我迎着奶奶的目光问："那奶奶是不是一辈子只爱了一个人呢？"

奶奶沿着海边的小道走到一片碎石上，然后找了一块相对平整的地上坐下来，我在奶奶的身边坐着，我觉得这样的场景一定很美，夕阳的最后一抹余晖把海平面处的天空抹了一道狭长的淡红色，他处的天空是一片绛紫色，路灯亮了起来。

我想起那本书扉页的诗句：曾经沧海难为水，除却巫山不是云。我轻声在嘴里念起来，奶奶问我："知道什么意思吗？"

我说："知道，是元稹写的一首诗，意思就是见过了汹涌的大海，其他地方的水便不值一提了；见过了巫山的云，其他地方的云便没有了色彩。这就是形容这一生遇见了你，心里便再也不会有其他人了。"

奶奶满意地点了点头。

晚风吹来，沙滩上有人唱歌，我其实一直不明白，奶奶为什么会和爷爷在一起，这么多年来他们没有争吵，没有红过脸，一切都那么祥和，那这种祥和却让我觉得没有平常人家的那一份烟火气。

奶奶闭上眼睛说："能听见这个世界的声音真好。"

我说："有什么好的？音乐美妙，但是也有很烦的时候，比如说晚上睡觉，马路上的车子总是让我失眠。"

奶奶说："那是你没有经历过失去声音的恐惧，不过现在的科技已经让你永远不用担心了。但是30多年前可没有这么幸运，要是我一直能够听见，我想我也不会对陆之开避而不见的。"

我想着奶奶的话，忽然间发现也许一切都是上帝写好的剧本吧，如果真如奶奶说的那样，那么这个世界就没有方木白，也没有我方洵安了。

我把这话和奶奶讲的时候，奶奶把脸扭向一边说："好像也是，要是那时候我嫁给了陆之开，也就没有你了。"

想到这里，我有些伤感，我好像是奶奶不爱的产物，我把我内心的想法告诉奶奶的时候，奶奶在我的头上用力按了按说："你这个傻孩子，奶奶怎么会不爱你呢？"

我还是有些伤感，我内心竟然有些酸楚，我更加迫切地想知道那个叫陆之开的男人到底有怎样的魔力，可以让奶奶带着一辈子的思念活着，他虽然从来没出现过，却改变了我们一家人的命运，如此这般，我更加渴望西安之旅。

回到家里我在房间里给阿瓜发信息，我说："我和奶奶最近就会来西安，到时候我希望我们可以一起揭开这个秘密，我真的很想看看陆之开，你是不知道他是怎么耽误了我奶奶一生，实在是看着他年纪应该比我奶奶还大了，不然我真想替奶奶出一口气，揍他一顿。"

阿瓜看见我的消息显然也很激动，她说她最近都无心功课了，她的奶奶也表现出了与往常不同的情况，在她有记忆以来，奶奶其实很少会去看那本书，但是自从我和她说了你的帖子以后，她几乎日日都会拿出来看一会儿，然后不停地叹息，我想我奶奶心里应该也藏着一个巨大的秘密。

我和阿瓜开始了侦探小说一般的猜测，但是让阿瓜和我一样感觉到无奈的是，在网上竟然已经找不到陆之开的任何痕迹了。

我躲在被窝里和阿瓜打电话，我们一边笑着一边吐槽陆之开，我们开始把陆之开描绘成一个失败的书生形象，阿瓜问我，你说他会不会最后流落街头疯掉了，我倒吸了一口凉气讲不至于吧，阿瓜很认真地说有些人感情受伤了脑子就会不正常的，这个我在很多电视里都看过，我们在想象里尽情描绘着陆之开，夜晚躲在被窝里都笑出声来了。

但是现实，一切只能等待了。这一次，方木白说要陪着去，但奶奶拒绝了，她让方木白好好上班，跟着去的依旧是舅爷和炮哥。

在机场，方木白和妈妈还有爷爷站在检票口对着我们挥手，我看了一眼爷爷，忽然间觉得这个风烛残年的老人真是让人感到有些悲哀。这一生朝夕相处的爱人竟然心里没有他，不过我也明白爷爷是爱奶奶的。所以他才会容忍了奶奶的这一生，也许这就是大爱吧。

舅爷订的是头等舱，奶奶睡着了，窗外的云层在我们的下方，一眼望去如同皑皑白雪，舅爷望着窗外，好像有点心事，但是我没有去问。虽然我知道舅爷一定知道一些奶奶并不知道的事情，但是以我对舅爷的了解，他是不会讲的。他这一生愧疚奶奶太多了，在年轻的时候正是奶奶挡在他的前面，他才能够为自己的事情竭尽全力。

飞机落地在西安机场，我们站在出站口，炮哥去拿行李，然后打上一辆出租车去了酒店，我在车上给阿瓜发信息说，我们到西安了。

阿瓜很快就回了我，我和奶奶已经等了很久了，你们在哪家酒店。

我便把位置信息发了过去。

阿瓜说："那你们等等我，我爸开车送我和奶奶过来。"

我和奶奶说："香瓜很快就要到了，他们应该已经在来的路上了。"

奶奶瞪了我一眼说："不能没礼貌，香瓜是你叫的吗？"

我对着奶奶吐了吐舌头。

奶奶一辈子像个高人，似乎没有可以让她紧张或者激动的事情。她说话总是不急不慢铿锵有力，天生就好像是众人间的焦点，但是奶奶听完我说的话以后，从沙发上站起来，我能看出她内心的焦躁，她从房间的一头走到另外一头，最后坐在梳妆台前看着自己发呆，西安的天色比厦门暗得要晚，都已经八点了，外面依旧有些许阳光。

舅爷敲门进来，整个身躯挡在电视前，奶奶从镜子里看着舅爷，舅爷说："阿姐，我们这一辈子都快过去了，等这一次结束，该忘的就忘了吧。总要好好的生活，还有这样的事情为什么总要把洵安也带来，他还小，要学习，我们老一辈子事他知道得太多也没什么好处。"

我没等奶奶开口就直接对着舅爷说："舅爷，我最爱奶奶了。我想知道奶奶的故事，我以后要成为一个作家，比陆之开要厉害得多的作家，还要把奶奶的故事写下来，让一百年以后都有人记得奶奶。"

舅爷看着我，他是一个不苟言笑的人，但是听完我说的话大笑起来，一边笑着一边朝我走过来，然后一把搂住我的肩膀说："小兔崽子，就知道你没安好心，还要写奶奶的故事哩，你这是在利用奶奶。"

奶奶转过头来对着舅爷说："阳仔，别闹了，等会儿他们就要过来了，你看看我是不是特别的不体面。"

我挣脱舅爷和奶奶说："奶奶，就你这气质，放在大街上简直就是鹤立鸡群。放心吧，我就还没有见到一个老太太能比过你的，就连那些电视上的明星也不如你。"

舅爷捏了捏我的脸，说："这话洵安倒是说得没错。阿姐，要不是我们是亲姐弟，我一定要和你姐弟恋。"

奶奶白了一眼舅爷说："都是做爷爷的人了，还油嘴滑舌的。"

舅爷对我咧了咧嘴说："我一辈子什么都不怕，就独独怕我这姐了。"

天渐渐黑了下来，阿姐说："阳仔，去安排一下餐厅，要这酒店最高规格的，待会儿就在餐厅和他们见吧。"

舅爷走到窗前把窗户拉开，嘴角桀骜地一扬说："阿姐，放心吧。

我早就让小刘安排好了，你弟弟办事你放心好了。"

一股热浪从窗户里涌进来，将空调的冷风中和了一下，外面的街市灯光渐次亮了起来，古城西安的建筑真美，像一条关于盛世长安的河流。

电话这个时候响了，阿瓜说："淘安，我们已经到酒店大堂了。"

我把电话捂住，看向奶奶。

舅爷说："让他们直接去30层的餐厅，说是江总的客人，会有人安排的。"

我把舅爷的话告诉阿瓜。

阿瓜说："好，一会儿见。"

我说："一会儿见。"

奶奶对着镜子理了理头发，拿出口红小心翼翼地抹了抹，然后起身往门外走去，我赶紧跟在奶奶身边，舅爷也随着跟上来，在电梯口，服务员小姐姐帮着按了电梯，当电梯门合上的时候，我看了看奶奶，那好像是一片平静的海，但我看不到在岁月里酝酿了将近40年的情绪。

电梯缓缓上升，显示屏上的数字不断地跳跃，然后在30层的位置停了下来，电梯门打开，礼仪小姐伸手做了一个请的动作，然后领着我们往前走，餐厅偌大包间打开的一瞬间，我看见一个老人坐在椅子的中间，身边是一个中年男人，穿着一件简单的T恤，另一边是个剪短头发的女孩，我知道她就是阿瓜。

中间头发已花白的老人看上去要比奶奶大很多岁，她的皮肤已经满是老年斑，她看见奶奶的那一瞬间，眼里放出了不一样的光彩，她在中年男人的搀扶下站起来，然后颤颤巍巍地往奶奶这边走过来，奶奶愣在原地，我轻轻用手指点了点奶奶的手臂，奶奶才缓过神来。

奶奶往前走了几步，两个人在半米的距离之间又停了下来，阿瓜的奶奶上下打量着我的奶奶，然后不停地点头，嘴里说着："难怪当年陆之开那么爱你，他来找我的时候我满是疑惑，如今总算是明白了。"

阿瓜的奶奶一直重复了好几遍，奶奶上前握住她的手说："那时候我们才 20 多岁，没想到见面的时候都 60 多岁了，都快 40 年了，时间过得真的很快啊！我记得你那时候是管理员，每天晚上你都会在群里和大家互动，那时候我们真的有很多很多话要说。"

说到这里的时候，奶奶的脸上泛起了笑容，香瓜奶奶也笑了起来，她拍了拍奶奶的手说："晓月，我听孝琴说你在找陆之开，我看见了那个帖子，也看见了陆之开给你的签名书，我还记得那时候你常常失眠，所以会在群里大家一起语音，我只记得你的声音很好听，我真的不知道你会有那样的一段故事。"

奶奶摇了摇头讲："我和陆之开就这样错过了。如果我不是丧失了听力，我想我一定会翻越千山万水去找他的。但是上帝不想让我快乐，我没有想到一切会来得那么快。当我听不见这个世界的声音时，我又怎么去爱陆之开，你知道吗？我一直想让陆之开记住我的声音，所以我经常和他语音。但是一切还是来得太快，在我准备勇敢一次的时候，我听不见了，没有人知道那时候我有多绝望。"

说到这里的时候，奶奶哽咽了，舅爷上前搂着奶奶的肩拍了拍说："阿姐，那些事情就别去想了，都过去了。"

在奶奶停顿的间隙里，我看了看阿瓜，这个女孩原来叫孝琴，她低头看着脚尖，她好像也不喜欢这样的场合，我悄悄拿出手机给阿瓜发了一条信息：孝琴，你好，很高兴认识你啊！

孝琴看了一眼手机，然后抬头看了看我，我们四目相对，但是她很快又重新把头低下去，我有些失落，好像孝琴并不像电话里那么喜欢讲话，她看起来是一个很文静甚至有些内向的女孩。

舅爷高高大大，气场很强，气场有很大一部分都是被钱撑起来的，毕竟今晚的消费都将会由舅爷买单，舅爷和奶奶说："阿姐，我们先吃饭吧，也不能这样光站着，就算你们老姐妹有很多话讲，那也等先吃完饭吧。"

奶奶看了眼对面这个 30 多年在一个群里却从来没有见过的姐们儿

说："我们先吃饭吧，等吃完饭，我有好多话想和你讲。本来我想再过些年去找陆之开的，但是前段时间我病了一场，虽然没什么大事，我却明白人也真是脆弱，哪一天我忽然走了倒没什么，可是心里的这份遗憾带着走我又有些不甘心。我想陆之开早就结婚生子，和我们一样，应该也是做爷爷外公的人了，我就是想在死之前见一见他，我这一辈子也就没有遗憾了。"

奶奶说的时候又有些哽咽了，舅爷搂着奶奶走到餐桌前，然后把奶奶让到了主位，但是奶奶没坐，而是和香瓜奶奶坐在了一起，她们彼此挨着，舅爷无奈地坐在奶奶身边，孝琴坐在了下方位，我就坐到了孝琴旁边，舅爷对站在门口的炮哥说："小刘，你也过来坐，陪这兄弟喝一点儿。"

孝琴的爸爸一看就是个老实人，他听见舅爷的话赶紧起身说："我不能喝，要开车的。"

但是舅爷摆摆手说："没关系。要是不嫌弃在这里住的话，我和酒店打个招呼就好；要是想回家，我安排个司机便行。"

炮哥知道舅爷的意思，大步走过来坐在了孝琴爸身边，然后给孝琴爸把酒倒满，孝琴抬起头对着他爸翻了一个白眼咬了咬牙说："妈不让你喝酒的。"孝琴爸爸眼睛瞟了瞟酒的商标，便脸上笑起来讲："我就喝一点儿，这不是远道儿来的客人嘛！"孝琴气呼呼地把头扭向一边，舅爷看着笑了起来，然后拿我打趣说："我的大作家，这就坐到人家姑娘身边去了呀，你可别学陆之开哟。"

我没有想到舅爷会拿我开涮，脸一下便红到了脖子根，孝琴也不好意思地把头扭向了一边，我坐立不安，不知道是不是应该往旁边坐一个位子，还是继续这样坐着，奶奶看出了我的窘迫，她拍了一下舅爷的肩膀说："你不要总是拿洵安开玩笑，人家也是大人了，会不好意思的。"舅爷在别人面前是说一不二的，但是遇见了奶奶就好像是个小男孩，他抓着筷子低下了头。

奶奶看了看孝琴对香瓜奶奶说："这是你孙女啊？"

香瓜奶奶嘴里说："是。"然后对着孝琴说，"孝琴，快叫奶奶。"

孝琴便站了起来对着奶奶叫了声："奶奶！"

奶奶很开心地笑起来说："看看，现在孙女都这么大了，我们家淘安也上高中了。"

我没等奶奶叫我，便也站起来对着香瓜奶奶叫了声："奶奶。"

舅爷冲我吐了吐舌头说："马屁精！"

奶奶一把揪住舅爷的耳朵说："看来阿姐是治不了你了！你别总是逗我的淘安，下次再看你欺负他，我真的得揍你了。"

我真是爱死我的奶奶了！

我迎着舅爷的目光，一噘嘴。

炮哥端着酒杯笑起来，孝琴爸看着炮哥笑，也咧嘴笑了笑。

舅爷一个眼神瞟向炮哥说："小刘，很好笑吗？"

炮哥赶紧把头扭向一边喝酒。

孝琴爸的动作慢了半分，但是也很快就跟着炮哥把头转向了一边。

我的奶奶是这全世界最好的奶奶，那时候我常常想，我一定要快点儿长大，然后守护着奶奶。

我吃了几口便饱了，然后侧脸看了一眼孝琴，她也吃饱了正在玩着手机，炮哥和孝琴爸还在那里喝着酒，奶奶和香瓜奶奶正在回忆着往事，舅爷无聊地坐着。

我和奶奶说："奶奶，我想去外面走走，看看西安的夜景。"

奶奶看着说我："那你就去吧。"然后看了眼孝琴说，"小姑娘，要不你陪淘安去走走吧？"

孝琴看了眼她爸，她爸说："应该去，来了西安，怎么也得陪客人去转转玩玩，你身上有钱吗？没钱到爸爸这里来拿。"

孝琴有些尴尬，他爸说着就摸口袋掏钱，但是被炮哥拦住了，香瓜奶奶看着孝琴爸对着奶奶摇了摇头讲："我这儿子真是没一点儿出息。"

我说："谢谢叔叔，我有钱，我奶奶给我钱了。"

奶奶拍了拍香瓜奶奶的手，笑着说："自己的孩子能陪着自己就好了，我是没和你讲我那儿子，真是一根筋，无趣得很。我这孙子还好，所以我得好好培养我的孙子，我那儿子我是不指望了，不提也罢，一辈子除了上班就没其他的爱好。"

香瓜奶奶瞟了一眼孝琴爸爸说："那你看看我儿子。"

说到这里奶奶叹了口气，端起眼前的茶喝了一口说："陆之开的子女应该比他们都要大吧。"

我和孝琴站起来往门外走，舅爷忽然从后面叫住我说："喂，你们两个等等我，我也要出去走走。"

我回过头来看着舅爷，心里有一百个不愿意，我再一次把目光望向奶奶，奶奶一把拉住舅爷说："人家小孩子出去玩，你一个腿脚不方便的老年人凑什么热闹，要是觉得坐在这里无聊，你就去酒店房间里坐着，让洵安和孝琴自己出去玩。"

我看着舅爷的样子对着孝琴笑了笑，然后往前走去，一直走进电梯，我才和孝琴说话。

我说："我终于来到西安了。我特别喜欢这里，在古时候这里就是长安吧。"

孝琴好像并不是很热情，她的目光盯在跳动的电梯层数上，淡淡地说："是吧，这里就是古时候的长安。"

我把声音提高了几个分贝说："什么叫是吧，好像你不肯定一样，这里肯定就是长安啊，待会儿你带我到处走走。"

电梯到了一楼，我和孝琴从电梯里走出来，大厅光洁的大理石板可以看见自己的影子，门口的保安在我们还没有走到的时候就已经将门推开。走到大门口，我抬头看了看天空，然后深深地吸了一口属于西安夜晚的空气。

孝琴站在我的身边问我："你们家是不是很有钱？"

我不知道孝琴是什么意思，一时间不知道怎么回答，孝琴转过身看了看身后的这座高楼讲："淘安，你知道吗？这是我们西安市最好的酒店，这里的房间住一晚起码得好几千。就我们刚刚吃的那一顿饭，那么大的龙虾，还有燕窝，起码得上万块了。我爸一个月的工资也只够在这里住一晚的。"

我看着孝琴，然后说："我舅爷有钱，他以前是公务员，后来自己创业，现在有自己的大公司，我爸也只是个上班的。"

孝琴说："我真羡慕那些有钱人，有钱人才有尊严。你看看我爸那样子，真像个小丑，平时都喝那种十来块钱的酒，这一次算是让他大开眼界了。我敢和你打赌，他今天一定会喝得烂醉，还会去住那几千块钱一晚的酒店，他这人就这点儿出息。"

我听着孝琴的语气里有些无奈，便说："没事。晚上你也在这里住吧，反正都是我舅爷花钱。"

"不。"

孝琴斩钉截铁地拒绝了，说："我等会儿自己坐地铁回家，我住在这么贵的地方，我肯定一晚上都睡不着，我还不如回家住呢。"

这会儿我真不知道该怎么去接孝琴的话，便站在那里苦笑了笑。

孝琴哼了一声说："你还笑，你是有钱人家的孩子，你是不会知道钱对于我们来讲的意义，反正跟你讲你也不懂。看在我奶奶和你奶奶的面子上，说吧，要去哪里玩，我带你去。"

我来之前也随便查了查攻略，也就记得大唐不夜城了，便把这个地方和孝琴讲了。

孝琴托着下巴想了一下说："那就去吧，反正每个来西安的人都会跑到那里去的。"

我说："是不是特别漂亮？"

孝琴说："你不是在网上都看过图片了吗？我倒觉得没什么，在这里生活了那么多年了，一点儿感觉也没有。我倒是很想看看海，我从来都没有看过海，我想大学的时候一定要考到有海的城市去。"

说到这里的时候，我发现孝琴的脸上露出了笑容，我马上拍了拍胸脯讲："那就去厦门，厦门就在海边，还有鼓浪屿，我奶奶就喜欢每个夏天的傍晚带我去海边散步，看着夕阳落下海平线。"

孝琴忽然间停住脚步，目光紧紧盯着我说："是不是特别美？"

我故意逗了一下孝琴，学着她刚才的语气说："你不是在网上都看过图片了吗？"

孝琴咬了咬嘴唇，翻了一个白眼说："你真的很让人讨厌。"说完她又继续往前走去，我只是开个玩笑，好像孝琴真的有点生气了。奶奶常常教育我说女孩子是要哄的，我就小跑着跟上去讲："和你开玩笑的，你还真生气？下次你去厦门，我带你坐游轮，去鼓浪屿吃好吃的，然后带你去日光岩看日落吹海风。"

孝琴依旧没有讲话。

我想了想，总要讲一句能吸引孝琴的话，跟着孝琴的脚步走了几步，我说："你知道吗？海风是有味道的。"

孝琴停顿了一下脚步，然后继续往前走，我也便不再讲话，走了几十米，孝琴没有忍住，她侧着脸瞪着我说："你讲话讲完呀，讲了一半，真是让人讨厌。"

我故作委屈地讲："还不是怕你会生气吗？"

孝琴哼了一声说："快讲啊，海风到底是什么味道的？"

我忽然间发现，自己的嘴说快了，虽然我一直觉得海风是有味道的，却没有办法用词语形容出来，就在我不知道怎么讲的时候，我忽然间想起在陆之开的书里，他形容深圳的海风用过一个词语：腥甜。

我脱口而出："是腥甜的。"

孝琴的眉头皱了皱，然后好像是在脑海里细细想着这个词语，我也在想，"腥甜"到底是怎样一种味道，海水的味道倒是有一点儿腥，毕竟里面有各种各样的鱼，但是这"甜"我却不知道怎么理解。

孝琴转过头来看着我，然后摇了摇头讲："不想了，看来只有等我到了海边才能明白这海风的味道了。"

我说："那我等你来厦门。"

孝琴拍了拍牛仔裤，然后双手插进裤袋里说："那还得再等一年，看我能不能考到沿海城市的大学。"

我说："不用等。过几天跟我去厦门玩就好了，玩几天我让炮哥再送你回来。"

孝琴问："炮哥是谁？"

我说："就是和你爸喝酒的那个呀。"

孝琴浑身战栗了一下，然后边甩头边咬了咬牙说："算了算了，还是等我自己考上大学，机票也挺贵的。"

我本来想说我舅爷会安排的，但是想想算了，我知道孝琴一定不愿意，她会觉得这是一种居高临下的施舍。

孝琴说要坐地铁过去，我说打车吧，我想坐在出租车上看看西安的夜景，孝琴想了想然后说："也是，西安的夜景确实值得看，坐出租车是好的选择，那我们坐出租车吧。"说着她站在路边伸手拦了辆出租车，我们便坐了进去。

我贴着车窗看着窗外古时的建筑，忽然间觉得这座城市的人们真是幸福，几千年的文化在这里静静地流淌着，车子停在不夜城的路口，我拿出手机来付钱，却被孝琴一把拉住说："来了西安我请。"我说："是我说要看夜景要坐车的，我来就好了。"孝琴倔强得像头小驴，她抓住我的手硬是不让我付款，然后她付好了才笑嘻嘻地拉开车门说："西安是我的地盘，不要让我没面子。"

我看着她有点想笑，她比我大两岁，看起来却不如我成熟，可能是我喜欢写文章的缘故吧。加上从小就跟着奶奶，所以从骨子里看待很多事情总是带着一点儿骄傲和悲观。孝琴双手背在后腰，大步往前走着，人群熙熙攘攘，我跟在孝琴的身后，头顶的月亮在云层里穿梭，我想千年以前，这里一定也如这般热闹吧。

# Chapter 4

×

# 去 他 的 故 乡

来回走了几圈，差不多到了该回去的时候，我和孝琴说："去酒店吧，你奶奶和爸爸都在那里。"

孝琴看了看手机讲："不了，我要回家，我妈妈在家呢。"

我说："那你打个车回去吧。"

孝琴往前走了几步，然后指了指自己的手机对我说："还有 20 分钟，末班地铁还有 20 分钟，我现在走过去刚刚好，你自己打车回去吧。"

我和孝琴之间有三五米的距离，忽然间来来往往的人流便塞满了这之间的距离，我透过人群想问问孝琴明天还会来吗，但是孝琴已经小跑着穿过了马路，我看着孝琴的背影，心里有种说不出来的感觉，时间也的确不早了，我拦了辆出租车便回了酒店。

回到酒店的房间，我看见奶奶和香瓜奶奶还坐在沙发上聊天，奶奶看了看我问："孝琴呢？"

我无精打采地说："她回家了。"

奶奶说："怎么不让她来酒店呢，给她安排了房间。"

我说："别人不愿意，就喜欢回家睡。"

说完我坐在床沿上，打开了电脑。

香瓜奶奶笑了笑讲："别管我那倔脾气的孙女了，她就这样，倔强得很呢！"

奶奶说："那挺好，女孩子就是心里要有点傲气。"

香瓜奶奶站起身来说:"也不早了,我就先回自己房间了,真是给你添麻烦了。我那不争气的儿子现在喝得烂醉,不然就回家住好了。"

奶奶和气地讲:"这是讲哪里的话,我念了这一辈子,这算是我最开心的时候了,要是你愿意,我让阳仔接你们去厦门玩一段时间。"

我拿着电脑站起来说:"也带孝琴去,她说她特别想看海。"

奶奶和香瓜奶奶同时望着我,我才发现自己有点失态了,香瓜奶奶倒是很爽朗地笑了一声说:"还是年轻好,你看看,一下子就很熟了,等哪一天我去厦门,一定把孝琴也带上。"

香瓜奶奶走出房间,奶奶把门锁了回过头来看着我,我端着电脑假装镇定,酒店的香氛都是上好的,奶奶慢步走到我的面前,我假装在电脑上打字,其实心里已经很乱了,我好像陷入了某一种陷阱,我和孝琴仅仅只是第一次见面,却好像已经认识很久了一般,我开始期待下一次见面,这是我从来没有过的感觉。

奶奶在我的身边坐下来,我希望她能问问我孝琴的事,我希望她能够帮帮我,我其实挺不喜欢这样的感觉的,好像一只自由自在的鸟儿,忽然间被人植入了跟踪芯片,虽然你还是自由的,但是心里却牵扯出了一根线,我的那根线就是孝琴,她和所有我遇见的姑娘都不一样,我喜欢她那份倔强,喜欢她脸上的笑容,但是奶奶任由我这只被困的小兽独自挣扎,却没有伸出援助的手。

奶奶说:"香瓜奶奶也已经30多年没有再联系过陆之开了,但是好在她知道陆之开的老家,我想着明天在西安再待上一天,然后去陆之开湖南的老家看看。"

我抬头看着奶奶说:"那香瓜奶奶会去吗?"

奶奶说:"会去。"

我说:"那孝琴呢?香瓜奶奶也需要人照顾。"

奶奶摸了摸我的头讲:"孝琴明年就要高考了,学业很重要,看她自己吧。"

我有点失望，夜里没有睡着，躲在被子里给孝琴发信息，希望她明天可以出来再陪我在西安城里转转。

但是孝琴和我讲："我要在家里写作业了，妈妈今天已经有些生气了。"

我说："那去湖南，去找陆之开，你去吗？我们奶奶与陆之开的秘密你不是也很想知道吗？"

孝琴没有回我信息，我一直在等，手里抓着手机渐渐睡着了，半夜醒来，一阵惊诧，然后在床上翻来覆去地找到手机，可是点亮屏幕，依旧没有孝琴的信息，我忽然间有些难过，把脸侧着望向窗外，心里好像有一片巨大的空白，柔软得像一团巨大的棉花，扎进去有那么一瞬间是柔软和舒服的，但是很快便有一种深深的窒息感，好像这就是想念。天空里的月亮沉在乌云里，显得整个夜空那么寂寥，在那么一瞬间，我忽然间好像有点明白奶奶这一生的煎熬了，爱了一辈子的人，却一面也没有见，我开始连一天的等待都难以忍受，奶奶却是用一辈子在等待，想到这里，我感觉自己又是多么幸福，毕竟我的喜欢可以没有负担，而奶奶曾经，带着自身缺陷的疼痛在悄悄爱一个人，倔强让她遗憾了一生。

想着想着，我便睡着了。第二天醒来，看着奶奶坐在梳妆台前一丝不苟地整理鬓发，我踩着拖鞋去浴室洗漱，奶奶说："打扮得精神一点儿，等会儿奶奶带你去西安城转转，去吃肉夹馍，去吃羊肉串，然后带你喝冰峰饮料。"我一边挤牙膏一边看着镜子里的自己，漫不经心地回答奶奶的话："没什么好转的，我想在酒店看看书写写文章。"

奶奶不知道什么时候走到了浴室门前，她靠在浴室的门框上看着我说："小兔崽子，我知道你有心事，但是奶奶要提醒你一下，时间和距离是一件很折磨人的事，距离有一天会成为枷锁，但最终都还是会沦为时间的囚徒。"

我满嘴泡沫地看着奶奶，奶奶说："有一天你会明白的，你要是不想去，就自己在酒店待着，我和舅爷出去走走，看看这座几千年的古长安城。"

我刷牙的时候，把手机放在盥洗台上，然后便收到了孝琴的信息。

"我等会儿和我爸来酒店带你到处去转转，我妈是不让我来的，因为课业紧张，但是我爸这一次特别强硬地一定要我来。我知道我爸心里的小九九，他是想和你们家攀上关系，想你舅爷可以照顾一下没出息的他。我真觉得丢人，他这一辈子到处点头哈腰，到头来不过是勉强养家糊口。我这一辈子都不要成为他这样的人，你也不用同情我，我是不会买账的，我奶奶眼里总是无奈，她心里也倔强，这一次她就不出来了。"

我才不愿去理睬这些，我知道孝琴也会来之后，匆匆洗了把脸走出房间和奶奶说："我还是陪你一起去转转吧，待在酒店也无聊。"

奶奶穿了一件很漂亮的丝绸旗袍，站在镜子前的她看了看我说："那赶紧换一身衣服，穿得精神点儿。"我换衣服的时候，本来不想去回孝琴的信息，我想谁让她昨晚没回我信息，我这算是报复，也可以等下见面的时候装作不知道，我不想让她从我的神态里看出是因为她来我才愿意去西安城里转转的，但是我不是沉得住气的人，这一点和奶奶比真是一点儿也不像，我还是给孝琴发了信息。

"那一会儿见。"

在楼下的时候，我们看见孝琴爸和孝琴站在大厅里。

孝琴爸见我们满脸堆笑地跑过来在舅爷面前鞠了一个躬，然后对奶奶也鞠了一个躬，孝琴站在一边面无表情，她爸拉了拉孝琴的手说："赶紧叫一声爷爷和奶奶。"

孝琴无精打采地甩开她爸的手说："什么爷爷奶奶啊，要叫也是叫奶奶和舅爷，你这样说会让人误会的。"

她爸直起身子对着孝琴说："死丫头，就你嘴巴能。"

奶奶得体地笑了笑说："没关系，跟着淘安叫就好了。"

孝琴对着她爸翻了一个白眼，然后叫了一声"奶奶"，接着对着舅爷叫了声"舅爷"。

舅爷喜欢开玩笑，拍了拍我的脑袋说："好小子，你可以啊，这都改口了，那我是不是得给个大红包。"说着舅爷对着炮哥叫了一句："小刘，把我的包拿过来。"

孝琴爸连连喊着："使不得使不得，怎么能要红包呢？我家孝琴哪配得上你家公子啊。"

这话讲得我有些尴尬，孝琴到一脸无所谓，舅爷爽朗地拍了拍孝琴爸的肩膀讲："这都什么年代了，还分贵贱，你的思想要改。"

奶奶嗔怒地瞪了一眼舅爷讲："别在这里贫嘴了。"然后对着孝琴爸说："既然有心，那就麻烦你带我们在这西安城里转转吧。"

舅爷对于奶奶从来言听计从，炮哥也是看在眼里，他捂住嘴想笑，舅爷本来憋着气，这下炮哥刚好撞到了枪口上，于是舅爷对着炮哥讲："你还站在这里干吗，还不去把车开过来，要我们都站在这大厅等你吗？"

我同情地看了一眼炮哥，炮哥赶紧走向侧面的电梯，站在门口等炮哥的时候，我悄悄看了一眼孝琴，孝琴还是穿着昨天那条牛仔裤，衣服换了一件白色的 T 恤，头发上夹了一个粉色的发夹，炮哥把车停稳，我们坐到了车上，这是舅爷在西安临时租的商务车，虽没有厦门的那一辆舒服，但也还算不错。

在西安走了一圈，去了很多地方，在古城墙上，孝琴爸显然对这座他生活了半辈子的城市并不是很清楚它的历史底蕴。在附近的茶厅休息的时候，孝琴爸得着机会就走到舅爷身边去献殷勤，孝琴有些看不下去了，就一个人走到门外去，我也跟了出去，在离茶厅一段距离的地方，孝琴从书包里拿出一盒香烟，然后抖出一支自己点上抽了起来。

我诧异地叫起来："你还抽烟？"

孝琴满不在乎地说："抽啊，不过不常抽。我爸妈知道肯定会打死我的，我就悄悄抽。心情不好、压力大的时候就抽一根缓解一下。"

说完她把香烟在我面前晃了晃说："你要不要也来一根？"

我摇了摇头说："我不抽烟。"

孝琴把香烟放进包里，然后一只手撑在城墙上，另一只手夹着香烟猛抽了几口，她的目光一直望着远处，然后说："我真羡慕你，从小到大都不用为钱操心，你看看我爸爸那样子，谁都看得出来他想攀上你舅爷的关系。我其实挺讨厌我爸的，但是有些时候又觉得他可怜。他也是为了这个家，为了能让我妈多买几件好衣服，我没有办法改变，所以我就想早早考上大学，然后远离这里。我从小就这样，因为家里穷，明明想要一件东西，但只能表现得很不屑、无所谓，其实天知道我有多想要，做梦都想要，那种滋味真是太不好受了。"

孝琴说着忽然把目光望向我，我低着头，其实从小到大我也很厌的，每次遇到问题的时候第一反应就是逃避。

我说："我不懂大人，我就喜欢和我奶奶在一起。我觉得人这一生要追求自己喜欢的一切，这是我奶奶教我的。人一生不能留下遗憾，你看我奶奶，别看她体面的样子，其实她心里也是很荒芜的，就是那个陆之开，让奶奶的这一生都活在了遗憾里。"

孝琴把烟头扔在地上踩灭，然后对着空气大口呼吸了一下新鲜空气，接着从裤袋里拿出口香糖抖出四粒来，自己拿了两粒放进嘴里嚼着说："你也来两粒。"

我伸出手，在孝琴的掌心拿起那两粒口香糖，我的手指触碰到孝琴掌心的那一刻，内心有一种莫名的悸动。孝琴转而双手撑在城墙上，低头看着脚尖说："要是我爸知道我抽烟我就死定了，所以每次抽完我都要在风里吹一下，然后嚼两粒口香糖。我在家人面前可是乖乖女，他们都不了解我。我在学校和别人打架，抽烟，是特别混的一个女生。"

说到这里，孝琴看了一眼问我说："你会打架吗？"

我说："不会，我不打架。"

孝琴双手往后抻了抻，我看见她的胸脯微微凸起，我的脸忽然间一阵燥热，然后赶紧把目光移开看向天空，大朵的白云飘过蓝天。

孝琴接着说："也对，像你这样的人，也不用以打架的方式去捍卫什么争取什么。"

我低头沉默着，不知道讲什么，孝琴转身背靠着城墙说："听奶奶说，你们要去湖南陆之开的老家看看，我妈不同意我去，所以拜托你，到时候和我讲讲，我很想知道那个籍籍无名的作家，当年留下了怎么样的故事。"

　　我看着孝琴说："要不一起去好了，我可以让我奶奶或者舅爷出面带上你的。"

　　孝琴摇了摇头讲："算了算了，我要好好学习，我现在只能靠学习逃离这座城市。我想考个好点儿的大学，那样以后说不定也是可以改变命运的。"

　　炮哥这个时候从茶厅走出来，冲着我们招了招手，孝琴忽然间对着我哈了一口气说："喂，没有烟味吧。"

　　我站在原地，刚刚孝琴的一口气迎面扑在我的脸上，我在脑海里想着那应该算是什么感觉，好像心里有一块柔软的地方被轻轻抚摸了，好像春天的花开满了草坪，有蜜蜂和蝴蝶围着飞舞，又好像在海面上，那夕阳渐渐沉没于海里，孝琴已经走出去好几步，然后回过头来对我微微一笑说："快点儿走啦。"

　　我刹那间想到一个词语了，就是"腥甜"，我终于明白陆之开为什么很喜欢用这个词语了，因为这里面有关于爱情的味道，我感动得有些想落泪。走到奶奶面前，奶奶看着我说："你这是怎么了，感觉你的眼圈都红了。"我说："刚刚抬头看了一下太阳。"奶奶摸了摸我的头讲："下次别这么看，眼睛坏了可不得了。"

　　傍晚，天色渐渐暗了下来，我喜欢这属于黄昏的城市，从秦岭吹来的风，带着山野的潮湿气息，天空中淡红色的云好像是一幅油彩画，舒软的风吹着孝琴的头发，那最后一抹夕阳的光把那被风撩起来的长发抹上了一层金黄。

　　奶奶有些花白的头发在风里变成了夕阳下的苇絮，我们就那么站着，奶奶说："时间真是快啊，忽然间就老了。"

舅爷说："阿姐才不老呢，风采依旧。"

奶奶没有搭理舅爷而是和我讲："淘安，其实奶奶以前只想活到50岁，谁也不去麻烦，到50岁就一个人找个安静的地方离开这个人世就好了。那时候，我真的好怕别人来关心我，因为关心的另一层含义就是给别人带来了麻烦，我不想给别人带来麻烦。"

舅爷拍了拍奶奶的肩膀说："阿姐，怎么又讲这些了呢。"

奶奶说："你不知道那时候姐姐有多么绝望，姐姐真的好怕会耽误你，会成为你的累赘。"

舅爷的眼眶红了："阿姐，我知道那时候你受了很多委屈，都是我不懂事。我那时候就像个孩子，我没有站在你前面保护你。"

孝琴看着奶奶和舅爷，奶奶努力挤出了笑容对着孝琴爸说："实在不好意思，让你见笑了。看着这样的风景，想到了一些伤心事，竟然情不自禁了。"

孝琴爸弯着腰满脸笑着说："每个人都会有难过的往事。"

孝琴一脸诧异地看着她爸，她肯定不知道在她爸的嘴里，还能说出这村上春树式的话语来。

夜里睡不着，我想起奶奶的忧伤，这么多年她总是一副看淡了一切的样子，像下午这般的失态真是很少，我知道奶奶一定是想起了很多伤心事。天空中的月亮皎洁，我望着那轮月亮发呆，我在想陆之开是不是也会常常抬头看看月亮，他们说思念一个人的时候就应该看看天空，看看月亮，看看漫天的星辰。虽然天涯每一处的人，目之所及的景色不一样，但是看见的永远是同一片天，同一轮月，也算是相见过。

"淘安。"奶奶叫我，"怎么不睡呢？"

我说："睡不着，西安的夜真美。"我抬头看着月亮转身和奶奶讲，"你说当年的李白是不是看见的也是这轮月亮？"

奶奶穿着丝绸睡衣从旁边的床上起来对我说："淘安，告诉奶奶，是不是想让孝琴也陪着一起去湖南。我看你今天心事重重的。"

我说："算了，孝琴马上就要高考了，她要考一个好学校，然后离开这里。我不能因为自己去耽误她。"

奶奶和我并排站着，我已经比奶奶高出一个脑袋了，奶奶微微抬头看着我讲："你长大了，知道为对方着想了。"

我担心奶奶会继续讲孝琴，然后把我心里对孝琴的感觉给说出来，我还在上高一，老师也不允许我去谈恋爱，奶奶是个思想很潮的老太太，她并不会批评我，但是我不想和奶奶讨论这个，那样我会感觉到很尴尬。

我说："奶奶，明天就要去陆之开的家乡了，快40年了，你还能认出他吗？"

奶奶往前走了几步，然后在沙发上坐下来，沉默了很久，奶奶说："淘安，想一个人其实是一件很幸福的事。这30多年，我都感觉陆之开就在我的身边，因为30多年前，他发过照片给我，所以一直到今天，他在我的脑海里还是30多年前的模样。"

说到这里，奶奶叹了口气说："我其实也挺害怕的，什么是离开，这么多年看起来好像他从来没有出现在我的生命里，但是在我的心里我的灵魂里他从来都没有离开过。这一次如果真的相见，也许才是真正失去的开始吧。"

奶奶说完从沙发上站起来，她慢悠悠地往床前走去，边走边说："但是这念了一辈子的人，也该见见了，不然下辈子都找不到。"

那一刻，我感觉奶奶好像苍老了很多，她躺在床上，然后把身子侧过去对我说："淘安，你也早点儿睡，明天要去湖南了。"

第二天，我们带上香瓜奶奶一起坐上了从西安机场到长沙机场的飞机，我对着窗户拍了一张机翼的照片给孝琴说："飞机马上就要起飞了，我会把奶奶的故事告诉你的。"

孝琴说："谢谢，我很想知道。"

飞机穿过云层的时候，有气流颠簸，香瓜奶奶有些不舒服，但是很快恢复了，飞机平稳地飞行，在飞机上，奶奶和香瓜奶奶都望着机窗外，我在想，这两个已经快 70 岁的老人，在时间的捉弄下，去迎接一场迟到了将近 40 年的相见。

机窗外的阳光有些刺眼，我把挡板拉下来，然后戴上眼罩睡去，我做了一个梦，在梦里不停地奔跑，我也不知道自己为什么要奔跑，当我醒来的时候发现自己的眼眶是湿润的，我一直在想这个关于奔跑的梦，那是一个怎样的故事让我在梦里掉眼泪，但是我一点儿也想不起来，这让我有些懊恼。飞机还在跑道滑行的时候，机舱里的人们便已经纷纷把安全带解开了，我拉上挡板看着窗外，地勤人员在慢悠悠地走着，飞机停成一片，远处的跑道上，等待起飞的飞机一架一架渐次排着顺序。

奶奶坐在窗前没有起身，后来等我长大之后才明白，一个人如果执念太深，所念之物已经变得不再重要了，而是执念本身的坚持，奶奶的执念是陆之开，不管是在一起还是见一面，在奶奶的大半生里，都是带着对陆之开的这一份执念生活的。她一定想象和预演了无数遍和陆之开相见的场景，但是在漫长的时间的河流里，支撑奶奶的不是见面，而是对见面无数次的想象。

我站起来走到奶奶的身边轻声说："奶奶，到长沙了。"

奶奶从思绪中缓过神来，其实从昨夜开始，我就感觉到奶奶衰老的速度，她从座位上站起来，我搀扶了她一把，走出舱门站在舷梯上，奶奶停了会儿脚步，然后四下看了看晴朗的天空，从机场出来，我们要去高铁站，然后坐一个小时的高铁去陆之开的老家。

在机场的摆渡车上，我给孝琴发了一条信息说："我们到长沙了，我感觉到奶奶的脚步很沉重。"

孝琴一直到下午才回我信息。

"一直在写作业，我的物理真是一团糟，完全搞不懂，你奶奶脚步沉重是自然的，毕竟半生的思念忽然间可以触摸到了，无论是谁都会不知所措的。"

坐在高铁上，奶奶和香瓜奶奶聊那些陈年旧事，舅爷有些困了，闭上眼睛小憩，炮哥在玩着游戏，而我依旧是看着窗外，车窗的景色是一片乡野，有层峦叠嶂的山峰，有成片起伏的稻田，还有些好像是上帝遗落的镜子，一面一面掉在人间，湖南湖泊还是很多的。我拿着手机拍了几张照片本来想发给孝琴的，后来想想还是算了。因为我开始明白，对一个人的喜欢是需要克制的，如果她的影子充满了自己的生活，那么自己就开始渐渐会成为被囚禁的人。

从高铁上下来，一股热浪迎面而来，炮哥已经联系好了租车公司，他小跑着去取车，我们找了一个阴凉的地方坐着，但是我并不想就这么坐着，而是往前走了几步站在广场的中央，这里的一切都很陌生，来来往往的人说着我听不懂的方言，周边的房屋似乎也有些年份了，外表看上去都是岁月的痕迹，天空蓝得像一片海，我看着地上无数的影子交替重叠，周围的风带着从水泥地里冒出来的热气。

奶奶从身后喊我："淘安，太晒了，过来。"

我也觉得太热了，才站了那么一会儿，额头上已经满是汗珠，我走回阴凉处，听见奶奶和香瓜奶奶说："真是辛苦你了，让你陪着跑一趟。"

香瓜奶奶抓住奶奶的手讲："你可千万别这么讲，这么多年其实我也挺想不明白的，那时候我就想问他，他明明喜欢的是你，为什么还要和别人结婚，但是我当年看陆之开的样子是很难过的。所以我什么都没有问，这一次我一定要问清楚。"

奶奶拧开矿泉水喝了一口讲："都过去那么久了，有些事不提也罢，提了又能怎么样，还能回到20多岁去奋力爱一次吗？"

香瓜奶奶忽然间看着奶奶问："如果陆之开现在一个人，你会和他在一起吗？"

这个问题让我感到有些兴奋，其实我也一直有这个疑问，只是我不敢去问，我也很想知道如果现在陆之开是一个人，奶奶会不会和爷爷离婚，然后和陆之开在一起？我想过很多遍，就奶奶的性格，我觉得这是有可能的，舅爷一脸惊诧，这显然好像是突破了这次来湖南的底线，他看着奶奶，一脸的疑惑，我从奶奶沉默不语的脸上，好像看到了那一份坚定，我是一个比同龄孩子成熟的人，我立马想到了如果这样我可能会失去奶奶，这是我无论如何都不想见到的，我的奶奶从小到大对我的影响实在太大了，我甚至很多次想，我宁愿失去方木白和妈妈，也不愿意失去奶奶。

我的目光盯着奶奶，我希望她回答不会，可是她没有说话，舅爷一定和我一样感到了害怕，我失去了我最爱的奶奶，他也会失去最爱他的阿姐，我感觉自己好像会变成孤儿，想着舅爷也会是这样的感觉，我忽然间想回家了，我不想去见陆之开了，我也不想知道这个故事的所有细节了。过去的让时间掩埋掉就好了，我决不允许有一个人把我的奶奶抢走。

这座小城没有像样的酒店，舅爷刚好借题发挥拿炮哥撒气，他生气地把炮哥训了一顿，炮哥在一旁满脸委屈地讲："这已经是这里最好的酒店了。"奶奶愠怒地掐了一下舅爷的手臂说："你真是越来越矫情了。我觉得这里挺好的，你别总是拿小刘撒气，他是给你工作的，不是给你撒气的，你这种人以后要孤独终老的。"

炮哥连连说："我知道江总只是和我开个玩笑。"

舅爷骄傲地对着奶奶说："好了，阿姐，我只是不想委屈你。"

奶奶没再说什么，大家各自回到房间，这一次奶奶和我说："洵安，今晚你自己住吧，奶奶想和香瓜奶奶聊聊天。"

我其实求之不得，我便说："好的，奶奶放心吧。"

我回到房间打开电脑，再一次点开我之前写的帖子，依旧没有人回复，我又在网上找了找关于陆之开的信息，还是没有找到关于他曾经留下的碎片，我不知道这样做的意义，当谜底近在咫尺伸手就可以触到的时候，我不知道这样的寻找还有什么意义。人生可能总是会这样，我们虚无的时光注定要被无意义的事情填充满，我躺在床上看了一会儿书，大概看了十几页便睡着了，醒来的时候已经是黄昏，夕阳从窗户里照进来，我看见远处的群山隐隐的仿佛是天空黛青色的云朵，我想起了孝琴，便给她打了一个电话。

我和她讲了我的害怕，我害怕奶奶见到陆之开后会不要我，不要舅爷，不要方木白，说着说着我难过地掉下眼泪，我知道奶奶，她真的会这样的。她曾经不见陆之开是为了要自己的体面，是因为她怕失去听力在陆之开面前变得不完美，但是如今不一样了，奶奶是体面的，是比任何这个岁月的女人都优秀得多的，所以我害怕奶奶会在这个年纪把青春里的遗憾奋不顾身地补回来。

孝琴听着我讲，沉默了很久和我说："我理解你的担心，如果我是你奶奶，我可能也会为爱再奋不顾身一次。但是你奶奶内心一定是孤独的，如果你爱你的奶奶，你就要支持她做的任何决定。"

我对着孝琴叫起来："你不懂，我不要我奶奶离开我，谁也不能抢走我的奶奶，陆之开更不行，我要告诉我爷爷，让爷爷过来把奶奶带走。"

孝琴叹了口气没有说话，我其实知道自己只是在讲气话，这是奶奶的梦，我这一辈子都会维护奶奶的梦而不是破坏它。

晚上在酒店里吃饭，奶奶好像心事重重，只吃了几口小米粥便不再吃了，然后和大家说了一声先回房间休息了，奶奶起身往前走了几步，香瓜奶奶也起身离开了。我有些失落，看着窗外这座小城的夜色，月亮挂在天空，清辉洒在树梢之上，门口的服务员站在门口聊天，时不时看向我，也许这座小城很少像我们这样的外地人吧。

我看着他们的那一瞬间，我特别想喊一句："等不了多久，我可能就要成为本地人了。"一想到这里，我就心酸，我当然不会喊出来，只是一个人转身走了，舅爷叫我的时候我都假装没有听见，走到电梯间，我看着按键上的数字，往上是去房间，往下是去大厅，我按了一楼，我想一个人走走。

这城市真的很小，我沿着街道慢悠悠地走着，路两边的店铺都是一些二三线品牌，很多人饭后穿着拖鞋和背心出来走走，和我一般大的年轻人三五成群嘻嘻哈哈地从我身边走过，路灯明明晃晃，我看见成群的飞蛾在路灯的光柱下飞舞，每个人的步伐都是缓慢的，这是一座慢节奏的城市，我也不知道该往哪里走，看见路边有一家还算不错的奶茶店，就走了进去，点了一杯奶茶在吧台前坐下来，这里和厦门不一样，厦门的奶茶店大多数是下了班来聊聊天的上班族，而这里似乎都是放学之后的学生，我发了一条信息给孝琴。

"这真是一个让人爱不起来的小地方，路灯都要比别处昏暗一些。"

奶茶我喝了几口，并不好喝，本来我也没有抱什么希望，毕竟这里一杯奶茶比厦门要便宜一半。

坐了一会儿，我便出门往酒店走去，内陆城市的夜里比沿海城市要闷热，路上也没有什么风，我的额头有些汗水，孝琴也没有回我信息，走到酒店，我敲了敲奶奶房间的门，奶奶见我一头的汗问我怎么了，我说刚刚去外面走了走，奶奶说："这样陌生的地方下次别一个人乱走。"我说："没事的，我已经是大人了。"奶奶便没有说话，我看见书桌上放着陆之开的那本书，书的封面微微扬起，这样很容易猜到，奶奶刚刚一定盯着书的扉页看了很久。

我说："奶奶，找到那个作家了吗？"

奶奶说："已经在找了，应该很快。你舅爷会想办法的，其实多等几天也没有关系，都等了一辈子了，又怎么在乎这几天。"

奶奶说着便成了自言自语，她坐在书桌前，戴上老花镜，然后看着扉页上的字陷入了沉思，这时候孝琴给我发来了信息。

"你只是个过客而已，又不是要在那里生活，你们今天去见陆之开了吗？"

我回她，"还没有找到，毕竟这么多年了，不过也不难，我舅爷总有办法的，只是我开始发现奶奶总是心事重重，我从来没有见过她这样。"

孝琴说："这是当然的，你知道这一辈子等一个人有多难吗？这样马上就可以见到了，搁谁那里都会难以入眠的。"

我说："那你知道？"

孝琴说："咳，你别钻这个牛角尖，你要是想知道更多关于你奶奶和陆之开的故事，现在就要多陪陪你奶奶，她肯定会和你讲的。"

我看了一眼奶奶，她在台灯下戴着老花镜的样子让我有些难过，最近这些日子真的感觉奶奶老了很多，她以前总在我面前大声说话，不管是宠溺还是训斥，声音都很有气魄，但是现在却是缓缓的，真的如一个老人般。一个人苍老，是不是从说话的声音和语气开始的。

我没有回孝琴，我站在奶奶的身后帮奶奶按了按肩膀，奶奶抬起头来看着我笑了笑说："淘安是真的长大了，还知道帮奶奶捏捏肩了。"

我说："奶奶，你不要总是去想了，我看你变得都不快乐了！"

奶奶把书合上，把老花镜摘下来放在台灯的旁边，然后看着我说："淘安，其实有些快乐是给别人的，有些快乐是属于自己的。这一生我的快乐都是给别人的，现在才是属于我自己的快乐，奶奶沉浸在往事里，其实是快乐的。"

我不知道为什么掉眼泪了，我知道奶奶这一生很苦，她为了舅爷，为了方木白，为了我，把一切都看淡了。现在她想变成自己的时候，却已经苍老，奶奶忽然间对我说："你个小兔崽子，你哭个屁啊！"

我看着奶奶，这语气才是我认识的奶奶，我哭着就笑了起来说："奶奶，你答应我，永远都不离开我。"

奶奶从椅子上站起来说："你个傻孩子，奶奶都多大年纪了，有一天肯定得离开你，你要是能够有出息，奶奶也算是心安了。"

我说："奶奶，你要长命百岁，活到我做爷爷的时候。"

奶奶大笑起来："你别胡说，那我不是成老妖精了，活到你做爸爸我就知足了。"

# Chapter 5

×

# 我 见 到 了 他

给孝琴的信：

    我有太多的话想和你讲，本来想给你打个电话，但是我一打电话就很难把想说的表达出来，我还是在文字上表达得更自然和全面，发信息也显得不合适，毕竟这会是很多文字，我想着就写下来给你吧。

    他们骗了奶奶30多年，现在还想骗她一辈子。舅爷已经找到了陆之开，但是他没有告诉奶奶，我知道他是害怕失去奶奶，或者说是害怕失去眼下的平静生活，但是这太自私了。这是奶奶一生的梦，而舅爷凭什么去给奶奶做出决定。

    我恨舅爷，恨他的自私自利，但是我更恨的是，他既然做出了决定要欺骗奶奶一辈子，为什么又要把真相告诉我，当我看到陆之开的那一刻，舅爷和我说："洵安，这就是你奶奶念了一辈子的人。"我知道舅爷把这个难题交给了我。

    陆之开已经老了，而且他孤身一人，躺在医院的病床上，陪护他的是一个30来岁的女人，那女人眼睛很小，肤色黝黑，看上去有点壮实。她看见我们便从椅子上站起来，阳光从窗户外照进来，医院里到处都是消毒水的味道，当我和陆之开四目相对的那一刻，我有一阵强烈的昏眩感，这么多年，这个老人好像幽灵一样在我们家时常出现，但是我看见他的那一刻，却完全说不出一句话。

我往后退了几步，我想逃出医院，但我听见他对着舅爷说："这是晓月的孙子？"

舅爷点了点头说："是的，阿姐唯一的孙子，和你一样，也喜欢写作。"

陆之开浑浊的眼里闪过一丝光，然后很快黯淡下去，他努力往上挪了挪身子，旁边的女人看见后马上过来扶一把然后将枕头垫在他的腰上，他就那么靠着，他比我想象的老，也一定比奶奶想象的要老，但是那种感觉又好像不是苍老，而是沧桑，他的脸上皱纹倒不是很多，但是头发花白，他嘴角笑了笑，看着我讲："写作是一件很好的事情，我以前也喜欢写作。"

我说："我看过你的书。"

我这样说他好像很开心，笑得都咳嗽起来。旁边的女人过来拍了拍他的背，他摆了摆手把女人推开，然后目光继续看着我说："那都是快40年前的事了，后来我就没写了，不想写了。人啊，遇到了一些事情真的就会改变一生的。"

我赶紧追着陆之开问："是不是遇见了我的奶奶？"

陆之开没有说话，他好像有点累了，他把腰间的枕头拿出来，然后身子往下滑着躺好，女人走到床前俯身说："等下小悠过来陪您，我下午还有事，晚上小悠她爸过来。"

陆之开侧着身子躺着没有讲话。

我们在医院的走道里，女人出来的时候，孝琴，你知道吗？我用了很大的勇气才叫住她，我说："请问您是陆之开什么人？"

那女人愣了一小会儿，一定是我的问题太突兀了，但是好在她并没有在意，她手里拿着保温饭盒看着我说："他是我爸啊，我是他儿媳妇。"

我又问她："那您多少岁了？"

她有点疑惑，但还是回答了我，她说她33岁，她的女儿小悠11岁，在上5年级，他的老公，也就是陆之开的儿子，今年35岁。

我继续问她："陆之开是不是只有这一个儿子？"

看得出来，她对我的问题有些愠怒了，我也知道我这样问很不礼貌，但是我真的很想知道，因为我发现，30多年前，也许一切并不是奶奶看见的样子，女人回答我说："是，就我丈夫一个儿子。"说完以后她便走了，索性不再给我继续问下去的机会。

孝琴，你奶奶说过陆之开在2020年就结婚了，比我奶奶要早结婚，我爸今年都38岁了，那么陆之开的儿子应该比我爸大，而不应该只有35岁，难道陆之开结婚以后过了三四年才生的孩子，虽然这也正常，但是我总感觉有些不对，可能是一个作家的直觉。

我带着太多的疑问，一个是陆之开结婚之后又离婚了，另外一个便是，当初和你奶奶讲他结婚了，甚至那些给你奶奶的照片都是假的，他是在骗我奶奶。

想到这里，我的心一阵冰凉，我看着舅爷，舅爷的背影在医院的走道上被拉得很长，他回头看着我，然后说："小兔崽子，你有什么想问的就说吧。"说完他看着炮哥说，"小刘，你先回去吧，让我和这小兔崽子待会儿。"

炮哥点了点头说："那我在车里等你们。"

舅爷挥了挥手说："不用了，今天给你放假，我们等下自己回去。"

炮哥还想说些什么，但是舅爷向外挥了挥手，好像是驱赶的意思。

炮哥走了以后，舅爷走到我的跟前，然后摸了摸我的头说：
"小兔崽子，你是不是特别恨我？"

我往外跨了一步，和舅爷保持大概半步的距离说："为什么不带奶奶来，为什么？"

舅爷叹了口气，然后在旁边蓝色的椅子上坐下来，接着拍了拍身边的位子说："过来坐。"

我没有挪步。

舅爷双手搭在膝盖上，缓缓地说："你那么聪明，你应该知道，你奶奶如果知道陆之开如今孤身一人需要人照顾，以你奶奶的性格，可能厦门的家就没了。"

我打断舅爷的话，感觉喉咙有些酸涩，声音好像是冲破喉咙奔涌出来的一样，"可是，那是奶奶一辈子的梦，你有什么资格去替奶奶做决定？"

那天，我没有和舅爷一起回酒店，而是一个人在住院部前面的院子里坐着，这里来来往往都是病人和家属，病人的脚步缓慢，家属的脚步匆匆，但是每个人的脸色都是凝重的，八月已经立秋了，但是天气依旧炎热，头顶的树叶偶尔飘下来几片，天空中的云真的很白，在蓝天之上干净得好像没有一点儿瑕疵。

孝琴，我该怎么办，我该告诉奶奶吗？我比舅爷还怕奶奶会离开厦门，会离开我，陆之开也一定很想见奶奶，我要去做一个坏人吗？


回到酒店，奶奶和香瓜奶奶正在那里聊天，她们问我去哪了，我说去外面走走，奶奶叫我过去，但是我没有走过去，而是和奶奶说，我今天有点累了，想先休息。我知道奶奶一定很惊讶，但是此刻我只是想自己在房间里静一会儿。

我刷开酒店的门，然后走到床前整个人躺下去，我长长地舒了一口气，我脑海里全是陆之开，那年他没有结婚，他在等奶奶，我知道我应该把一切告诉奶奶的，他们这一辈子已经错过了最好的年华，在夕阳余晖的年纪，应该让故事变得圆满，但这世界总是有得便有失，如果陆之开和奶奶圆满了，那么我的家将会破碎，爷爷将在年迈之际变成孤身，我也不能陪在奶奶身边。

初秋的小城天气依旧炎热，外面的风吹进来带着热气，但又实在不想起来去关窗，我就那么躺着，感觉到筋疲力尽，最后睡着了，醒来的时候已经到了晚上，是奶奶过来敲门叫我吃饭，看我一副睡眼惺忪的样子，奶奶把手背贴在我的额头上，然后说："这大热天的以后少出去，中暑就麻烦了。"我"哦"了声然后随奶奶去楼下的餐厅。

我看见舅爷，他依旧笑着站起来迎着奶奶说："阿姐，你要是不愿意走动，让服务员给你送上去就好了。"

奶奶说："我有那么老吗？"

奶奶坐在椅子上看着舅爷，然后招了招手说："还有，这些天有消息了吗？"

舅爷说："阿姐，毕竟这么多年了，总要点儿时间，快了快了。"

我心里很难受，等舅爷话音刚落，我便站起来和奶奶说："我不饿，我不想吃了。"说完便一个人走了，奶奶在身后叫我，我一句都没有搭理，但是我听奶奶不解地说："这孩子今天怎么了，一回来就怪怪的。"舅爷的声音也传了过来："小兔崽子长大了，会藏心事了，阿姐，你就别操这个心了。"

我回头看了一眼舅爷，我真想脱口而出："我为什么这样，不都是你害的。"但是这只是想想罢了，我怎么可能去说呢，我回到房间便看到了孝琴的信息。


"方洵安，我特别能理解你，如果是我，我肯定也会不知
所措，但是我想最后你肯定会说的，因为你爱你的奶奶，你是

无论如何也不会拿奶奶一生的等待去做赌注的，只是你现在还不知道怎么开口罢了，我想陆之开也一样，如果他真的已经做好了见你奶奶的准备，他一定也会想办法的，但是如今他在病床上，和你奶奶当年一样，他可能也想要体面。

"我给你一个建议吧，你可以不听，我想这些日子你可以瞒着你奶奶去看看陆爷爷，也许他会和你讲讲那些年的故事，毕竟很多故事，只有陆爷爷最清楚，你奶奶都不会知道，在你奶奶和你爷爷在一起的那些年，陆爷爷他一个人是怎么过来的，你要成为一个好的作家，我觉得这是一个非常好的故事，加上陆爷爷曾经也是一个作家，你或许从他那里可以学到很多。

"其实啊，你不用现在就想那么多，也许听着陆爷爷的故事，你自然就知道该怎么做了，你说不是吗？"

我看着孝琴的信息，好像这也是我唯一可以选择的方式了。我坐在窗前的桌子上，双脚悬在空中，望着窗外，我想有很多故事，陆之开或许真的不会和奶奶说，因为那难熬的日子都已经过去了，如今又何必再去回忆一次让奶奶因为错过而难过，但是他也许会和我讲，我知道一个作者，如果没有把故事写下来，一定会以另一种方式去让故事的火种不在世间消亡，或许这一切都是被安排好的，从奶奶和陆之开相遇的那一刻就注定的。

想到这里我不禁释然，我从桌上跳下来，然后打开电脑打了会儿游戏，直到奶奶敲门，我起身去开门，奶奶拿着水果走进来说："不想吃饭，就吃点儿水果。"我说："奶奶，我没事，我在打游戏呢。"奶奶看了一眼我的电脑画面，把果盘放在桌子上说："看你心事重重的，我还以为你有什么心事呢？"我抬头对着奶奶笑："我能有什么心事，你别瞎想了，你快去陪香瓜奶奶吧，我和朋友在玩游戏呢。"

奶奶拍了拍我的头，然后走出房门。

第二天找了个理由便和炮哥一起出去了，炮哥其实每天都是在外面瞎转，因为那是舅爷给他的任务，让他好像每天都像在忙着找陆之开，炮哥把我送到医院，他要和我一起去，但是我拒绝了，我一个人走进医院，然后直接往后面的住院部走去，在陆之开房门前，我又立住了，因为这一次我看见的不是那个女人，而是一个男人和一个小女孩，我知道那个男人便是陆之开的儿子，而那女孩是陆之开的孙女小悠。

我推开门，男人看着我，目光里是一片迷惘，那是一个戴着眼镜的男人，眼睛并不聚光，他坐在病床前的椅子上，我走到陆之开的身边，陆之开看见我，淡淡地说了一句："你来了。"然后要努力起身，男人便帮着陆之开把枕头垫在腰下，然后看着我说："你是？"

陆之开用手背拍了拍男人的手说："你先回去吧，把小悠也带回去。"

男人语气里多有怨气地说："我今天都请好假了，现在也不可能再回去上班啊。"

陆之开是个倔老头儿，他气得嘴唇都颤抖了一下说："那就回去把家里收拾干净一点儿，或者你想干吗就去干吗，你中午和晚上给我把饭送来就好。"然后又重重地说，"送两份过来。"

男人没有再说什么，只是回头把女孩的书包提了起来说："小悠，我们回家吧。"

小悠睁着大眼睛和陆之开说："爷爷，那我和爸爸先回去了，中午再来给您带好吃的。"

陆之开笑起来说："去吧去吧。"

小悠看着我，然后冲着我一笑，那笑容里满是天真，眼睛里都是光，她抿着嘴说："那哥哥，我中午再过来。"

我没有想到小悠会冲我笑，冲我讲话，我的反应慢了半拍，在小悠从我身边走过的时候，我才缓缓从嘴里一字一顿地说："嗯，好。"

等他们走了以后，陆之开一直盯着我看，我也不知道就那样过了多久，他沉沉地叹了一口气说："都这么大了，快40年了，时间真快，晓月的孙子都这么大了。"

我从陆之开的语气里听出了这将近 40 年岁月里的无奈，我想我的出现，让他深深埋藏在心里的往事，那些尘沙开始渐渐坍塌，陆之开指了指旁边的椅子说："你过来坐。"

我绕过床尾坐在他身边的椅子上，陆之开的目光依旧盯着我看，然后说："像，和晓月还挺像的，一样的鼻子，一样的眼睛。"

我说："陆爷爷，您见过我奶奶？"

陆之开脸扭向一边，然后说："差一点儿就见着了，我去找过你奶奶，但是她没有见我，这一错过就是 30 多年。"

我说："那您怎么知道我和我奶奶像。"

陆之开嘴角扬起来，然后挪动了下身子说："来，帮爷爷一个忙。"然后指了指枕头下面说，"帮爷爷把手机拿出来。"

我伸手去摸了摸，然后摸到了一个老式手机，我拿给他，他把手机打开，然后点开相册给我看，第一张是个女孩子的照片，我一眼就认出了那是奶奶年轻的时候，真是漂亮。

陆之开说："这是你奶奶在 24 岁的时候发给我的，是不是特别漂亮！我手机不知道换了多少个，但是这张照片一直保存着，以后等我死了，我也会带着这张照片一起走，你奶奶现在还好吗？"

我点了点头说："奶奶身体很好，而且早就可以听见了，在我爸爸 3 岁的时候，虽然和正常的耳蜗还是有差别，但是听声音已经完全没有问题了。"

"我知道。"陆之开说。

我听着陆之开的话，心里有些隐隐作痛。

陆之开笑起来，说："你奶奶骄傲体面了一辈子，像她的性格，就像那时候说什么也不肯见我一样。"

我把我在网上写的帖子念给陆之开听，他听着听着就有浑浊的泪水从眼角流出来，那是 30 多年的等待和期盼。

我忽然间说：“陆爷爷，您想见我奶奶吗？我奶奶就在离这儿不到三公里的酒店。”

　　话刚脱口而出，我就被自己吓了一跳，虽然我知道陆之开一定知道我奶奶来了，但是我还是对自己说出这样的话来感到吃惊。

　　陆之开沉默了很久，然后缓缓坐起来说：“我给你讲讲那些年的故事吧，不是关于你奶奶，而是关于我的。”

# Chapter 6

×

# 我 只 想 一 个 人

　　晓月就在离我不到三公里的酒店，我听到这个消息的时候，真的是又喜又悲，我一直以为这一辈子都不会见到晓月，只能拿着照片去想念，听着当年的录音去怀念，一切都好像是上帝开的一个玩笑，让我们在青春的时候相遇，一直到垂垂老去的时候才给了一个相见的机会，那个年代网恋是快餐文化的一部分，从网上相遇然后到线下见面是一件很快捷的事情，而我和晓月，却用了这漫长的一生。

　　在我们刚认识的时候，晓月是一个活泼快乐的女孩，她说过要来找我，我就等，没想到一等就快40年了。在这段时间里，我曾经想过很多遍，一遍一遍预演过我们见面的桥段，我不知道我们见面的第一句话应该说"你好"，还是"好久不见"。

　　这又让我想起了那个夏天，我在厦门，住在晓月家附近的酒店，这一切好像如今倒退了回来，成了镜像。

　　那天我本来是要离开厦门的，把见一面的遗憾一并带走，剩下的就交给时间，反正我也不急着结婚，就算是让我一个人过一生也并非不可接受。我在高速上猛踩油门，车子飞驰着，我想着晓月在微信里和我讲的话，忽然间有一句话，我曾经并没有明白什么意思，但是那一刻却像一柄剑扎进了我的心里。

　　"我和你现在的悲欢是不一样的。"

　　我脑海里不断地重复着这句话，我好像明白了，在那个阶段，我的悲欢是爱而不得的晓月，而晓月要面临的是在没有声音的世界里该如何生存下去，我被情感困住了，而晓月是在生活的荆棘里遍体鳞伤。我只是一个连工作都没有的穷作者，又拿什么去护晓月一生。

想到这里，我从心底感到悲伤，我把车开进了服务区，然后站在路边抽了一支烟。

回到深圳以后，我便开始了漫长的迷茫，写文章的弦好像忽然间断了，很多次在电脑前面，写写删删终不是自己喜欢的，那就索性不写了，但是生活依旧要继续，还有车贷要去还，想着反正也没有工作，就不必住在这市中心了，于是便把房子退了，去郊区找了一间便宜的房子。

房东是一对上了年纪的老夫妇，他们是深圳本地人，世世代代都生活在这里，以前很穷，食不果腹，后来改革开放，这个小地方就热闹了起来，房子变多了变高了，人也越来越多，他们也开始有钱了，我望着他们，好像望着一个买彩票中了大奖的人，有那么一瞬间，我想要是我也有一套这样的房子，也许我和晓月的结局就会不一样，想到这里便有些难过，就这么一个冰冷的水泥盒子，却也成了我们没办法逾越的鸿沟。

我叫他们张叔何姨，他们有个儿子比我小，在英国留学，很少回来。他们家的房子是老式的民房，只有两层，能租的也就两间，一楼是他们自己住，中间有个楼梯通向二楼，左边一间，右边一间，我住的是靠右边那间，左边那间住着一个女孩子，但是很少看见她，听何姨讲，她就在附近上班，但是这些和我并没有什么关系。

院子里可以停车，我的车就停在那里，旁边有一块地，大概也就三个平方米大小，种满了蔬菜，我就在这儿生活了一段时间。因为房租便宜，附近吃饭也不贵，加上何姨经常会喊我一起吃点儿，作为报答，每个周末我都会载着何姨去五公里远的一个大超市买些东西，以前她都是坐公交车的，现在我正好可以开车接送一下，反正车子也没用，一个礼拜这样开一次也挺好的。

有些夜晚真是难熬，一边想找人聊，但是当别人和你聊的时候，又觉得很烦。其实很多时候，自己都不知道是怎么回事，好像心里空缺了一块，抓住什么都想塞着能把那空缺堵住，但是最后都是徒劳。偶尔会给晓月发短信，她的社交软件都卸载了，她想要平静的生活，而我们偶尔的联系便是发两条短信。

我知道这样是不对的，但是当理智纠缠不过思念的时候我又能有什么办法，在房间里一个人喝酒，一个人抽烟，把窗户打开吹着晚风，关于未来我放弃了，不愿意再去想。我忘记了自己是一个作家，好像这么多年写作的使命只是为了遇见晓月，现在已然完成使命了。

张叔何姨见我在家里不去上班，便会问我这是为何，好在我写过自己的书，便签好名送了一本给他们，何姨看着书，特别吃惊地说："看不出啊，小陆，你还是个作家，作家好，特别厉害的。"我苦笑了一下说："随便写写的。"

何姨起身小心翼翼把书放好，然后讲："可不能这样贬低自己，能写文章，还能出版，在古时候那可是秀才，要做官的哩。"

知道我是个作者以后，何姨对我便更加客气了，有好几次我在家里不想出门，何姨都会来敲门叫我一起吃饭，这样我倒不好意思了，毕竟我算哪门子作家，当时也没有再写文章了。我只是一个被感情困住的可怜虫罢了。每天都在房间里思念晓月，把以前的聊天记录看了一遍又一遍，把晓月给我录的语音听了一遍又一遍。

住在楼道左边的女孩，有天夜里忽然间来敲我的门，那时候我看了会儿书正准备睡觉，我拉门，看见她额头上都是汗珠，我说："你怎么了？"她捂着腹部说："实在是痛，方便送我去下医院吗？"我说："你等会儿。"然后很快换上了运动鞋扶着她下楼上车，我一路开得很快，到医院便直接去了急诊室，我站在外面，医生说要手术，急性阑尾炎。

我去垫付了医药费，然后坐在楼里等，医院的走道里灯昏昏沉沉的，手术做完以后医生说没什么大事，我便一个人先回家了，第二天醒来的时候已经快到了中午，我才想起来那个女生还在医院，便又开车去了医院，在医院的楼下买了一份馄饨，提着就走到了病房，她看上去精神还不错。

"谢谢。"

她对我说的第一句话。

我把馄饨放在病床旁的桌子上说："今天早上也没吃饭吧？"

她笑了笑说："没事，我叫了外卖，我一个大活人还会被饿着不成。"

我想了想也是，好像也没什么可说的，便起身要走，她叫住我说："喂，帮我个忙，我也要回去，你扶我去办下出院手续吧。"

"这怎么成？"我看着她，"起码也得住个三五天吧，毕竟也是个手术呢，万一出了什么事可就麻烦了。"

"能有什么事？"这姑娘也是个倔脾气，"出了事也不用你管的，我可不想躺在这里。"

我叹了口气说："那行吧，我去问问医生。"说着我就往门外走，她叫住我说："你个憨憨，你怎么说，你可别说我自己要出院，你就说我很穷，做手术的钱是借高利贷的，实在没钱住院了，再住下去就得去卖身了。"

她说完的时候笑了起来，好像很满意自己那拙劣的借口，我看着她忽然间愣住了，因为从她口里说"憨憨"两个字的时候，我想起了晓月，她和我聊天的时候，总喜欢说"你这个憨憨"。

"喂。"她挥了挥手说，"听见没，就这样说。"

没想到还真的出院了，我扶着她走进电梯，然后去停车场，她拉开副驾驶的门看着我："没关系吧，有没有女孩子会介意？"

我坐进驾驶室把安全带扣上说："请便。"

她慢悠悠地坐进来，侧脸看着我："你待会儿开慢一点儿，不要急刹，万一伤口裂开就糟糕了，把你的车里弄得都是血。"

我看着她，哭笑不得。

我一只手搭在方向盘上，把车窗都摇了下来，然后松开刹车缓缓起步，一路上她的话很多，但我没有心情去和她聊天，只是想着赶紧把她送回去，然后回到各自的生活轨道上去，我一点儿也不想去了解她，到了出租屋的院子里，我从车上下来，然后她从另一边下来，何姨奇怪地看着我们，从何姨的眼睛里我看到了误会，我想解释一下，但是又觉得没必要。姑娘往屋内的楼梯走去，然后回头看着我说："我知道花了多少钱，到时候我还给你，我现在没那么多钱，你要是不介意的话，你加我一下微信，我有钱了就马上还你。"

我想了想，一万块钱对没有工作的我来讲也蛮多的，便上去和她加了一下微信，她的微信名叫小曼。

小曼一个人上楼，屋子里的光线昏暗，这个时候何姨对着我招手，我便走了过去，何姨笑着问："什么情况？"

我简单地说了一下昨晚的事情，何姨很认真地点头说："喔，你还挺热心肠的呢！"

我说："都是在外面漂泊的人，能帮一下也是善事。"

回到房间，看着小曼的微信，也不知道那一万块钱会不会还给我，要是不还的话，我搬到这郊区来本想省点儿钱，现在却好像花得更多了。

有天夜里，晓月给我打了电话，说有点想我，那是有风的夜里，凌晨的两点，听到她声音的那一刻，我竟开心地掉下眼泪，但是我努力不让自己的声音发颤，就那么听着晓月讲，她说现在还能听见一些，但是也没有指望会变好了，她开始学手语，开始学画画，第一张想画的就是我的画像，尾巴变得越来越胖，本来想给它减肥的，但是尾巴年纪大了，想想算了。

她的声音好像夜里轻盈的风，我多想让这一刻成为永恒，她说这些天过得很好，除了偶尔会想给我发信息，但是她真的是想放下了，因为有些牵扯一旦融进了生命里就太苦了，与其要去跨越一条没有浮桥的河流，不如就静静地转身忘记对岸的风景。

晓月说了很多，但是像夜里平静的海，她说："陆之开，你要往前走，好好照顾自己。"

　　我的心被扎得很疼，我周围的空气似乎凝固成了洁白的棉絮，我不断地挥舞着拳头，却得不到回应，那种无力感，没有经历过的人是永远不会明白的，就好像你奔赴了千万里，但是在那最后一公里的时候却再也越不过去了，你以为这世上最无奈的是距离，到最后才明白，隔断思念的其实和距离没有一点儿关系。

　　我的情绪也变得不稳定，常常会莫名其妙地难过，然后一个人发呆，思念本来是蚂蚁在骨头上慢慢地爬，但是忽然间又像被豺狼啃噬了一口，我出去买烟，顺带买了点儿消夜，租的房子很偏，要一个人走很长的一段路，所以有些时候不想走就开车出去买点儿吃，有天夜里，开车从外面回来，在很远的地方看见小曼一个人在路上走，我便把车开到了她的身边，她没有看车，而是加快了脚步，而我轻轻点了点油门，她便跑了起来，我把车窗摇下来，而是追上去按了按喇叭，她停下脚步，我刹车，她说："是你呀。"

　　我说："上车吧，我正好要回去。"

　　她拉开车门坐上来，看着车窗玻璃前的烟和消夜说："出去买吃的了？"

　　我说："嗯，有点饿了。"

　　她说："我也有点饿了，要不我请你吃消夜吧？"

　　我说："有点晚了，下次吧。"

　　她说："这有什么晚，我是今天下班早，不然我都要到五点，反正也睡不着，我请你吃消夜吧。"

　　我说："可是我已经买了。"

　　她拿起我刚买的炒面然后下车直接丢进了垃圾桶，接着回来坐在副驾驶，看着我笑："你看，现在没了。"

　　我盯着她看，她算得上是一个漂亮的女孩，眼睛很大，眉毛精致地修剪过，嘴上的口红应该是下班的时候涂的，有点鲜艳，她拍了一下我的肩膀说："快开车啊！我的大债主！"

我一只手握着方向盘说："去哪？"

她说："你从前面那个红绿灯掉头，然后一直开就好了，等下我再和你讲，一定包你满意。"

我总觉得"包你满意"几个字有点怪怪的，但是我没有说话，只是按照她说的，在夜里的公路上走着，我喜欢夜里的城市，路面上空旷得像一片海，速度可以提到八十码，这一条路虽然限速六十，但是一直按八十码开，也没有吃过罚单。

她把车窗摇下来说："怎么不开窗呢？这样多凉快。"

她是个话痨，转而又说："你是不是很有钱啊？又不上班，还买了车，这车怎么也得20多万吧。"

我看着远处的月亮在云间穿梭。

她把遮阳板拉了下来，然后对着那面小镜子用粉扑往脸上拍了拍说："你放心，欠你的钱我会还的，只是我现在还没有钱，我得给我弟还房贷，所以我穷得叮当响。"

我说："怎么还给你弟还房贷呢？"

她哈哈笑起来，说："我弟没钱啊，我爸妈身体又不好，我是自愿帮我弟还的。不要以为我是'扶弟魔'，我弟弟很好的，每次给他还款还要给我写一张借条。"

我听着车窗外的风声。

她补好妆，然后把遮阳板推了上去，接着把高跟鞋脱了，把脚搁在我的挡风玻璃上，我看着脚后跟贴着的创可贴。我心里有些怪怪的，这女孩还真没把自己当外人。

"喂。"她侧脸看着我说，"陆之开是你的真名？"

我说："是啊。"

她笑了笑说："这年头在微信上用真名的人还真不多，我叫宋曼，是宋曼，不是送外卖？"

我笑起来，说："如果读快一点儿还真像送外卖。"

她掐了我一下说："喂，感觉你在讽刺。"

我摆了摆手讲："没有没有，挺有趣的。"

她双手交叉在胸前说："就算你讽刺也没关系，就是一个名字而已，你真的不用上班的吗？"

我说："以前也上，现在没上。"

她接着问："你以前是做什么的呀？"

我说："写文章。"

"喔。"她发出一个语气词，"写书吗？"

没等我回答，她便把脚收了回来，然后用手指着前面说："到了到了，到前面那个路口然后右转，找个位子把车停一下，我们走过去就好。"

我就像是她的司机，把车子停在了路边，然后和她步行过去，这个点儿的街市冷冷清清，毕竟已经是凌晨了，街边打烊的店铺卷闸门在月光下一片淡漠的白色，她一边走一边说："对了，你写过书吗？"

我说："写过一本。"

她抬头瞥了我一眼，说："那很厉害了，写的什么题材？"

我讲："关于爱情和友情的。"

她好像有点失望地说："难道不应该写玄幻武侠，或者盗墓那种刺激的。"

我不知道怎么回答，只好跟着走，走过一个路口，有一家烧烤店还亮着灯，客人不多，只是在门口有一桌，大概五六个男孩子在那里喝酒，我们走过去，然后推开玻璃门走到了里面，她从旁边拿过菜单，然后推到我面前说："来，想吃什么尽管点。"

我看了一眼，点了几串羊肉串，然后一个拍黄瓜，一个烤茄子。

她看了眼说："呀，点几个生蚝吧，再来点儿韭菜，看你这血气方刚的样子，得多补补。"

她说完之后就看着我笑："喂，说实话，你有女朋友吗？我看是没有的，那生理需求怎么解决，用手吗？还是去找那些用钱的姑娘？"

我说："你要知道这些干吗？"

"好奇嘛！"她盯着我看，"其实我是知道的，男生嘛，都是管不住下半身的，这也很正常。"

她的话让我深深思念晓月，我其实在精神上已然把晓月当成了我的爱人，所以当她在我面前聊这些的时候，我感觉对晓月是种背叛，我便打断她讲："快点儿把菜单给老板吧，吃完了早点儿回去。"

她起身，从我的目光平视过去，刚好可以看见她的大腿，我看见她的腿上文着一朵玫瑰，我赶紧把目光转向一边，老板和老板娘都在外面的烧烤架前，她走过去把菜单给老板娘，然后和那桌男孩子聊了几句，接着拿了一个空杯子倒了一杯啤酒喝了。

她推开门坐在我的对面，我指了指外面说："认识？"

她说："哪认识。"

我说："那怎么还喝酒了呢？"

她冲我一眨眼说："男孩子嘛，看见漂亮姑娘总是有点躁动的，陪他们喝一杯也没事，反正我也是在酒吧工作的。"

我也不知道为什么听到"酒吧"两个字，就有点惊讶，便说："酒吧？"

她嘟囔了下嘴说："是啊，我在酒吧工作，在学习调酒。你是不是觉得在酒吧工作的都不是好姑娘，我和你讲哟，我是正经女孩，连个男朋友都没有，想想真是难过，到现在都还没和男孩子上过床，你们男生是不是一听到在酒吧上班，就不会认真对待了。"

"喂。"小曼伸出手，越过半张桌子在我面前挥了挥手说，"我可不是随便的女孩，要是你这样就认为我很随便，那你可就错了。"

随不随便和我有什么关系，我心里只有晓月，我打开手机看着和晓月的微信，这个点儿她肯定睡着了，但也不一定，不知道她还会不会失眠，想到这里，我又有些难过，我起身走到玻璃门前看着天空。心里总是会想，要是晓月在我身边该多好啊！

烧烤一样一样端了上来，小曼说："你是不是心里有思念的人？"

我夹了一块茄子肉，上面都是蒜蓉。

小曼大口咬了一块羊肉讲："我在微博上看过，当一个人总是喜欢看天空的时候，一定是有思念的人，因为全世界的人，看见的都是同一片天空。"

我和小曼说："是，心里有一个很想念很想念的人。"

小曼盯着我看了几秒，然后眼睛里溢出笑容说："你一定很想她吧？我猜是你喜欢的姑娘。"

我变得有些开心："没错，是我喜欢的姑娘，她是这世上最好的女孩。"

小曼咂了咂嘴说："咦，那你为什么不去找她，我看你每天都在家，既然那么想她，为什么不开车去找她呢？"

我用手抓了一只生蚝放进碗里，有点无奈地说："我其实从来没有见过她。"

小曼大吃一惊，筷子停在空中，然后收回来搁在碗中说："你没有见过她？怎么会没见过呢？没见过的人怎么会喜欢呢？"

我说："就是喜欢，很喜欢，但是有些原因我不能去见她，这一辈子可能都不会见了，但我会一直喜欢她，而且再也没有人可以替代她的位置。"

小曼用手捏着下巴想了想说："我实在想不明白，现在的人连上了床都很难有感情，你这见都没见过怎会产生一辈子这样的想法呢？"

我知道没有人会明白，因为我自己也不明白，我是一个写作的人，我遇见了很多种爱情，但是自己所经历的这一种，要不是自己正在经历，我也不会相信，和一个没有见过面的人相爱，说起来有些匪夷所思，但是我经历了就明白了。其实爱情是灵魂的占有，我和晓月占有了彼此的灵魂，一想到彼此都会嘴角露出笑容，现在虽然变得很不好，想到都是心酸。不管是笑容还是心酸，其实都是因为爱，我没有想去解释的意思，因为这一份感情，我自己好好保存好就行了。

生蚝上面厚厚的一层蒜蓉和辣椒，肉并不肥美，我一口将辣椒蒜蓉连同那小得可怜的一块肉塞进嘴里，然后说："你不明白的，但是我爱她，会一直爱她的。"

小曼咬了咬嘴唇说："看来你也是个可怜人。"

吃完饭，小曼站起来去买单，我说："我来吧。"小曼说："那怎么行，要是你觉得作为一个男人不能让女孩买单，那你就去吧。"我说："这我倒无所谓，让女孩子买单也是常有的事。"小曼买完单，我们一起走出去，门口的那几个男孩还在那里喝酒，小曼拍了拍坐在外面的那两个男孩，然后对着他们一起挥了挥手说："好好吃，下次有机会再一起喝。"

走在路上，我说："你倒是很自来熟。"

她低头看着地面上的影子说："你忘了我在酒吧上班啊。"

我说："在酒吧上班也没什么，只是一份工作。"

她摇了摇头讲："那不一样，工作也分高级和低级的，虽然人们嘴上不愿意承认，但是心里还是给每一份工作分了等级的，所以就有了'体面'这个词语。要是你是公务员，或者是公司的主管，你就是体面的工作，像我这样的工作，我回家都不敢和别人说，要是老家的人知道我在酒吧工作，肯定就会觉得我不是什么正经女孩子。我记得有部电影里的台词是怎么说来着，人们心里的成见是一座大山。"

夜晚的风从远处吹来，月亮躲进了云里，街边的树影影绰绰地在风里摇晃，已经到了秋天的光景，后来我们都没有讲话，其实我心里一直想着晓月，我觉得自己这样是不对的，晓月在和这个世界对抗，而我好像是在遗忘的路上，想到这里又有些悲哀，坐上车，一路回家，小曼还是叽叽喳喳地讲话，但是我没有去回答，后来她感到无趣也闭嘴了。

回到家上了楼梯，我们各自回了房间，她说："下次去酒吧，我给你调一杯 forget，还是 sen you tomorrow 好呢？"

我没有回答，直接回到自己的房间，我坐在床前，有点讨厌自己，晓月在很艰难地与生活对抗,而我不能陪在她身边,现在连精神上都没有陪她,想着想着,我便睡着了。第二天醒来已经到了中午,外面下起了雨,雨敲打在玻璃上发出清脆的响声,我把窗帘拉开,看着这大雨滂沱的世界,我才想起,我已经很久没有登录公众号的后台了。

我把电脑从书包里拿出来,坐在书桌前,内心忽然间很宁静,我给晓月发了一条短信:深圳下起了大雨,世界都变得安静了。

我知道晓月不会回我,或者说不会马上回我,她可能很少会看手机,我只是习惯了去给她发信息,因为我们有个约定,要活在彼此看得见的地方。

我忽然间想写点儿东西,算是给读者的一个交代,这些年每一个人都在支持我,就算告别,我想也应该正式一点儿。

我没有去说那些煽情的话,只是和读者们讲,我还有更重要的事情要去做,山水相逢终有时,后会有期。

天气渐渐转凉了。

天空常常挂着灰白,我卡里的钱也不多了,我得开始考虑一份工作,但是我又不想去朝九晚五地上班,后来我才明白,其实我一直在等,我给不了晓月一生的守护,但我依旧希望晓月可以回头,可以对我说一声"陆之开,我好想你,你到我身边来吧"。那样我一定会飞奔而去。

既然是在等,既然随时都准备离开,那么工作便无所谓了,思来想去就到网约车平台注册了网约车司机,我开始用这样的方式去赚一点儿钱来维持生活。我不再去关心未来,只要眼前还能生活得下去就好了。

有些时候天气好,我喜欢把车停在路边的临时停车位上,把座椅调低,把车窗打开,然后躺着望着天空,我常常很讨厌自己的性格,但是我也明白性格是与生俱来的,这是上天赐给我生命的一部分,我常常会去想晓月,一想到她孤身一人的无助,便会被难过与心疼深深地攫住,而且所有的想象都会无可避免地往不好的方向滑落,到最后心里总会被一场大雨淹没。

小曼知道我在跑网约车，要是她下早班的话总会给我发信息，问我是不是方便去接她一下，她给我付钱，我拒绝了几次，后来她可能觉得无趣，也没有再问我。但有一次，我刚好送一个客人去她的酒吧，便把车停在路边，走进去看了看，酒吧里的灯光满墙在跑，里面人声鼎沸，呛鼻的香烟味和劣质香水味混在一起，加上 DJ 把音乐调到很大声，我很久没有来酒吧了，现在忽然间好像是闯进了一个不属于自己的地方，我四下望了一眼，准备退出去。

"喂！"小曼从后面拍了拍我的肩膀说，"你怎么来了，怎么不提前给我发个信息啊！"

我说："刚好有个客人来酒吧，我顺便进来看看。"

周围的声音实在太嘈杂了，小曼没有听清楚，然后我又大声说了一遍。

小曼忽然拉着我的衣袖往吧台走去，然后让我坐着，接着拉开吧台那里的门走进去，站在我的对面，她双手撑在吧台上和我说："想喝点儿什么，是 forget，还是 sen you tomorrow？"

我笑了笑说："你傻啊，我开车来的。"

她拍了拍脑袋说："也是哟，开车不能喝酒。"

我站起来说："我就是进来看看，你忙吧，我先回去了。"

说着我起身，小曼拉住我的肩膀说："我下早班，我跟你一起走。"

"可是……"我说，"我还得做生意啊。"

"没事没事，你等我一下。"说着小曼转到旁边的一个房间，过了大概五分钟，她换了一身衣服走出来，牛仔裤、小白鞋和一件耐克的 T 恤。

"走吧。"她说。

我说："我还得去接几个单再回去呀。"

小曼说："反正我这么早回去也睡不着，你刚好可以带我兜兜风，要是客人有意见的话，我可以装你的傻女朋友，就是那种生活不能自理的，你不放心我一个人在家所以深夜带我出车给我赚医药费，多么感人的爱情故事啊！我想乘客一定不会投诉你的。"

说完，她把脖子一歪，靠在座椅上，学着病恹恹的样子。

我忍不住笑了。

她眉眼间都是笑，用手指着我说："你竟然笑了，我学的是不是特别像？我跟你讲哟，我从小就会装病，小时候不喜欢上学，我还装过羊痫风。"

她一直在笑，还做出一副抽搐的样子，我把车启动，她坐在副驾驶的位子上就像一只聒噪的百灵鸟，去接了两趟乘客，她都配合得很好，并没有让乘客反感，差不多到了夜里两点，我说："回家吧。"

她看了看手机，然后说："有车真好，我以前就想我男朋友能有一辆车，然后晚上带我出来兜风。"

我踩了一脚油门，车子的速度很快便提了起来，她说："喂，是不是想泡我，我刚说想兜风你就加速。"

我没有搭理她，她四下看了看说："你的车上怎么没有那些小摆件呢，连个靠枕都没有。"

我说："我不讲究这些。"

小曼说："是没有女朋友吧，说真的，你和那个你喜欢的女孩，真的一辈子一面都不会见吗？"

我的目光望着前方，假装在很认真开车的样子，她过了会儿说："算了算了，不聊这些了，不过我还是希望有一天你可以去见她，她肯定也很想见你，比你的想念更重，毕竟是做决定的一方是她，你知道吗？真正相爱的两个人，拒绝的那一方才是最痛苦的。"

小曼的话让我一瞬间很难过，我用力踩着油门，车子在一望无际的公路上飞驰，月亮在云层间穿梭，晓月是比我要难过的，可是我又能怎么办，我什么都给不了她，就连陪伴也给不了，晓月以为的爱是不拖累，那是她的执念。而我却想怎么更近一步，因为我知道我一旦跨越了晓月认为的心安距离，那么她真的会把我所有的联系方式拉黑，或者搬家，就像从来没有出现过一样，这是我无论如何也不想面对的结果。

一路上我一言不发，把车开到院子里，小曼说："是不是我的话让你难过了？"

我不想说话，径直往前走，她跟了过来，然后我按了一下车锁将车锁好，她走在我的身边说："陆之开，要是你经济困难的话，我就想办法把钱还给你，要是你也不是非常着急，就再给我一点儿时间。"

我说："随便。"

然后小跑着上楼，回到房间，把灯打开，这些天在后台可以看见很多粉丝留言，他们写了很多很多鼓励的话，微信里也有很多人过来关心我，但我并不想去回复，想来一个在别人眼里光鲜靓丽的作家，现在靠着跑网约车为生，也是挺可笑的。

我只是想一个人安静地生活，我挺害怕有人咋咋呼呼地闯进自己的世界，我只是把小曼当作一个普通的邻居，我并不想在她身上有一点儿热情，或者说，我不想有个人打搅到晓月在我心里的那一份宁静，那个时候，我只想守护心中那个想象里最美好的晓月。

晓月会偶尔给我发一条信息，讲讲她今天吃了什么，看了什么电视，或者讲讲尾巴那只小肥猫是不是又调皮了，生活开始变得简单，我们好像是两条平行线之间的守望，尽管这样，我也满足，其实人与人的爱情，不是肉体的欢愉，不是朝夕相处的陪伴，而是孤独灵魂有了寄托，我只要知道晓月生活得很好，我便有了抵抗这枯燥又孤独的世界的勇气。

网约车司机会遇到各种各样的人，但是我开始喜欢这样的生活，虽然我不知道自己未来的方向，但是每一个乘客都会告诉我他要去的目的地，其实不管是开车还是人生，只要有了方向，东南西北都是在靠近目的地。

我遇见过醉酒的女孩，坐上车之后，便在副驾驶的位置喋喋不休地讲话，好像是被人伤得很深的样子，把车上抽纸用去了大半；也遇见过急着赶飞机的乘客，一路上看见红灯就要蹦出几个脏字；还有个 20 多岁的姑娘，把电脑落在我的车上，我开了 20 公里给她送过去，她非要请我吃一顿饭；还有一个从贵阳飞过来的乘客，坐上我的车让我带他去海边，他说他只是为了过来看一眼海，因为他喜欢的姑娘想看海，但是她永远也看不到了，我看着他坐在海边，手里拿着一张黑白的照片，这世上有形形色色的人，每个人都在自己的轨道上忙碌着，或者想休息那么一会儿。

有天夜里，小曼敲我的门，她手里拿着一个哆啦 A 梦和大雄的小摆件说："送给你，你的车太单调了，希望这个可爱的哆啦 A 梦可以让你快乐一点儿。"

我冷冷地说："我不喜欢。"

小曼站在门口，脸上的笑容僵住了，她有些失落地讲："那你喜欢什么，我就是想送你一个礼物，谢谢你上次送我去医院。"

我说："不管是谁，遇见了都会去帮这个忙的，所以你不用谢我。这个哆啦 A 梦很可爱，你可以放在自己的书桌上。"

小曼低着头讲："你是不是很讨厌我？"

我不知道怎么回答，真的不是讨厌，小曼其实算是一个长得很漂亮的女孩子，性格也活泼，和这样的女孩在一起肯定会有很多欢乐，但真是这种欢乐让我很不舒服，甚至是有深深的愧疚感，我不想去触碰那些关于快乐的东西，因为我怕一旦走上了属于快乐的路，那么再也没有办法去感受晓月内心的悲痛，如果我连灵魂都没办法和晓月站在一起，那么这和辜负又有什么区别。

我看着小曼，很努力地笑了笑讲："你别多想，我只是不喜欢。"

"那你喜欢什么？"

我话音刚落小曼便脱口而出。

我看着小曼满眼的失落，便把哆啦 A 梦拿在手里说："谢谢你，就这个吧。"

小曼是一个很容易满足的姑娘，她满眼含笑地说："那你留着，我先回去了，你帮助过我，以后我也会帮助你的。不管什么事，我都会很努力地帮助你的。"

"我没什么要你帮助的。"我说。

小曼把食指竖在唇间说："这话可不能乱讲，没有要帮忙的最好，要是有的话，我希望你能想起我。"说完的时候，小曼转身往回走，向前走了几步，定住脚步回头看了我一眼说，"陆之开，遇见你挺开心的，虽然我知道你心里藏着很多事，但那没关系，我知道你是个善良的好人，你早点儿睡吧。"

看着小曼走进她自己的房间，我把门关上，然后把手里的哆啦 A 梦放在书架的最上层，因为我并不想看见它。秋天的夜晚总是会有些凉意，打开的窗户吹来了晚风，其实我是要感谢小曼的，一个人沉浸在思念里真的是一件很难熬的事情。刚从厦门回来的那些天，我几乎都没有吃饭，每天都在想着晓月，想着这一切为什么最终会落得这样的结局，后来是小曼出现，这个聒噪的姑娘虽然并不讨人喜欢，却硬生生地把我的思绪从悲伤的海里拉出了水面，虽然上不了岸，但至少有了点儿喘息的时间。

九月末的时候因为家里有点事情，我回了一趟老家。飞机落地长沙的时候，刮着冷风，天空中是细雨蒙蒙，长沙的秋天要比深圳的浓烈，我坐着机场大巴去高铁站，在大巴上睡着了，到高铁站的时候，司机拿着喇叭在那里喊着下车，我从睡梦中醒来，然后从中间的车门走下去。

在手机上订了最早一班回家的高铁，在高铁站内，我跑到肯德基店里买了午餐，然后给晓月发了一条信息：

"我回家了，有点急事，得处理一下。"

晓月很简单地回复我：

"嗯，知道了，照顾好自己。"

我从这几个字里想象着晓月写下这行话时候的表情，想来想去觉得晓月的心情应该还是不错的，在微信里，有一条是小曼发来的，我没有回复，坐上高铁的时候，小曼又发了一条，我便回复了她，"已经安全落地了"。

过了会儿，小曼又在微信上给我转了五千块钱，她说："我不知道你家里出了什么事情，想着肯定也是要花钱的，我没有很多钱，这钱是我留在身边很多年的，现在你先拿着，剩下欠你的钱，我也会想办法的。"

我说："没什么事，钱也够的，你好好上班就好。"

小曼说："嗯，好，那你要照顾好自己。"

她和晓月都让我照顾好自己，但在我心里，一个是心头的铁球，一个是指尖的棉花，这世界上一定要把自己的好留给值得的人，而我不是小曼世界里那个值得的人。

在家里待了一周，被自己所厌恶的事情纠缠着，我一直不喜欢老家，很大原因是老家的世界好像是城市城中村横竖乱糟糟的电线，我真的不擅长去处理这些，但是作为家里的长子，我却又不得不面对。家里有一块地，本来是想着给我盖个房子的，但邻居是个蛮横的泼妇，所有的手续都办齐了，但是那个短粗的泼妇却大有横刀立马的姿势站在那本来属于我家的土地上，插着腰，端着水壶，到最后竟然还搬了一张太师椅准备耗到底的架势。

小城的人，为了利益，是不要体面的，连脸面都不要的，最后请了一些人，软的硬的一块上才总算把事情解决了，我却很疲惫。在家的时候也没有去见见朋友，只是和发小一起吃了一顿饭，聊了聊近况，可是时间的河流最终还是让两个人站在了两岸，那顿饭吃得并不开心，因为彼此都在很努力地找话题，可是没一个话题能聊到一块去，最后只好各自回家了。

和家里的亲戚也一起聚了一次，聊得最多的还是关于我感情的问题，我已经马上 30 岁了，这在老家已经属于大龄青年了，所以亲戚就建议我，索性不回深圳在老家待着就好了，再找一个当地的姑娘，我总是笑笑搪塞过去，我想着晓月，这是一个我根本没有办法向别人介绍的姑娘，但是是我心里一直小心翼翼守护的姑娘。

我买了第二天的机票回深圳，其实我知道在深圳我也无所事事，但是我喜欢一个人的生活，毕竟自由。在老家要处理各种关系，我不擅长这些，所以我想逃避。我一生所想的，也是和一个心爱的人去一个慢生活的小城，养一只猫一条狗，在黄昏的时候和心爱的人看一场日落。

飞机在云层之上，我看着窗外，这万米高空，下面是云海起伏，空姐推着餐车给我一盒肉丝饭，然后问我需要喝点儿什么，我说："可乐便好。"空姐用纸杯给我倒了一杯可乐，飞机降落的时候遇到了气流，颠簸得厉害，好像是在坐过山车，我身边的姑娘有些惊吓，她的手忽然间死死抓住我的手臂，等飞机重新平稳，她才放开我的手，我的手臂上有几个深深的指甲印，她满脸羞愧地和我道歉，我把手缩了回来说："没关系。"

她说如果方便的话可以加一下微信，毕竟是她伤了我，下次有机会想请我吃个饭道歉，我笑着谢过，然后她也没再坚持，起身拿着行李箱往机舱门走去，我也跟着下了飞机，深圳的天气依旧炎热，我打开手机，便看见了小曼的信息。

"哥，我在机场这边办点儿事，你什么时候下飞机啊，我们一起回去呀。"

我看了看信息，那还是在我刚起飞不久的时候发的，出于礼貌就回了一条，"刚下飞机"。

小曼的电话便进来了："哥，我在航站楼等你，你出来的时候走慢一点儿，我可以看到你的。"

我有点无奈，但是好像又没有办法拒绝，机场的天花板很高，来来往往的人忙忙碌碌，地板光洁得可以照出人影，广播里播放着最近的航班，我从匆忙的人群里走出来，远远地就看见小曼又蹦又跳地挥舞着双手，我有点哭笑不得，她就像是一个小女孩，大大咧咧，看见我她跑了过来，手里递了一瓶水给我说："口渴了吧。"

我接过水放在手里，问她："你在这里办什么事啊？"

她支支吾吾地说："一点儿小事，已经办好了。"

她没有看我的眼睛，她语气的躲闪之间我已经知道她在撒谎，但是我想了想，很多事情也许不要拆穿更好，便没有再问。和小曼一起坐地铁回家，她要帮我推行李箱，我说："我一个大男人要你推行李箱干吗？"一路上她问："老家的事情解决了吗？"我说："没什么事，都安顿好了。"

我们坐在地铁上，不是高峰期的地铁显得空空荡荡。虽然已经是秋天，但是地铁里的空调很足，地铁每隔两分钟就是一个站台。这姑娘夜班肯定没有睡觉，在地铁起起停停之间竟然睡着了。每一次地铁刹车，她总会滑着靠近我一点儿，最后她的脸靠在了我的肩膀上。我看着对面玻璃上我们的身影，那样子真像是一对情侣，但是我们不是，永远都不可能是。

地铁到站的时候，我轻轻拍了拍她的肩膀，她醒来的时候抹了抹嘴角，然后我感觉到肩头一片黏湿，她立马红着脸从包里翻出纸巾要给我擦，我提了提肩说："没事的，等会儿就干了。"她说："我都羞死了，你怎么也不叫醒我。"

我说："你昨晚肯定又上了个通宵吧。"

她说："我习惯了。"

在地铁口，我们打了辆车回家，刚好是午饭的点儿，张叔何姨正在屋里吃饭，见我们回来便出来叫我们一起吃饭，我的目光却被自己车上的车衣吸引了，我记得我没买车衣，何姨见我在看着自己的车子，便说："是小曼买的，然后给你遮上的，说停在树下面，那些树叶啊，鸟粪啊，把车子弄脏了，她一个人套车衣挺辛苦的。"

我看着小曼。

她有些不好意思地说："礼尚往来，你帮过我，所以我也想帮你一点儿小忙。"

何姨笑起来："我看你是想直接和小陆一起过吧。"

小曼连连摆手说："我没那样想。"

说的时候，她瞟了我一眼。

何姨用广东腔调的普通话说："最亏的还是我，到时候不得空一间房出来。"

小曼跟着走进了何姨家的客厅，我说先去楼上放一下行李，便转身上楼，楼道的灯光昏暗，我提着行李箱往上走，把行李放好，去卫生间简单冲了把脸，然后换了双拖鞋下楼，小曼正在那里吃着饭，我过去看着碗里已经盛了一碗汤，还是海带排骨汤，广东人吃饭之前总要来一碗汤，我坐在桌子前。

何姨说："小陆，你以后有什么打算？"

我低头喝了一口汤说："还不知道，走一步算一步吧。"

"唁。"何姨皱了皱眉头讲，"怎么能走一步算一步呢，你也老大不小了，家里一定着急了吧？男孩子事业和家庭总要有一个的吧。"

我被问得有些不知所措，张叔拿筷子敲了敲何姨的碗说："让小陆先吃饭，人家上过大学，又写书，文化水平高，肯定有自己的想法。"

何姨拍了一下手说："哎哟，你看我，一看见你们这些年轻人就像看见自己的孩子一样，小陆你别介意，快吃饭快吃饭。"

我说："没事，感情这个事情也是要看缘分的，顺其自然就好了。"

何姨嘴里念着："是，是，现在的人和我们以前不一样了，路走慢点儿没关系，别走错了。"

吃完饭，我回房间，从老家带了一点儿特产，我拿了一些给何姨，然后拿了一些去给小曼，小曼穿着睡衣站在门口，我有些尴尬，把手里的特产给她，说："老家带来的，你也尝一下。"

小曼接过抱在胸前说："谢谢。"

我说："你早点儿睡吧，晚上还得上班吧。"

小曼脸上堆着笑容讲："没事，我习惯了，就算一天不睡，晚上一样不会耽误工作的。"

我说："睡吧。"

然后转身往自己的屋里走，我走到自己房门的时候，小曼关门的声音传了过来，下午我也睡了一觉，醒来的时候已经是黄昏，窗外的夕阳照在木质地板上，我看了眼手机，已经是傍晚六点了，我洗了把脸，然后对着镜子把下巴上的胡须刮了个干净。

我下楼准备出去载客赚钱，我把车衣收好放进了后备厢，坐在驾驶室，我给小曼发信息说："车衣多少钱，我转给你。"

我按下启动按钮，把车窗都打开，小曼拉开车门坐进来说："你送我去上班，用车费抵车衣的钱。"

说完她扣好安全带，然后还是把鞋子脱了把脚搁在挡风玻璃前，但是她忽然间好像有些不开心了，我并没有在意，而是把车倒出院子，然后开上了主路，一路上她变得十分安静。夜晚的风从车窗外灌进来，路上走着慢悠悠散步的行人，在红绿灯路口，她问我："我送给你的哆啦A梦，怎么没看见你摆在车上？"

我沉默了一会儿说："我放在家里也挺好的。"

小曼说："你要是不喜欢就告诉我。"

我有些尴尬，便说："挺好的，没有不喜欢。"

小曼的目光凝视着我，我瞟了一眼然后望着前方："喜欢喜欢，就放在我一眼能看见的地方。"

小曼笑起来说："这还差不多。"

她又开始变得活泼起来，话痨模式开启，她说："我想去考个文凭，我高中毕业，想去自考个本科，然后去找一个好点儿的工作，你觉得怎么样？"

我一只手搭在方向盘上说："很不错，还挺上进的嘛。"

小曼把脚从挡风玻璃前拿下来，然后坐正了说："喂，你别以为我是那种不思进取的女孩子好吗？我之前和你讲那些话都是逗你的，我就是嘴巴收不住，喜欢和朋友胡乱瞎扯。"

我说："以前和我说什么了？"

她的脸憋得通红，然后慢悠悠地说："就是之前问你们男孩子怎么解决生理需求的话，我都是开玩笑的。"

我被她逗笑了，其实我早就忘了，我说："那也没什么的。"

小曼说："那我也要解释一下，我只是和很好的朋友才会那样开玩笑，我不是随便的女孩子。"

我说："既然你说是很好的朋友你才会这样说，那现在你不把我当朋友了吗？"

她好像被我问住了，快到她上班的酒吧的门口了，在路口我把车停住，她拉开车门下车，然后趴在车窗上说："是，我们是很好的朋友。"

夜里遇到了一对乘客，一个女孩的订单，我在路边等了会儿，女孩坐在了后面，然后一个男生坐在了副驾驶上。

男生扭头看了一眼女孩说："你也住那附近吗？"

女孩说："是的，不远。"

男孩把安全带系好说："那谢谢你，我就蹭一下车了。"

他们一路上没有讲话，我看着后视镜里的女孩，她很安静地把脸贴着车窗，到了目的地，男孩先下了车，他和女孩说了声"再见"，看着男孩越来越远的背影，我回头和姑娘说："这是你设定的终点，你是要去哪？"

女孩"哦"了一声，然后讲："你再送我回去吧，现在多少钱，我等下给你一样的路费可以吗？"

我说："你只是为了送他吗？"

女孩说："是的，他只是把我当朋友。"

我说："那你为什么不告诉他。"

女孩的笑容里带着苦涩："算了，说了也没用，可能连朋友也做不了了。"

我在红绿灯的地方掉头，女孩忽然问我："大哥，你说喜欢一个人是不是会变得好辛苦。我本来是一个大大咧咧的人，但是在他面前我连开个玩笑都要想很久，想着他是不是会不开心，或者给他留下不好的印象。"

晚上十点的深圳，正是车流如海的时候，两边的高楼像迷光森林，我看着后视镜里的女孩说："爱一个人总是无可避免会这样的，但是我觉得这样不好，真正的爱是相处起来舒服，而不是一个人的卑微坚持。"

女孩把车窗摇下来，大口呼吸着来自窗外的新鲜空气，然后深深地"唉"了一声，说："不想了，顺其自然，我还是想做那个快乐的自己。"

车子又到了起点，女孩二维码付了钱，然后和我说了声"谢谢"便下车了，我停在路边，想起小曼，那个大大咧咧的姑娘最近和我讲话，好像也变得思前顾后了，我并不想这样，我心里知道如果在认识晓月之前认识她，她会是一个很好的女朋友，但是人生就是这样，心里住进了一个人，其他人就再无进来的办法。

我拿出手机，拍了一张天空的照片发给晓月。

没有收到回信。

我加了一句，就两个字：

"晚安。"

# Chapter 7

✕

# 一 个 艰 难 的 决 定

心里撕心裂肺的痛好像在时间里麻木了，关于夏天的故事，在秋天就会变淡，每每想到这里就会有些难过，我开始看书，大学毕业以后看书渐渐少了，这些年都在写文章好像都没有时间看书了，现在正好有大把的时间可以挥霍。

在九月尾巴的时候，我和晓月说："想要一张她关于秋天的照片，因为她曾经给我的是夏天的笑容。"

晓月说："最近心情很平静，等天气好的时候就去拍一张。"

我便安静地等，再也没有问过，我曾经也是很喜欢等结果的人，现在开始却习惯了去等，不问结果，像在深夜等已经错过的末班车，知道它不会来了，但总想再等等。

日子真是平淡，我每天开着车在路上行驶，生活好像本该这样，口袋里的空其实没有什么，能有饭吃我就觉得无所谓了，灵魂上的空却是难熬的，我把时间填满，好在我的灵魂仿佛飘在天空中的风筝，而线系在晓月的手里，当习惯了一种生活方式，不知道是幸还是不幸。

我还是常常会去看和晓月的聊天记录，人们常常讲陷在过去的人是走不远的，但是我从来都没有觉得和晓月是过去式，虽然晓月一次一次地和我讲，让我继续赶路，她会在原地的。这样的话每一次都让我的心被扎碎，我怎么能丢下生活在沼泽里的晓月，继续一个人赶路呢，我开始觉得和小曼的靠近是对晓月的一种背叛，我必须在绝望和孤独的边缘，才能体会晓月世界的无助。

我开始有意逃避小曼，因为她出现好像是要把我从晓月的世界里拉出来，但是我不可以那样做，于是她的信息我不再回复，在这座城市的夜里穿梭，我唯一的灵魂寄托是晓月偶尔给我发的几条信息，那段日子我学会了抽烟，也会把车停在路边，然后站在大树和路灯下抽一支烟再走，我会把晓月给我录的语音拿出来听一听，那声音是这世界上最美好的，却也是最锋利的刀刃，我似乎可以听见那声音从我的耳郭，而后直接扎进心脏，接着是血肉模糊的声音。

有天夜里，下起了雨，我刚把车在院子里停好，却看见一个身影从大门跑出来，然后拉开我的车门坐了进来。

我定睛一看，是小曼，然后把车内的灯打开。

我把电子手刹拉好，车灯形成两个光柱打在墙上，雨点在灯柱下清晰可见，我说："有什么事吗？"

小曼说："为什么最近都不回我信息，有意躲着我。"

我说："我们不要走得太近，你知道我心里有一个人。"

小曼说："如果你真的喜欢她，你就去找她，为什么一直停在原地？我不信这世界上有不想要结果的爱情，你既然那么爱她，你就去她身边，如果做不到，你就应该放弃。人生很短，不因为彼此喜欢而靠近，唯一的结果就是远离。"

自动雨刷在玻璃上来回摇摆，我说："小曼，很多事情你不懂，有些人会在雨中奔跑去寻找另一个避风港，但是有些人会在雨中驻足，一直等雨停，虽然我没办法和她在一起，但我的心会留着位子等她。"

"那你就去找她，不要把自己想得那么伟大，所有的感情都是要有结果的。"小曼大声地讲，"追女孩子，要浪漫，要让她感动，要陪在她身边。要是你不懂浪漫，我可以教你，你真的很无趣！你每天都沉浸在自己的世界里，什么都不做，就是一个人在这里等，你有没有想过，也许她在等你勇敢一次呢？"

"我勇敢过。"我忽然间难过地叫起来，"我勇敢过两次：一次是在医院的门口，她在手术室，我不敢去见她；一次是在她家的小区外，我在她附近的酒店住了两天，我开玩笑地讲能不能见一面，她说不能。她不会见我的，你什么都不懂，你和她比，你知道自己有多幸运吗？你根本不能了解一个人的绝望，我不想要这世间所有的快乐，因为只有那样我才能体会她心里的痛，那种绝望的痛。"

　　小曼被我的样子吓到了，她愣愣地看着我，我真的很难过，我也想大哭一场，但是我和晓月的故事我不能去和任何人讲。这世上人与人的悲欢是不相同的，我也只有让自己保持一个悲伤的状态，才能够和晓月的灵魂靠近，才能够去触摸到她的悲伤和无助。

　　我知道这一切都只能压在自己的心头，我不会去和任何人讲关于晓月的故事，因为她在我心里是最完美的，虽然这样很累，但是我相信时间终会让我习惯。

　　我整理了一下情绪说："对不起，你别问我，我只想像现在这样安静地生活，你的出现对我来讲是打搅，我没有办法去接受一个开心的自己，因为那样对我来讲就是背叛。"

　　小曼拉开车门走下车去，车灯照在她的背上，她走得很缓慢，我的心里有些落寞，但是我知道那并不是难过，因为相比晓月，小曼的这点儿失落又算得了什么。我把车灯关了，走下车，一阵冷风吹来，树叶沙沙地飘落，有几片落在我的肩膀上，雨落在我的头上，我走进屋里，回到房间，出去的时候忘记关窗了，地板上有一摊水，我拿着棉拖把把水拖干。

　　我和小曼就这样成了陌生人，有些时候一起下楼连个招呼也不打，何姨看着我们摇了摇头问我："怎么了？"

　　我说："没事。"

　　何姨说："是不是你惹她生气了，女孩子要多哄哄。"

　　我不想去解释这种误会，因为解释从来都是多余的。我依旧每天过着自己的生活，夜里出去开网约车，去遇见那些形形色色的人，我送过无数人回家，但是我最想送的人却从来没有一次机会去送，夜里饿了就在路边的小摊吃一碗馄饨，卖馄饨的老头儿也不容易，儿子在城里买了房，本来是想安度晚年的，但是看着儿子被房贷压得喘不过气来，也出来支个摊能挣一点儿算一点儿，不过馄饨煮得不错，冷风嗖嗖的夜里喝一碗暖和身子，有些时候凌晨，老头儿生意不好，我会给他一支烟，然后两个人站在路边抽着，我不是一个喜欢聊天的人，他也是一个不会聊天的人，抽完烟，我把烟头扔在地上踩灭，给了他几次烟，有回老头儿说什么也不肯收我馄饨的钱，我说："给您烟是我自愿的，我不是要抵你馄饨钱。"老头儿说："一辈子没欠过什么人，现在半截身子都入土了，更不想欠别人。"真是一个倔强的老头儿，凌晨的马路宽阔得像一片海，我喜欢在夜里开车，打开车窗，风涌进来，追着月亮一路向前开。

我收到了晓月的照片，那是在落叶堆满一地的公园，她闭着眼微微仰起头，精致的五官好像一幅画，长发错落地散在肩头，阳光透过树叶的罅隙柔和地洒在她的脸上，我看着照片，心里却是一片狼藉，我是做梦都想在她身边的。

我把晓月的照片一张一张彩打出来，就放在车子的遮阳板上，开车累了的时候，我会把车内的灯打开，然后看着晓月的照片发呆，我好像已经习惯了这样的生活，我曾经是想写一个让人感动的故事，但那时候生活是铁轨上的列车，平淡无奇，现在好像有了一个故事，却觉得所有的文字竟然是那么空洞无物，回到家会喝一点儿啤酒，那样睡起来会更安稳。

我没有想到江晓阳会来找我，他站在路边的交通牌下，我远远看见了他，他穿着大衣，头发被风吹得有些乱，来来往往的车辆，匆匆忙忙的人群，他站在那里，其实看上去有点帅，我走到他的跟前，两个人都有点木讷，彼此都想开口，但最后只是很礼貌地笑了笑。

他在来之前没有和我讲，突然给我发信息说，我在深圳，能够见一面，聊聊阿姐的事吗？我其实很害怕，我有预感这不是好的事情，我是一个习惯逃避的人，但是这一次我逃避不了，我们走在街道上，高楼之前的风穿堂而来，我把外套裹紧，双手夹在腋下，周遭是一片嘈杂，汽车发动机的声音，人们讲话交流的声音，还有街边商铺播放着的广告音响的声音，我们就这么走着，谁也没有讲话，或者应该讲谁也不知道该怎么开头。

我脑海里又开始全是晓月，那种情感猛然间在心里好像烟花绽放一般，我看了一眼江晓阳说："你饿吗？我们找个餐厅吃饭吧。"

他抬起头，"哦"了一声讲，"还不饿，找个安静的地方坐会儿吧。"

我双手从腋下换到口袋中说："也行，我知道附近有一家不错的茶室，我们去那里喝茶吧。"

江晓阳说："好。"

在晓月和我讲的印象里，江晓阳是一个活泼的男孩子，但是现在他又这般沉默，我想可能是因为拘谨，或者这些日子变得成熟起来。到了茶室，我要了一壶大红袍，茶室很安静，茶香四溢，周围都是轻声聊事的人，我和江晓阳相对坐着。

我提起紫砂壶给江晓阳的杯里把茶添满，然后再给自己杯里添茶的时候说："最近你姐还好吗？"

江晓阳端起茶杯，抿了一口说："算不上好，她就是那么倔，自从爸爸妈妈走了以后，她就比别的女孩子要懂事坚强，你永远不会理解的，你难过或者受了委屈，身后永远会有港湾，而我姐是没有的，她只能一个人扛着，而且她的听力还会变得愈加糟糕。我和你讲这些，不是要你来同情我阿姐，我是想让你从心里放下我姐。"

我端着杯子的手微微颤了一下，热茶洒在了我的手臂上，我起身甩了甩手，服务员走过来问我有没有烫伤，我说没事，然后重新坐下，我看着江晓阳，心里满是悲伤，却又不知道该如何说。

江晓阳说："这么多年，你是我从阿姐嘴里听到过的唯一男生，因为你的出现，她的世界再也没有办法按以前的轨道走了，你可能不知道，阿姐有多在乎你，她给我打了很多次电话，一边矛盾着怕拖累你，一边又想不顾一切地和你在一起，我曾经也以为爱情是让两个人快乐的，但是看着阿姐，我才开始明白，有些爱情是会让人痛苦的。阿姐越爱你，她就越痛苦，我不想看着阿姐这样。我知道阿姐善良，她做不了决定，所以我想这个决定由你来做。"

我渐渐感觉到有些冷，室内的空调其实是温暖的，周围的声音也变得越来越远，我的脑海里开始被晓月占据着，她的声音，她照片上的笑容，她和我说下的那些话，我内心悲伤又愤怒，但是对面是江晓阳，是晓月最重要的人，所以我感觉到整个灵魂的疲惫。

江晓阳见我没有讲话，又开始接着说："阿姐过得并不好，只要她心里还对你有期待，她就不会过得好。曾经我真的很感谢你，因为遇见你让我看见了一个满脸笑容的阿姐，我也很希望阿姐能和你一起走下去。在阿姐的面前，我都是叫你未来姐夫的，但是现在我想，如果你真的爱阿姐，就帮帮她，有些帮不是要陪在她身边，而是让她不再有对你的念想。"

我木然地坐着，那时候我想到了一个句子，"灵魂被抽空"，我以前总是不知道这是怎样一种状态，到那一刻我好像体会到了，周围的世界渐渐被剥离开，那些嘈杂的声音，那些来来往往的人，仿佛都被虚化，我和这个世界被隔开了。

江晓阳低着头，看着桌沿的纹路说："如果可以，我真的很想叫你一声'姐夫'，我今天来也不是逼你去做什么，我只是想和你讲讲阿姐的近况，如果你还在给她希望，她心里就一直为你空着，她不会去爱别人，她会一个人孤独终老。我也不是在逃避责任，如果那是阿姐的选择，我会照顾她一生，但那样的阿姐是你想看见的吗？一生都孤独，无人可相伴，一个人在没有声音的世界里孤独地生活。你想过那种无助吗？所以我希望阿姐可以结婚，可以有人照顾她，哪怕无关爱情，至少她可以不用那么孤独。"

我起身，碰倒了旁边的椅子，江晓阳也跟着站起来，然后看着我说："我只是希望你考虑一下，你要是觉得我说的话并不是对的，你就不用理会，当我没来过，也不要和我阿姐讲，她要是知道我来找你，一定会很难过的。"

我走出茶室，外面的风呼呼地扑过来，我感觉到有些头晕，没有注意人行道上的红灯便走了过去，吓得一辆车子紧急刹车，车头刚好抵在我身前，司机探出头来骂骂咧咧，江晓阳追了上来扶住我说："没事吧。"我挣脱江晓阳的搀扶，然后大步往前走，我不想让他看见我的狼狈，因为眼泪已经模糊了我的视线。

回到家里，我把自己关在房间，躺在床上脑袋里空空荡荡的，我想很理性地去思考一下利弊，却发现完全做不到。外面的风吹满了一地的落叶，车顶也都是枯黄的叶子，他们说夏天思念的人，秋天一定要去见，可这一切对我来说都是奢望，这是一个不可能和别人聊起的故事，只有在心里慢慢成为岁月里的珍珠。

人生为什么总要为别人考虑呢，自己过得快乐不就好了，我可以习惯和晓月之间的距离，彼此有些牵挂和思念，在这茫茫的人海里，好像两个孤独的波段都能够接收彼此的频率。那几天我没有出去做网约车司机，就坐在房间里，车子的挡风玻璃前满是枯黄的落叶，何姨问我最近是不是有事情，我说没什么，想在家里写文章，何姨一听到我是在家里写文章满脸都是笑容，小曼每天傍晚出门去上班，有一次我站在窗前，看着小曼经过我车的时候停下了脚步，她用手把机顶盖上的落叶拨到了地上，另外那一侧距离有些远，她踮了踮脚尖没有成功，索性走到了另一侧，她在拨树叶的时候，一阵风吹来，树上的枯叶又飒飒地飘落，有一片落在了她的头顶，她丝毫没有察觉，她挎着包走出院子，我看着那片树叶随着她走路的步子，一颠一颤，心头萌生出了些许的温暖。

在这些天里，我发现自己是一个很自私的人，我一直都在逃避，我感觉自己的人生是在湿冷的矮墙边沿肆意生长的苔藓，我这个年纪的人，很多人都结婚有了自己的家庭，他们按部就班地生活，为了撑起一个家而忙碌着，而我好像在逃避生活，根本不想去面对世俗的一切，那些家庭的关系，那些世俗的吵闹，于我而言都是一种折磨。

想到这里，我便难过得不能自已，我是一个连自己都照顾不好的人，我开始去面对这个现实，我曾经想过自己可以成为一个很厉害的作家，然后再也不愁吃穿，可是我一本书只赚了两万块钱，要说成名，好像是芦苇丛里的野鸭说它可以变成天鹅。

该做决定了。

好像把自己丢在了一望无际的荒野上，我和何姨说，要出一趟远门。何姨好奇地看着我说："那准备什么时候回来？"我不知道怎么回答，只是说，也许很快吧，也许就多待几天，反正我也没有工作，来去都是自由的。

何姨笑了笑说："那你去吧，作家总是需要采风的。"

我苦笑着点了点头。

我粉丝群里的管理员是香瓜，她是一个很活泼的姑娘，我想去找她帮我一个忙，其实我一直没有想好，连在飞机上的时候我依旧没有做好决定，这个决定真是太难了，飞机越过云层，平稳地飞行，云海在脚下，其实这些日子难过渐渐已经缓和了，只是在某个瞬间，一阵风，或者一片云，几张落叶会让我猛地难过起来，但是从漫长心绞般的疼痛变成了这样的阵痛。

飞机落地在咸阳机场，那时候还没有西安机场，一阵秋风扫过，我把风衣裹紧了些，然后立在站台前拦出租车去西安，我在回民街附近找了一个酒店，然后走到巷子口要了一碗 biangbiang 面，面的分量比我想象得要多很多，我没有吃完，买完单便走了出去，然后去钟鼓楼走了走，我只买了钟楼的门票，在城楼上站了一会儿，这座几千年历史的城市，在岁月里依旧显得那么美丽。

我一个人在西安闲逛了几天，夜里坐在路边看着夜景，广场上有很多直播的女孩对着镜头在那里跳舞，一切都很平静，唯一让我感觉到很难受的是，我看着晓月的手机号，却要忍住不给她发信息，其实我一直在问自己，能不能不顾一切地去找晓月，就像小曼说的，也许晓月也在等我，虽然我知道这世上所有人都会反对我们，但我可以不顾一切地守在晓月身边。

夜里的风很冷，我抬头看着月色，然后一个人走在人群里，我想着那次我在厦门的酒店里，晓月在手机上和我讲的话。

"我是不会见你的，我不想你看见我的狼狈，你别来找我，我不想搬家，更不想换号码，但我会一辈子爱着你，在你之前没有别人，在你之后也不会有别人，你好好生活，你要向前走。"

就这样在西安待了一个礼拜，在准备离开的前一天，我给香瓜发了信息，她显然很开心，但是当我和她讲我爱上晓月的时候，她有些吃惊，我没有告诉她原因，只是希望她可以将我结婚的事情告诉大家，连同照片。

我知道自己的这个要求有些过分，香瓜的表情也说明了一切，她眉头皱着的笑容也显得十分尴尬，要不是我今天是以作者的身份在她面前，而只是她一个普通的朋友，我感觉她一定要发飙的。她最后还是答应了我，也没有多问什么，我知道这之间有诸多勉强，在一起走回去的路上，她说："你是我最喜欢的作家，所以我什么都不问，我相信你做的事情有自己的道理。"我有些感动，但是没有说什么，我低头看着被路灯拉长的影子。

香瓜送我到酒店门口，她有些伤感地说："我想过无数次和你见面的场景，可能是我去深圳，和你坐在街头听你讲关于走过的路，可是现在，我们以后还会见面吗？"我站在台阶上，街边是璀璨的灯火，我没有回答香瓜，而是叹了口气说："回去吧。"

在酒店的时候，我把窗帘拉上，坐在书桌前，我问自己是不是很伟大，但是我知道自己不是伟大，我骨子里就和伟大没有关系，但是我终究还是善良的。因为晓月既然坚决不愿和我在一起，那么我就不能拖累她的一生，她需要一个人陪，比我需要的多。

我睡在床上，到凌晨都没有睡着，我望着从窗帘缝隙里漏进来的光，我恍然间明白，我这样做其实和伟大没有关系和善良也没有关系，更多的是懦弱。我明知道自己负担不起晓月的一生，因为怯弱，我害怕背负耽误晓月一生的遗憾，想到这里我真的很难过，我一直觉得这应该是一份可以让人感动的爱情，可是最终只不过是一个外表看上去精美的礼盒，拆开一看只是世间千篇一律的庸俗。

第二天醒来已是正午，外面的阳光炙热，我买了夜里的机票，下午在酒店退了房，然后坐地铁出去转转，傍晚的时候去了客运站，坐大巴去机场，一路窗外的风伴着夕阳，天空中黛青色的云缓缓移动，这景色真是让人心旷神怡。坐在隔壁的是几个年轻人，他们结伴来到这里玩，一路上都在聊大唐不夜城、永兴坊、钟鼓楼、大雁塔、回民街，聊着聊着声音越来越大，坐在前面的男孩反身双手抱在靠椅上。

到了机场，我背着包站在航站楼外，看着飞机起起落落，天色渐渐黯淡下来，我去自助机上取了机票，然后过了安检去了候机厅，在摆渡车上，我给小曼发信息说："我有件事想请你帮忙。"

小曼很快回我："有什么事你讲便好。"

我说："这件事不是几句话就讲得清楚的，等我回来吧。"

小曼说："你在哪？"

我说："我在西安，马上就上飞机了。"

小曼说："好，那我等你。"

飞机是南航的班次，我把书包放好，然后戴着耳机靠在椅子上，空姐微笑着拍了拍我的肩膀说："先生，您好，飞机即将要起飞了，请你将耳机线收好，然后将手机关机或者调成飞行模式。"空姐的笑容给人温暖的感觉，我把手机关机，然后将耳机线放进裤袋里，过了一会儿，飞机缓缓启动，在跑道上加速，腾空而起，我看着窗外飞机的机翼划过云层。

到深圳已经是深夜，下着雨，我打车回家，到路口的时候，我下了车，然后小跑着往院子里走，我看见小曼站在楼下，她穿得很单薄，手里拿着伞，但是她没有来得及送出来，我已经跑到了屋檐下，我吃惊地看着小曼说："你不是要上班吗？"

小曼说："我请假了，夜里睡不着，所以听见门口有汽车的声音，就出来看看。"

我说："那你赶快去睡吧，多穿点儿衣服，这样会着凉的。"

她抱着自己的手臂说："没事，上夜班都已经习惯了，睡不着的。对了，你有什么事需要我帮忙，你讲就好，我要是能帮一定会帮的。"

我看着小曼说："你还是先去睡觉吧，这么晚，明天我请你吃饭，慢慢讲。"

小曼笑了一下说："好。"

她转身往楼梯上走，走了几步转过头来说："我报了自考的班，我想用两三年的时间拿一个本科的学历，我要去看书了。"

我有点诧异地看着小曼，她说："我要努力一点儿，才配得上这世上更好的。"

说完她就小跑着回到自己的房间，我走上楼，楼道里的感应灯亮了起来，我在背包里翻了好半天的钥匙却没有找到，这让我有些为难，我是一个丢三落四的人，常常会把东西随手一放过后便再也找不到了，我靠在门上想着是不是应该去问问何姨，但是看了眼时间已经凌晨一点了，更糟糕的是手机也快没电了。

我坐在台阶上，听着外面的雨声，本来还可以在车上待着，但是车钥匙在房间里，这地方偏，这个点儿也打不到车，我靠着墙渐渐有了些困意，这些天都没有睡好，想着过几个小时也就天亮了，我把书包放在膝盖上当枕头眯了会儿觉。

我被小曼的尖叫吓醒了，她看清楚是我以后吃惊地说："你怎么会在这里，真是吓死我了。"

我站起来，看着她手里的汤洒了一地，便歉意地讲："我钥匙弄丢了，进不了房间。"

小曼"扑哧"笑了起来，"这么大人了，连钥匙都看管不好，你可以来敲我的门呀，大半夜一个影子蹲在楼梯这，真是会吓死人的。"

我抓了抓头发说："实在没想到你会出来，我就是想坐一会儿就天亮了。"

小曼说："想着你刚下飞机肯定也没吃饭，晚上熬了点儿汤，我热了下，想给你端一碗。"

小曼说着无奈地摊摊手："现在都洒了。"

我说："没事，我也不饿。"

小曼说："我房间还有，晚上你也不能就这样睡啊，会感冒的，你到我房间来吧，睡沙发上。"

我连连摆手说："不用了，再过几个小时就天亮了，何姨那里应该有备用钥匙的。"

小曼拉着我的衣袖说："好了，你睡沙发上，我不会吃了你的，你一个大男人，我都不怕。"

我被小曼拉着，脚步也就跟了过去，在门口的时候，她说："你等一分钟，我去把床收拾下。"其实还没有到一分钟，她便拉开门笑着说，"进来吧。"

小曼的房间带有淡淡的香味，书桌上堆满了化妆品，然后空出一小块位子放着一本书，在衣架上还有两顶假发，一顶是蓝色的，一顶是紫色的，我坐在沙发上，小曼去厨房给我盛了一碗汤端了出来，她把碗放在茶几上的时候，我才看见她的手上有一片被烫得通红。

我心里十分愧疚："你的手烫伤了，最好处理一下。"

小曼把手放在了背后讲："没事，哪有那么娇贵。你先喝汤，我再听会儿课，你要是喝完了，把碗放在茶几上就好了，我等会儿来收。"

说完她就坐到书桌前，然后戴上耳机在那里用手机听课，我看着她的背影，她是个瘦瘦小小的姑娘，刚洗完的头发有些凌乱地披散着，房间里暖黄色的灯光显得很温馨，墙上贴着 TFBOYS 的海报，窗帘是哆啦A梦的，我想她一定很喜欢哆啦A梦。

我端起碗喝了一口汤，没想到小曼的手艺还真不错，我感觉整个胃都张开了，我很快喝完了一碗，小曼好像感应到了一般回过头来说："厨房还有，你自己去盛啊。"

我也就没顾上不好意思，起身就去厨房又盛了一碗，喝了两碗汤之后，整个胃都变得暖融融的，困意便袭了上来，我在厨房把碗洗了，然后回到卧室躺在沙发上便睡着了。

我竟然梦见了晓月，我和她见面了，在远远的距离，她是那么美丽，我开心地哭了，但是醒来的时候发现这只是一场梦，便又陷入了深深的难过之中，因为有人说过，当你梦见一个人的时候，其实是在远离。

我身上盖着小曼的被子，她把自己的被子盖在我的身上，而自己盖的是夏天的空调被，她身子蜷缩着像一个蝉蛹，我站起来，把被子给她盖上，她睡得很沉，口水流在了枕头上，我不禁想起那一次在地铁上，她把口水流在我的肩膀上，之后我转身小心翼翼地走出门到外面去，外面的天色灰蒙蒙的，雨已经停了，深秋的早晨有些带着刺骨的冷，何姨还没有起床，这样也免得我解释了。

我看着自己的迈腾，好几天没有开，机盖上并没有什么落叶，我想一定是小曼清扫过，何姨开门的时候看见了我，她大吃一惊地说："小陆，你回来了，怎么站在外面呢？"

我说："实在是糟糕，我的钥匙被我弄丢了。何姨，你有备用钥匙吗？"

何姨说："有的，你等了很久了吧，你直接敲我的门就好了，这大冷天的，不要感冒了。"

说着何姨转身去房间里，过了会儿出来拿着把钥匙说："你拿去。"

我接过钥匙说："等晚点儿我去配一把再还给你。"

何姨说："你拿去就好了，放我这也没用。"

我说："还是要放你这里一把的，我丢三落四惯了，下次找不到还可以从你这拿。"

说完何姨就舒心地笑起来，我往前走了几步，何姨说："待会儿下来一起喝粥吧。"

我说："不用了，我想休息一下。"

打开门，我把书包丢在沙发上，然后躺在床上，说实话，我实在是太困了，很快便睡着了。醒来的时候已经是下午，我看了看手机，有好几条信息，是小曼发来的，我想起来我答应中午请她吃饭的，我给她发了一条信息，讲："实在是抱歉，一睡就睡到了现在，你要是待会儿得去上班，那么我换个时间再请你吃饭好了。"

很快我听见外面的脚步声，紧接着便是敲门声，我从床上起来，拉开门，看见小曼站在门口说："没事啊，我今天也请假了，反正这个月我假多，你晚上请我吃饭吧。我倒要看看你有什么事要请我帮忙的。"

小曼一只手撑在门上看着我笑着说："没想到你陆之开也有需要我帮忙的时候，我太自豪了。"

我抓了抓乱糟糟的头发说："那你等我半个小时，我洗漱一下。"

小曼眨眼一笑说："男孩子也这么慢，不就是洗澡吗？"

说完她转身往自己的屋里走，我看着她的背影想着她的话，忽然间觉得她这样的性格真好，像一束阳光。

我一直看着她走进自己的房间，然后去浴室刷牙洗脸冲凉，还对着镜子把自己有好几天没有刮的胡子用剃须刀一下子刮得干干净净，我看着镜子里的自己，想笑，但脸上的表情好像有些僵硬，我用手指顶着酒窝，然后往上拉了拉，好像这样就是嘴角上扬的微笑。

我穿好鞋子，然后在微信上叫小曼出来，我刚开门，就看见小曼已经在楼梯口了，我说："动作这么快！"小曼龇牙"咦"了一声说，"你真是慢悠悠的，像只乌龟，以后你的女朋友一定要被你气死掉。"

我说："那都是以后的事，你今天想吃什么？"

我说着走下楼，小曼也跟了下来，走在我身边，我们之间隔着一只拳头的距离，走到了外面，我往我的迈腾车走去，她直接往大门走去，我叫住她，然后指了指车子，她小跑着过来说："我都忘了，你有车子，每天上班走直接出去，习惯了。"

我坐在车里，已经有段时间没有发动车子了。我把车窗打开透透气，小曼坐在副驾驶上，把座椅往后调了调，然后把脚搁上来说："昨晚你睡我的沙发，今天我也要舒服地躺在你的车上。"

我把刹车松开，车子缓缓开出院子，然后上了院外的主道，水泥路边满是落叶。

"想吃什么，想好没？"我说。

"随便啦。"小曼躺在座椅上，"我对吃无所谓，但是我特别好奇你要我帮你什么，一想到这里，我真的好兴奋。"

车窗外的风涌进来有些冷，我把车窗升起来，但是小曼马上说："别，我喜欢让风吹在脸上。"

"不冷吗？"

"冷也要吹。"小曼说，"每天在那样的地方上班，整个肺里都乌烟瘴气的。"

我一只手搭在方向盘上，说："那就换一个工作，反正你也还年轻，找工作也不难。"

小曼忽然笑起来，拍了一下我的肩膀说："找工作当然不难，我养活自己也不难，但是我要帮我弟弟还房贷，要不然我早就把欠你的钱一股脑儿还了。"

我说："没关系。"

小曼说："之前给你的五千为什么不收，现在又被我拿去给我弟还房贷了。本来这个月也可以还一点儿给你的，但是我想考个文凭，所以钱又交了学费，我过几个月一定还你。"

前面再过一个红绿灯就是商场了，外面的天色渐渐灰暗下来，路灯也亮了起来，空气里有一股关于秋天的气息，小曼把脚放下来，把座椅调正，然后下巴贴在车沿讲："哎，真好，夜晚真美！我真的好喜欢这样的时刻。"说完她闭着眼睛深呼吸起来。

我看着高楼和无尽的车灯，在红绿灯前缓了神，后面的车子按下了喇叭催促，我才松开脚下的刹车，小曼说："怎么啦？"

我说："没事。"

其实，我想起了很多事情，望着这忙忙碌碌的人间，望着每一个人熙熙攘攘的奔波，佛说，前世五百次的回眸才换来今生的擦肩而过，而我和晓月连擦肩而过的缘分都没有，想到这里真是让人心里好像塞满了棉花。

商场前的树上挂满了彩灯，喷泉广场前家长带着孩子出来活动，夜色在将黑未黑的时候总是给人一种恍然的感觉，望着高楼，小曼说："你看看这么多楼房，住在里面的人一定都超级厉害吧，而我们真是太渺小了。"

我把车开进商场的地下车库，小曼下车的时候拿着手机四下拍了下照片，我说："你这是干吗？"小曼笑嘻嘻地讲："你不知道，上次我朋友开车也是停在这样的商场停车库，后来吃完饭就怎么也找不到车了，还以为被偷了呢，去保安室查监控才发现我们找错楼层了，你说尴尬不？"

我说："那是挺尴尬的。"

小曼晃了晃手上的手机说："现在不用担心了，我拍了照。"

我们坐电梯去了餐厅层，想着这个忙是很难开口的，还是请小曼吃一点儿好的，要是她不愿意也正常，我再去想其他办法就好了，让一个女孩来假扮自己的新娘，我都觉得自己是不是脑袋出了问题才想出这么一个主意。我看了一眼小曼，她一点儿也不知道我内心这肮脏的想法，她笑嘻嘻地看着我，然后猛地掐了一下我的手臂说："你今天是怎么了，总是看着我干吗？"

她故意往外走了两步，然后满眼都是笑容地说："快告诉我，是不是我今天穿得特别美，你是有福气的，这套衣服是我新买的，花了好几百元呢！"

周围很多人，商场的灯光有些刺眼，我想那些路人的目光里也许我和小曼真的是一对情侣，我双手插在裤袋里看了一眼周围的店，火锅和湘菜馆的门前排起了长长的队，日料和西餐厅却门可罗雀，我想着西餐厅更安静，便和小曼说："我请你吃牛排怎么样？"

小曼看了一眼，然后连连摆手说："你别，我可不吃，去这种地方吃牛排，还不如我去超市买两块，回家煎给你吃，一块也就二三十块钱，在这里吃得好几百，你真是不会过日子。你给我一百块钱，牛排让你吃饱，还可以给你配一杯红酒。"

我说："气氛不一样嘛。"

小曼一脸嫌弃地看着我，说："你一天开网约车能赚多少钱，去西安一趟也花了不少钱吧？你的钱又不是大风刮来的，我都替你心疼，花钱大手大脚的，我们去吃火锅好了。"

我有点无奈，但是小曼已经大步往火锅餐厅走过去，她和服务员拿了一个号，然后看着旁边的两张椅子，她坐了一张，然后用一只手按住一张，另一只手冲着我招手喊："快过来，快过来，这里有位子坐。"

那一瞬间，我发现她真的是一个单纯到没头没脑的女孩，周围的人都看着她，她却一点儿也没有不好意思，还是满脸笑容地对我招手，好像抢到两张椅子是一件特别荣耀的事情，我有点哭笑不得地走过去，然后坐下来。我开始发现这世上有些女孩子，嘴上好像是无所不知的一样，对于那些在别人看来很害羞的事情，她也可以大大咧咧地要在别人面前表现得好像小事一桩似的，但是其实呢，内心十分单纯，她知道的全说了，不知道的也假装知道的说了，真是一点儿心机也没有。我想到我之前认识的一个女孩，你和她稍微讲一点儿男女的事情，哪怕看见电影里有接吻的镜头都会害羞地遮住眼睛，但是后来发现，私底下她和好几个男孩保持着性关系，有些人的人生真是好像一场戏，靠演技在撑着。

我看着小曼，她一副经常来的样子，显得那么娴熟，等我坐下来，她便把包放在椅子上，然后起身往店门口走去，回来的时候端着一个盛满小吃的小盘子，手里还端着两杯饮料，她笑盈盈地递给我一杯说："都是免费的。"

我说："等下吃饱了。"

小曼说："那还不好，给你省钱。"

我低头刷着手机，小曼看起了微博，商场里的人像无数蚂蚁走过，周围的声音很嘈杂，我看着每一个人都在讲话，脸上有些是笑容，有些是愤怒，有些又是冷漠，在这个声音的世界里，那些开心的或者难过的声音汇成了一条河向我汹涌地扑过来。

忽然间，我有一种窒息的感觉，于是从椅子上站起来，这突然的动作让小曼吃了一惊，她看了看手上的等位牌，然后看着我说："还没到我们呢。"

我说："我想上个厕所。"

小曼说："上厕所就去嘛，你这'嚯'地一下站起来，我还以为出什么事了呢？"

我往前面走去，周围声音变得越来越响，我好像掉进了泥塘，我加快脚步往洗手间走，在通往洗手间的长廊里，有一处供人休息的长椅，我坐下来，双手撑着头，我就在那里坐着，过了会儿小曼便打电话过来说："你好了吗，我先进去了。"

我说："这就来。"

我走进店门，小曼便站了起来对我挥舞着手，火锅店的色调总是红色的，我朝着小曼走过去，她把菜单递给我说："我点了一些，你看看有什么想吃的，你湖南人能吃辣的吧，我湖北人我也能吃辣，所以我点了一个牛油火锅。"

我看着小曼点的，大多是一些青菜，然后一份虾，我加了一些新鲜牛肉和喜欢吃的毛肚、鱼片，把菜单给服务员的时候，小曼双手托着下巴看着我讲："快说，有什么要我帮忙的。"

"能不能和我拍一组婚纱照？"

这话在我的喉咙里翻滚，但是我怎么也讲不出来，我知道我一旦这样讲了，她一定会吃惊地叫起来，以为我肯定是疯了，我也觉得自己是疯了，加上火锅店实在嘈杂，本来就难以开口，现在就更难说出来了。

"没事。"我笑起来，但是我知道这笑容一定漏洞百出。

小曼咬了咬嘴唇，然后伸出手指着我眨了一下眼睛讲："是不是想请我吃饭，故意找的借口，喂，说实话，你这次去西安干吗了，从收到你上飞机前给我的信息，我就觉得有点不对，是不是出去一趟，想明白了，想追我？"

说完她自己哈哈大笑起来："没关系的，你可以和我讲，你这人还不错，虽然长得不够帅，但是还是挺踏实的，人也善良。"

服务员这时候把锅底端上来，里面大块的牛油还没有化开，服务员把火开到最大然后转身走了。

我说："别贫嘴了，你以后有什么打算？"

小曼给了我一个眼神说："就知道转移话题，我啊，不想在酒吧里做了，在酒吧上班的女孩没有男孩子会珍惜的，我想考个文凭，然后去大公司做个行政，那样可能就会有男生好好爱我了。"

我一下子不知道说什么，拿起旁边的公筷去戳了戳渐渐融化的牛油。

服务员把菜端了上来，牛油也完全融化并开始沸腾，白色的水雾蒸腾而起，和小曼聊了一些她上班的日常，吃完饭，我买单，在商场逛了一下，小曼去了几家服装店，但是只是转了转，我跟在身后，就那么走了会儿，然后坐电梯到了负一层，小曼拿出手机，看着里面的照片说："我来帮你找。我其实知道车子停的位子，但是我没有说话，只是跟在她的身后，看着她一会儿看看手机，然后又看看周边的那些标识，一会儿往前走几步，接着又退回来，我心里想着反正又不赶时间，就这么打发时间也未尝不可，只是进进出出的车辆看着我们有些好奇。

找了许久，终于找到了，我按了按手里的车锁，车子发出了响声和灯光，她才叫起来："我找到了。"

我真的被她逗笑了，坐在车里，她还是一直在讲话，我把车开到主路，城市正是夜晚最热闹的时候，街边的商铺连成一片，灯光点缀之下很美，夜空晴朗，夜里的云是暗灰色的，风从车窗吹进来，刚好可以把身上的火锅味吹散。

开了一段路，离开这个镇上的主城区，小曼安静了下来，我打开音乐放了李宗盛的歌，在离家差不多还有一公里的地方，那里是个酒店停车场，小曼忽然间对着我说："你停车。"

我下意识地踩了刹车，把车停在路边，然后问："怎么了？"

小曼指了指酒店说："我们把车停那里去吧。"

# Chapter 8

×

# 各 自 人 生 各 自 磨

我实在不明白小曼的意思，在车里看她。

她说："我们能不能把车子停在那里，然后走路回家，我想走一下路。"

我说："有这个必要吗？"

她的目光很坚定地说："有，非常有这个必要。"

我便把车往酒店的停车场开，停好车，我们从车上走下来，然后走到大路上，路上冷冷清清，没有行人，只是偶尔会有几辆车路过，水泥马路上落了很多落叶，这段日子经常下雨，地面便是湿漉漉的，小曼一只手拿着包，目光望着脚下，一边走一边踢着落叶。

我只是安静地跟着，夜里的风带着空气里的水汽吹在脸上让人头脑清醒，就这样走了一段路，小曼转过头来倒退着边走边和我说："陆之开，我知道你有事想让我帮忙，你告诉我好吗？我能帮的一定帮你，你不要把话讲了一半就不讲了，这样很不好，我就会想自己是不是哪里让你失望了。"

我抬头看了看路灯，然后把目光望向远方，四下里安静得有些可怕，远处房屋的灯光若有若无，我不知道哪里来的勇气便开口说："小曼，我其实是想你和我去拍一套婚纱照。"

我说完的时候，小曼停住了脚步，她望着我，满脸的不知所措，我赶紧说："我知道自己这样讲有些过分，要是你觉得难以接受，你就不用搭理我。"

小曼走到我身边，然后说："是不是为了那个女孩，你为什么不去找她，要用这样的方式伤人伤己，你不要觉得自己这样做很伟大。"

我不知道怎么回答她，她的话像一支冰冷的箭扎进我的心里，但凡我有一点儿办法，我也不会这样选择，我既然给不了别人守护，那么就应该给她自由，爱一个人不应该是占有，而是要帮她选择一条能护她周全的路。

我深深地叹了口气讲："小曼，有些事情我不能和你讲，但这是我的选择，我知道让你这样做很过分，如果你肯帮我，欠我的钱就算是给你的报酬，不用还了。"

小曼沉默了，我们就这样走着，快到家的那一段路，有一家便利店，小曼说："陆之开，你能帮我去买一瓶可乐吗？"

我说："那你站在这里等我。"

小曼点了点头。

我走过马路，回头看了一眼小曼，她靠在路边的灯柱上，灯光自上而下形成了一个圆锥形，小曼站在中间，我跑到便利店，买了两瓶可乐，然后又跑过马路到小曼的身边，我把可乐递了一瓶给她。

她没有喝，然后拿在手上说："我让你去买可乐，我其实是想一个人静那么一会儿，你刚刚说和你拍婚纱照我欠你的钱就可以不还了，这句话真的很让人伤心，好像是一个买卖，我第一次和男生拍婚纱照竟是为了赚钱。"

"我不是那个意思。"我解释道。

小曼并没有停下来，而是接着讲："在你去买可乐的时候，我想好了，钱我会一分不少地还你，比之前更加坚定，但是利息没有，我帮你这个忙，那你要答应我三个条件，等你做到了，我们就去拍婚纱照。"

我说："什么条件？"

小曼说："我还没有想好，不过我会尽快想好的。"

风吹着地上的落叶，深秋的夜里有点冷，我轻声说："行。"

回到房间，去浴室冲了个澡，温热的水流让心情变得好了一些，穿着睡衣躺在床上，想着已经好几天没有给晓月发信息了，不知道她是不是在某个时刻会很想我，我看着那张深秋晓月站在落叶街道上的照片，曾经想过一起看夕阳落进海平面，一起牵手走过熙攘长街的画面，好像永远都不会实现了，有些人真的是有缘无分的，有些人真的是要错过的，我好像也渐渐相信了命运。

小曼的第一个条件是给她做一顿饭。

下午我在外面开网约车，她给我发信息说："我今天休假，晚上想让你给我做一顿晚餐，算是第一个条件，你回来接我，我们一起去超市买菜。"

在等红绿灯的间隙，我在手机上很快打了一个字："好。"

把客人送到目的地，我关掉了接单程序，然后直接回家，小曼站在路口等我，她看上去心情不错，拉开车门坐在副驾驶打趣地说："没耽误你赚钱吧，耽误也没办法，谁让你有求于我，我真是倒霉，竟然要和一个连手都没牵过的男人去拍婚纱照，要是被我妈知道铁定要打死我。"

我说："我不会把照片乱发的。"

小曼摊开手放在车子中间的扶手盒上，然后抖了一下说："喂，自觉点儿啊！"

我说："什么？"

小曼笑起来："你真是个笨蛋，没意思。"然后把手缩了回去。

我把车停在菜市场旁边，然后陪着小曼去买菜，刚进菜市场，一股鱼腥味便涌了过来，地上都是带着腥味的水，鱼贩子正在给顾客秤鱼，小曼说："我想吃小龙虾。"这个季节已经过了吃小龙虾的季节，菜市场里也不好找，最后在一个角落里找到了一家，小龙虾个头小小的，价钱却不便宜，我们买了十多只。

然后买了青菜和牛肉，葱姜蒜小曼说她那里都有，辣椒买了一些，有指尖椒和灯笼椒，在菜市场转了一圈，有些头晕，到处都是吵闹声，但是我跟在小曼的身后，看着她和菜贩子还价的样子真是又无奈又好笑，本来也就几块钱的东西，硬是被她减了五毛一块的，实在还不了价，她也会在老板打好秤的时候，再往里面扔两个辣椒。

看见我笑，小曼就说："喂，不要觉得我是抠门，这是乐趣，还价的乐趣，你是永远不会懂的。"

我说："我可不要懂。"

小曼"哼"了一声，"你们男生就是这样，觉得做饭洗衣是女孩子的事情，什么叫你可不要懂嘛吗，你就是推卸责任，推卸为家庭付出的责任。"

小曼说着加快了脚步往菜市场的大门走去，她走得很快，我提着菜得小跑着才跟得上，走到菜市场的门口，我看见她已经站在车门边，我走到她面前问："生气了？"

我们的目光越过车顶相视，她却笑起来说："和你开玩笑的，我生什么气，快点儿回家给我做饭，我都饿了。"

但是我的车被前面的一辆电动车给堵住了，我想下车去挪动一下，小曼先把安全带解开，然后拉开车门走下去，我看着她走到电动车前，先是一个弯腰的动作，然后双手提着电动车后座，接着"哎哟"一声，就拖着后座挪了 90 度。

那之后她双手拍了拍，站到了车头前，用手示意了一下我开她看着，我把头探出来讲："你上车好了，不用看着的，这么大的空间。"

小曼甩了甩胳膊坐上车，然后扭着腰抻胳膊，我说："搬不动何必逞能呢。"

小曼把头撇向一边，说："谁搬不动，我们酒吧的水都是我提的。"

我没有再说什么，开着车便走了，窗外的风清冽，我喜欢秋天，特别是深秋，最讨厌的季节要算是夏天了，我不喜欢炎热，因为我是个特别容易出汗的人，夏天在路上走上几分钟额头便都是汗水，燥热的夏天也让我的思绪变得浮躁，但是这个夏天算是所有夏天里的例外，因为晓月的出现，让整个夏天都变得和煦起来。在我记忆里的夏天，都是白光泛滥的午后，水泥地蒸腾着热气，大狼狗吐着舌头哈气，但是这个夏天，却是黄昏的海边，温煦的海风，以及熙攘人群之间驻留留恋。

到小曼的房间，我径直走去了厨房，过了会儿小曼用指头勾着一件花色的围裙站在我面前说："家庭妇男就要有做饭的样子，快把围裙围上。"

我摆了摆手说："不用。"

小曼"嗯哼"了两句，手指勾着围裙上下抖了抖，我便明白了小曼的意思，今天她最大，她说什么我都得听着。

我接过围裙，小曼满意地点了点头讲："不错不错，孺子可教。"

我说："你去忙你的吧，我做好了叫你。"

小曼靠在门口站着说："不，我要看着你做，但是我不会帮忙的，因为我今天只负责吃。"

我一边低头找刷子一边说："那你这就过分了，至少搭把手吧。"

小曼忽然间嘿嘿笑起来说："想起来还挺温暖的，你做饭，我搭把手，好像是情侣一样。"

我抬头看了一眼小曼，说："别想了，你有没有不用的刷子，牙刷也可以，我要把虾肚刷刷，那里面可脏了。"

小曼说："不行，这支是我新买的，我没用几天，你等我会儿。"说着她转身出去，很快便拿着一个鞋刷过来丢给我说："用这个。"我吃惊地说："这是你刷鞋的吧。"小曼说："没事，你用水冲两下就好了。"我说："看起来你干干净净的，没想到也这么不讲究。"

小曼的眼睛瞪得大大地望着天花板，然后对我说："干干净净？怎么感觉我被你扒光了一样。"

我一听，心头一阵战栗，然后说："你和其他男生也这样讲话吗？"

小曼说："哪会呀，我知道你是个好人，所以我就想逗逗你，在其他人面前我可不会说这些，连说话都很少的。"

我站在水池边，一只手捏住翻过身的虾头，另一只手拿着鞋刷把虾肚上黑黢黢的附着物刷干净，然后把虾头拧了，这有点残忍，我一个人断不会这样去做，但是小曼站在旁边，我又不可能对着小曼讲："这实在太残忍了，你来吧。"我只好一边心有戚戚，一边咬着牙一狠心，拧完虾头之后，还要把尾巴中央的那根虾线抽出来，我好像忽然间理解了那句话，"君子远庖厨"。

　　我以前也会一个人做饭，后来觉得麻烦便很少做了，要做也只是熬一个粥，或者超市冷冻水饺一类的，忽然间要来这么一顿还算丰盛的菜倒有些手忙脚乱了，小曼看了会儿说："我去看会儿书了，你尽情发挥就好了。"

　　小曼一走，我倒是从容了很多，大概半个小时，我便差不多把菜都做好了，样子看上去还行，自己在厨房悄悄品尝了一下，味道也不错，小曼看着一桌菜，伸出手就去抓了一只小龙虾吃起来，我看着她，她皱了皱眉头，然后用臂肘撞了一下我的胸口说："可以啊！有两下，味道不赖。"

　　我说："那你要多吃点儿，我都已经忘记多久没有做过这么多菜了。"

　　小曼端着碗去盛饭，然后说："你给你前女友肯定做过吧。"

　　我好像已经把前女友忘了，因为在时间里，我越来越明白，她没有爱过我，是我的卑微将她困在我身边，所以当我们的感情结束之际，不到一个月，她便和别的男生在一起的那一刻，我想我是彻底放下了，小曼看我不说话，便又问我，是不是聊到伤心事了。

　　小曼说着把米饭放在我的面前，我说："没什么伤心的，因为那一份感情我是尽力了的，所以也没有遗憾，你呢？"

　　小曼用手剥着小龙虾说："我啊，我不是说过我还是处女，你信吗？"

　　我看着小曼。

　　小曼抽了几张纸巾擦了擦满手的油说："我没骗你，你肯定也以为在酒吧上班的女孩子很乱，可是我真的从来没和男孩子睡过觉，在我上

116

高中的时候有个男孩子很喜欢我，他吻过我。"

我说："那挺难得的。"

小曼说："你这话什么意思？女孩子不是应该和那个会娶她的人睡觉吗，怎么能都没有确定这一点就和别人睡觉呢？"

我的目光越过小曼的发梢望向窗外，二楼刚好可以看见院子里的那棵树，树叶已经快凋零光了，在昏暗的夜晚，显得更加孤单，风吹着窗帘轻轻翻动，书桌上的灯光一片暖黄，我说："可是人有些时候也是会变的，刚在一起的时候总是想着白头偕老，但是后来就变了。"

小曼站起来转身去把窗户关上说："才不是呢，人总是喜欢给自己找借口，那些没有到最后的人，其实从一开始就彼此有所保留，我不喜欢这样。"

我看着她坚定的样子，不知道她这是从哪里得到的结论，但是想着每个人都会有自己的执念，我也没有多说什么，吃完饭，我收拾碗，但是小曼拦住我说："碗筷我来，你别动。"我说："没关系的。"小曼说："不行，男孩子可以做饭，但是洗碗还是我来。"

她起身把碗抱着往厨房走，我走到厨房门口说："那我回家了。"

小曼戴着胶皮手套边刷碗边看着我讲："好，谢谢你的晚餐。"

我微微一笑，然后推开门走回自己的房间。

小曼的房间是温柔和明亮的，而我的房间好像是冰冷的，行李箱放在门后已经落满了灰尘，地也好久没有拖过了，我的被子窗帘也都是冷色调的，电脑桌上还有半瓶没有喝完的可乐，烟灰缸里的烟头凌乱地倒插着，我拉开椅子坐着，把电脑打开，已经很久没有写过文字了，好像都忘记自己是个写书的作者了，那些曾经的读者也好像渐渐将我忘了，我忘记在哪里看见过一句话，"一个人的喜欢最多只能维持四个月，超过了四个月就是爱，所以对于遗忘我早已经坦然接受"。

电脑开着，我打了会儿游戏，又习惯性地去看了看晓月的微博，然后站在窗前点了一支烟，我感到有些凉意，去衣柜里拿了一件轻羽绒穿上，忘了和前女友的感情，对我而言好像并没有多难，但是对于这一份素未谋面的感情，我却无法忘怀，我问自己这是为什么，我好像是明白的，因为五年的感情，不过是我一个人的坚持，我没有遗憾，因为我竭尽了全力，她是因为不爱我而离开我的，而晓月不一样，她是爱我的，是因为爱我才要离开我，这之间有太多难以释怀的无奈和遗憾。

时间平静地滑过去，我和晓月还是会简单地发发短信，她会和我聊聊近况，她在学画画，她在练瑜伽，她买了牛油果做牛油果奶昔喝，生活变得平静，我们是两条平行线的观望，很快小曼的第二个条件便来了。

送乘客到目的地，一公里的样子有个加油站，开网约车之后我发现上厕所是个大问题，因为到处都没有停车位，你又不可能站在路边大小便，去商场的话一来麻烦，二来进去一趟出来又得交停车费，所以我一般都会去加油站。

从厕所出来，小曼给我打电话，我站在马路边接的，小曼说："现在我要说我的第二个条件了。"

我蹲在路边，飞驰而过的汽车扬起灰尘，我把手机贴在耳边听着，小曼说："今天是我的生日，你能给我买个蛋糕，陪我过生日吗？"

我说："可以。"

她说："那你等下来接我，我要去海边过。"

我说："几点。"

她说："你买好蛋糕就来，我在家，今天我没上班。"

我说："那你等我。"

我在手机上搜蛋糕店，找了一家评价不错的，然后打电话过去预定，店家问我写什么字，我想来想去觉得就普通的"宋曼，生日快乐"好了。店家说起码要一个小时后才能拿，这倒也无所谓，我开车过去也得半个小时，这会儿在马路上抻了抻腰，大口呼吸了空气，天空中的云很厚，一片苍茫的白色，我来回走了几遍，浑身扭动了片刻，然后便开车去蛋糕店了。

在路上的时候，我决定先不去蛋糕店了，去了附近的一家礼品店，我想着既然是生日，那就买个礼物过去，但是该挑什么礼物呢？我知道女孩子喜欢包包化妆品，但是就我和小曼的关系这显然太不合适了，还有另外一个原因是，那些礼物对我来讲有点贵了，现在每个月虽然说不至于太过穷困，但也是相当拮据的。

礼品店的导购小姑娘给我推荐了一个小熊，看起来很可爱，有我半个人高，小姑娘见我看着小熊笑了，便说："这款小熊很受欢迎的，你女朋友见了也一定会喜欢的，她真幸福，现在会来给女孩子挑礼物的男孩可不多了。"

我看了姑娘一眼说："只是朋友。"

姑娘说："那也一定是很重要的朋友。"

我想了一下，重要吗，好像并不重要，又好像有点重要，毕竟在这段难熬的日子里，她也算是陪我很长时间的一个人了。

我点了点头说："算是吧，那就这个了，你帮我打包一下。"

付完款，我走出店门，然后赶到蛋糕店拿蛋糕，时间刚刚好，老板说："我前脚做好，你马上就到了，你这是算好的吧。"

我拇指捏着食指，做出一副算命先生的样子欢快地讲："算好的呢！"

提着蛋糕走出店门，街上依旧人来人往的热闹，我好像已经很久没有这样开心过了，想着刚刚自己竟然还幽默起来，嘴角不禁苦笑，我把蛋糕和小熊都放进了后备厢，然后回去接小曼，在离家最近的那个红绿灯前，我发信息给小曼说："我马上到了。"

小曼秒回："那我出来。"

我还是比小曼早到，我把车停在路口，看着小曼穿着一件单薄的外套和一条短裙就跑了出来，她拉开车门，我看着她说："你还是回去换一身衣服，这样去海边会很冷的。"

小曼抱着手臂在原地跳了跳，然后钻进车里说："我才不要穿得像个大狗熊一样呢。"

一边说着一边把车内的暖气打开，我开车带她去最近的海边，这个季节的夜晚哪有什么人会去海边吹冷风，一路上畅行无阻，路灯把宽阔的路面照得通亮，远处的天空漆黑，这条路仿佛扎进黑暗里的一柄剑，到海边比预想的时间要早，我把车停好，海风吹着海浪拍打着礁石，夜晚比想象的要冷，我把后备厢里的小熊拿出来送给小曼，本来想待会儿再给的，但是看着她冷得牙齿打战，便想着让她抱着小熊会暖和点儿。

我把小熊送给小曼的时候说："生日快乐！"

小曼抱着小熊很开心，不过嘴上说："你要等会儿给我的嘛，这惊喜不该是我许完愿望你再给的吗？"

我说："早点儿给晚点儿给不都一样，现在你还可以抱着暖和点儿。"

小曼把下巴抵在小熊的头上说："不过还是很感谢你，我已经很多年没有过过生日了，也没有人给我送礼物。"

风在耳边呼呼地吹着，远处的渔船像夜里属于大海的星星，小曼的头发被风吹乱，飘散开来，我看着她走着，裙子也被风吹扬起来，我便把自己的外套脱下来给小曼让她围在腰上。继续往前走了一段路，我抱着肩膀，小曼说："回去吧，一定很冷。"

我说："这样的天在海边当然冷的。"走回到车前，小曼把小熊扔在后排，然后说："我想在这里吃蛋糕。"我说："也行。"于是便把后备厢打开，在后备厢里把蛋糕拆开，那里狭小的空间成了避风港，我把蜡烛插上，然后跑到驾驶室去把打火机拿出来，把蜡烛点上，外面的风呼呼地吹着，蜡烛安稳地亮着，我说："你许愿吧。"

我退到后面，小曼站在后备厢的正中央，闭上眼，双手合十对着蜡烛许愿，过了大约两分钟，她低下头把蜡烛吹灭。

我说："许了什么愿？"

她转过头看着我讲："许的愿讲出来就不灵了。"

我说："老人说可以许三个愿，其中最重要的那个放心里，剩下的两个可以讲出来。"

小曼拿出塑料刀准备切蛋糕，在切下蛋糕的时候，小曼说："我只是把一个愿望许了三遍。"

小曼随后拿了一块儿蛋糕给我，我们坐在后备厢的后沿上，后备厢的盖子像一把伞撑在我们头上，我们望着天空中苍白的月亮。

小曼突然用指尖蘸了一点儿奶油涂在我的脸上，我扭头看着她，她说："图个吉利。"

我也用指尖蘸了一点儿奶油抹在她的脸上。

她笑起来，说："等下陪我去酒吧，我想喝酒。"

我说："我开车不能喝的。"

她说："我不管，今天你要陪我喝。"

我说："我已经很久没喝酒了，其实我从小就不喜欢喝酒。"

她往前走了几步，把手里的蛋糕碟子丢进垃圾桶，走回来的时候说："那我们在路边买点儿酒回家喝好不好？"

我说："都很晚了，下次行吗？"

小曼说："哪有那么多下次，今天是我过生日，怎么也得到十二点以后再睡觉的，都在家了，你就陪我喝一点儿吧。"

我看着小曼一脸哀求般的目光说："那行吧。"

在回去的路上，停了两次车，一次是在天桥下，小曼忽然要我停车，我问她什么事，她说把后备厢打开，我便知道了她想做什么，在天桥上有几个流浪汉蜷缩着睡着，小曼把没吃完的蛋糕放在流浪汉被褥的旁边然后回到车上。

另外一次停车是在便利店前，我下车去买了啤酒，还有一些小吃，外面的风依旧很大，回到车上，就下起了小雨，自动雨刮器在车窗上来回摆动，小曼说："这是太好了，我最喜欢下雨了，一下雨心情就很好。"

我其实对下雨也非常喜欢，在车里听着雨声，车灯的光柱把飘落下的雨照得清晰可辨，小曼说："你能不能把车熄火，我想听一会儿雨声。"

我便按了熄火的按钮，世界忽然安静了下来，雨打在车窗上，落在车顶上，小曼说："陆之开，这一次你该放下了吧。"

我靠在座椅上，过了很久才说："其实人生，所遇见的人，所经历的故事，都无法彻底放下的，只会变得不再那么重要，我不知道怎么回答你，我没有想过这个问题，反正时间的河流会推着我往前走的。"

小曼没有说话，她从旁边的塑料袋里拿出一罐啤酒拉开喝了起来，车内忽然间满是啤酒的气味，她把车窗拉开一道缝隙，外面的雨飘了进来，世界依旧安静，我闭上眼把大脑放空，小曼把一罐啤酒喝完，然后轻声说："回家吧。"

车子启动，雨刮器把车窗上的水向两边推开，一路上冷冷清清，偶尔有几辆车从身边急速地开过，很快到了院子里，小曼忽然间把脖子上的项链取下来，挂在我的后视镜上，我惊讶地看着她，她说："这算是我第三个条件。"

我说："可是这不大适合，这项链也挺贵的。"

小曼说："不贵，镀金的，就让它挂在那里吧，这是个四叶草，会给你带来好运的，如果有一天有个女孩成为你副驾驶的主人，你就把它取下来吧。"

说完她下车，抱着小熊冒着雨跑到屋檐下，然后停下脚步转身对着我讲："谢谢你的礼物，我很喜欢，今晚不想喝酒了，你早点儿休息，你想什么时候拍提前告诉我，我去请假。"

我站在雨里，提着啤酒和小吃，忽然间有些不知所措。

和晓月已经很久没有发信息了，人们常说时间会让感情变淡，我希望也是如此，晓月一直想让我放下和忘记，我知道这其中的无奈，我也会常常问自己，如果真的有一天我的幸福里没有晓月的身影，她是会开心还是难过呢。

我想她应该会难过，这世上的爱终究是自私生的根发的芽，但是难过之后，便可以重新生活，江晓阳说得对，晓月已经承受了太多，而这一次是需要我来帮晓月做决定的。

和小曼拍完婚纱照，我不知道那是一种怎样的感觉，像是一种讽刺，我拿到照片的时候，小曼说她辞职了，不想再去酒吧了，她要搬到另外一个区去，我说帮她搬家，但是她拒绝了，她把一万块钱还给了我，我说不用了，但是她还是塞给了我，她说她这一辈子都不想欠别人的，看着她站在院子外的马路边上，她回头看了一眼，然后拉开小货车的车门坐上去。

我知道小曼永远走了，是我伤害了她。

我的生活又变得平静了，偶尔会去和朋友聚一下，冬天的时候大学同学结婚跑去了赣州，很久没有热闹了。冬天的风很冷，伴娘坐进我的车里，看着我后视镜上的吊坠说："女朋友的？"

我不知道怎么回答，只是笑了笑，朋友新婚的那一夜，我在赣州的酒店里和朋友聊天，那些关于大学的往事好像已经过去了很久，这些年大家散落天涯，这一次相见不由地都在感叹，时间的步伐这般匆忙，聊着聊着，大家又跑到外面去吃消夜，人好像总会有执念，曾经得不到的，如今总想加倍要回来。

大家一群人跑到消夜摊，按着菜单上面最贵的点，大只的生蚝每人来了一打，小龙虾一种口味一盘，啤酒四个角落分别放了一箱，大学那会儿哪有这个钱，大家一餐饭也就五块钱，能加个红烧肉都是开心的，去消夜摊从来都是凑钱去撮一顿，小龙虾只点一盘，每个人分两只，把汤都拌饭吃，生蚝就更别讲了，就那么一小口却要几块钱，谁舍得。

满桌的菜，看起来丰盛，好像是满桌的回忆，大家吃吃喝喝，到半夜江晓阳给我发了一条信息说："谢谢你，我姐决定嫁给他了！"

我看着信息眼泪便掉了下来，那一瞬间我才发现我的世界原来只是一个沙盘，此刻轰然间倒塌了，那一阵剧痛让我不知所措，我拿起桌上满瓶的啤酒就灌了起来，老同学欢呼起来，喝彩的，鼓掌的，那天我忘记就这样灌下了几瓶，后来倒在地上，天空开始旋转，那些老同学开始慌张了，他们跑到路边去拦出租车，然后把我送到了医院。

那是我这一辈子喝得最狼狈的一次，也留下了很多抱歉，对不起这些好久不见的同学，特别是那个新婚的同学，好像这成了他们婚礼上永远的一个记号，但是我顾不了那么多了，我心里用沙做的城已经随风飘散了，我的晓月要嫁做他人的媳妇了。

在赣州待了几天，然后开车回到深圳，小曼离开了，晓月也有了归宿，而我呢，内心深深的孤独将自己吞噬，我开始抽烟越来越厉害，也会一个人坐在房间里喝酒，后来晓月的电话也换了，我能理解，毕竟她是要结婚的人，她未来的丈夫要斩断我和她一切的联系方式也是情有可原的，我的心常常会在夜里剧痛，那种痛没有人会明白的。

冬天如期而至，我一个人真的好孤独，我没有了所爱，也没有了人生的方向，我看着车里那个四叶草吊坠，看着遮阳板下面晓月的照片，我不知道人生的方向在哪里，这座城市有千千万万的人，我感觉每个人都有属于自己的幸福，而我好像被全世界抛弃了。

那段日子是我这一生最难熬的，我放弃了自己最爱的人，也推开了爱自己的人，我好像是被遗落的鲸鱼，在孤独的海上漂流，我常常一个人沿着街道走，没有方向，没有目的地，有些时候坐在路边，看着人来人往，我真的好想晓月，我把她推给了别人，我恨自己这自以为是的伟大，我更恨自己这一穷二白的人生。

好在赵宁出现了，他是我的救命稻草，我其实很早就认识他了，在大学的时候，我们都在给校报做事，后来毕业他去了北京，这一次工作调动来了深圳，他说人生地不熟要让我过去陪他，因为公司给他租了一套公寓，他一个人住也是浪费，所以让我去一块儿住，我想着有个人陪着也是好事，更重要的是还省了房租，于是我和何姨说要搬走，因为还没有到合约结束的日期，我和何姨说押金就不要了，但是何姨还是把押金还给了我，走的时候，她和我说："一看见我，就想起她的儿子。"

听她这样讲，我也有点伤感起来，我看着一左一右的两个房间，好像一段回忆又要被弄丢了。

我把行李箱塞进后备厢，赵宁坐在驾驶室，他把后视镜上的四叶草拿了下来放在手上把玩，我从他的手上拿过来重新挂上去。赵宁拍了一下我的肩膀说："前女友的？"

我说："一个朋友的。"

赵宁说："那也一定是很特别的朋友。"

我说："开车吧，你别那么多废话了，我挺累的。"

说完我便把座椅调到很矮的位置，然后闭上眼睛，赵宁一路开车，他是个老司机，车技很好，所以一路上各种超车，这一点和我完全不同，我是中规中矩的人，遇见有车要插队也会点一下刹车让让，但是在赵宁这里，没有车可以插进来，有几次气得想插车的司机直按喇叭，我被从困意中惊醒，我说："让一下会少块肉吗？"

赵宁一个手指头搭在方向盘上说："这些开车不规矩的人，就不能惯着。"

我看着赵宁笑起来，他竟然有脸说别人开车不规矩，到了赵宁住的小区，把车子停在楼下，赵宁帮我把行李拿下来，我就这样又换了一个地方生活，赵宁的工作其实很轻松，因为是从北京调过来的，所以深圳公司的很多制度并没有用在他的身上，他常常迟到，有些时候连上班都不去，说是在家办公，其实是在家睡觉。

我常常羡慕赵宁，他好像天生就有一种能力，让别人对他产生好感，一来是他长着一张极具诱惑性的脸庞，但我觉得这并不是最重要的，最主要的是他那张巧舌如簧的嘴，还有挂在嘴角的笑容，他好像天生就有一种主角的气质，只要朋友在一起吃饭，他很自然地就成了主角，每个人都会把目光望向他，他讲话总是那么充满了魅力，就连吃饭和睡觉这种事情，从他的嘴里讲出来都好像有了不一样的魅力，而这一点我是无论如何也做不到的。

我坐在角落里，很少讲话，赵宁总会有意无意地把话题往我的身上引，在他的介绍里总会有一句是，"他是一个作家，虽然现在不红，但以后一定会红的，所以啊，你们要明白，你们现在和他待的每一分钟都是以后吹牛的资本"。

　　圣诞节的时候，有个姑娘开玩笑地说："那我和他睡一觉，是不是可以吹一辈子的牛了。"

　　我不喜欢这样的玩笑，我的世界里有晓月，她是这世界上最美好的存在，她只在我的心里，我的心好像是一个装着这份美好的容器，但是那个玩笑让我忽然间感觉我这个容器受到了玷污，所以我站起来直接往门外走去，所有人都看着我，从他们的目光中，我看见了不解，鄙夷，愤怒，赵宁依旧笑着和大家讲："作家嘛，多愁善感。"

　　我站在酒吧的门口，满街都是节日的氛围，对面店铺门口的圣诞树装饰着漂亮的彩灯，打扮成圣诞老人的男孩站在街头发着传单，情侣相依着在街上来来往往地走，我走到路边的垃圾桶点了一支烟，我夹着烟，猛地吸了几口，白色的烟雾缓缓地从嘴里飘出来，风从高楼之间灌进来，我看着马路对面的一对情侣，我在想今天的晓月是不是也和那个他这样在街道上走着，想到这里我抬头望了望黑色的天空，眼睛有些酸涩，这世上如果没有希望真是一件好事，最怕的是曾经不仅有希望，而且离希望那么近。

　　赵宁从身后拍了拍我的肩膀，然后手直接伸进我的大衣口袋，把我的烟拿出来然后抽出一根放在嘴上说："喂，有女孩子想和你睡还不高兴了？"

　　说完他伸手把我手上的烟拿过去，对着自己那根烟燃着说："我看你总是一副有心事的样子，其实人生没有必要在意太多，活着，快乐就好了。"

　　我说："没事，我只是不知道怎么去和陌生人交流，我这是一个人待习惯了。"

赵宁勾着我的肩膀讲："这好办，现在和我住一起了，以后你就会习惯热闹了。"

我说："热闹其实也不一定就是好事。"

这时候站在酒吧门口，有个刚一起聚会的人叫赵宁："喂，老赵，再不进来那些姑娘都要走了。"

赵宁把手伸过头顶摇了摇，然后猛吸了几口烟在垃圾桶上把烟掐灭了说："我先进去了，热闹不一定是好事，但热闹的时候快乐就好。"

赵宁是个浪子，我记得曾经我们一起看《死亡诗社》的时候，他特别喜欢"及时行乐"四个字，这后来好像成了他的人生座右铭，他做过很多疯狂的事情，比如开着摩托车去走川藏线，还跑到墨脱的边境线说想看看国境线，被几个边防战士摔了个狗啃泥，要不是当时边境形势缓和，我想赵宁被直接击毙也是活该，他说他下一步要去走无人区，不过不是现在，而是当有一天对生活失去信念的时候，更让人感到不可思议的是，他为了体验生活，竟然跑去天桥和流浪汉待了一个礼拜，不是简简单单的早上出发，晚上回家，而是吃喝拉撒都和流浪汉待在一起。

那样的人生态度，让我羡慕不已，世俗的一切好像都无法成为羁绊他的桎梏，我没有再去参加他们的聚会，是的，这是他们的聚会，因为聚会的所有人都是赵宁的朋友，我也不知道他刚来深圳怎么就会有朋友。

抽完两支烟，发现烟盒空了，我去旁边的便利店又买了一包，走出便利店的时候，天空下起了细雨，我双手插在大衣的衣兜里，往前走了一段路，转身进了一家咖啡厅，比起酒吧的喧嚣，我还是喜欢在咖啡厅里安静地坐会儿，在靠窗的位子，看着人来人往匆匆忙忙的脚步，灯光点缀的城市，我捧着温热的咖啡抿了一口。

已经夜里十一点了，外面的雨越下越大，街道上的积水倒映着霓虹灯，好像颜料被打翻了一般，赵宁给我发信息说："你小子去哪儿了，过来帮个忙。"

我说："在旁边的咖啡厅。"

赵宁说："你过来。"

我走出咖啡厅，端着纸杯装的咖啡跑到了酒吧，那些人一看见我就大笑了起来，在酒吧喝着咖啡，我好像就是一个怪人，赵宁也跟着笑起来，不过他总是可以用一种很得体的方式化解尴尬，他站起来，用手平着往下压了压说："我就和你们讲了吧，作家总是和我们这些凡夫俗子不一样，不然他怎么能写出文章来。"

刚才说要和我睡觉的姑娘想要回家，赵宁叫我来其实是想让我先把她送回家，因为她明天得上班，赵宁把我拉到一边说："等下就看你自己了，我帮你摸清了，那姑娘一个人住，你可以直接去她家。"

我说："神经病，别开这玩笑，那待会儿要我过来接你吗？"

赵宁说："那不需要，我晚上有地方睡。"

我看着赵宁的样子，便知道他肯定和哪个姑娘约好了，我扶着那姑娘走到门前，然后和她说："你等我会儿，我去把车开过来。"然后把手里的咖啡放在她的手上跑进雨里。

我把车开到她的身边，她拉开车门坐进来，把咖啡放在中央扶手的杯架上，然后系上安全带，我拿出手机说："把你家的位置告诉我。"

她拿过我的手机，然后把位置输进导航里，雨落在车窗上，雨刮器在来回摆动，她也看见了后视镜上的四叶草项链。

"女朋友的？"她问。

我一时间有些恍然，我心里依旧全是晓月，但是这条项链却是小曼的，除了记忆和手机里的照片，我的生活里没有任何关于晓月的物件，想到这里我异常难过。

我深深地叹了一口气，车子在路上开着，虽然下着雨，但是街上依旧热闹，哪怕已经快凌晨的夜里，我没有一个站在晓月身边的身份，在平夜里的夜晚我在送另外一个初次见面的女孩回家，我想这真是悲哀，一路上心里的情绪低到了极点。

"是不是分手了？"她说着把脸望向了车窗外，"不管是哪一种，看着这一串项链，我觉得你是个好人。"

我说："是一个朋友的。"

她看着我，说："一个朋友？很重要的朋友？"

我说："我也不知道，反正不是最重要的，她说让我挂着，我就挂在这里了。"

她想了想说："那我这样问吧，你和她睡过吗？"

前面是一个红灯，我刹车停住，行人撑着伞从我的面前走过，我说："没有。"

她好像有些不可思议地说："很多男孩子恨不得撇清自己是单身好去撩妹，你这挂着一个睡都没睡过的女孩的项链，你是要把所有女孩子都拒之千里之外吗？"

我心里真的很苦闷，这毕竟是我见过的女孩，我真正爱的女孩，对我而言最最重要的女孩，我却从来没有见过，是啊，没有人会明白的，那种感情谁会明白，我的心像是被扎了一个窟窿，我一脚踩下油门，瞬间的提速产生了推背感，车子在路上飞驰，我的脑海里想着晓月，她现在是不是在别人的怀抱里，想到这里，我把车窗打开，冷风吹了进来，打湿了我半侧的衣服。

到她的小区楼下，她说："把车熄火。"

我说："为什么？"

她说："去我家换件衣服，你这衣服湿了。"

我说："没事。"

她说："你怕我吃了你吗？"

我笑了笑说："那倒不是。"

她看了我一眼说："我在车门口等你十秒钟，你想一想跟不跟我上楼。"

说完她便拉开车门，站在车门口，我看着她的背影，抬头看见了遮阳板，那里面放着晓月的照片，我不能这样，我把车窗摇上去，然后开着车离开了，我在后视镜里看着她站在那里的样子，内心好像置身于一片荒野。

第二天清晨，赵宁回来，看见我一副吃惊错愕的样子说："你怎么会在家，你不是应该在那个姑娘那吗？"

我说："你去哪个姑娘家了？"

赵宁叹了口气讲："失误，我本来是想带另外一个女孩去酒店的，但是喝多了，我被另外一个女孩带走了，昨晚我被别人上了。"

我被赵宁口里两个"另外一个女孩"搞糊涂了，但是赵宁抓了抓脑袋说："这些都是小事，都是成年人解决一下生理需求，喝醉酒了谁都差不多，我现在头疼的是，我北京的 BOSS 今天十一点的飞机，我现在才看到信息，我死定了。"

我说："你开我的车去吧。"

赵宁说："那倒不用，我打个车去就好了。"

说着他窜进房间，然后很快换了一身衣服出来，手上搓了把发蜡然后往头上一抹，走到门口的时候，他转身看着我说："昨晚就算没在她家睡，也真的没发生什么？"

我说："去接你的老板吧，我对你这些没有兴趣。"

赵宁叹了口气讲："人生不就是及时行乐吗？等我有时间好好给你上两课，你这人生观有问题。"

我说："你刚刚浪费了十分钟。"

赵宁看了看手表，匆忙踩着皮鞋就往门外跑去，我躺在床上，冬天总是适合睡眠的，于是便又睡了起来，醒来的时候已经是中午，这些天我在考虑要把车卖了，这样一来减轻车贷的压力，二来手里有点闲钱也可以再撑一段日子，要是不开网约车，其实在这城市里车子真是没必要的，而且一个月就算不开，也得有一笔开销。

我躺在床上点好了外卖，然后把窗帘拉开，昨夜的雨延续到了今天，放眼望去能看见的是小区的露天游泳池，我站在窗口点了一支烟，然后就那么看了一会儿，冬天有点冷，屋子里的香薰是夏天的香味，我走回客厅，坐在沙发上打开电视。

我把《唐顿庄园》又重温了一遍，差不多半个小时，外卖送到了，我一边吃着一边继续看，一下午就躺在沙发上，时间飞逝一般，赵宁给我打电话的时候，我才发现已经到晚上了，赵宁说他晚上要出去一趟，可能夜里也不回来了，所以让我自己安排就好，最后还加了一句，要是想叫姑娘来家里，也完全没有问题的，他应该明晚才会到家。

挂掉电话，把桌上的垃圾收拾了一下，我看着天色渐渐暗了下来，今天是圣诞节，想着出去感受一下节日的气氛，我穿上羽绒服，然后把垃圾顺带带出门，小区两旁的路上也挂满了彩灯，小区门口有一对恋人站在那里深情对视，我撑着伞沿着街边慢悠悠地走，虽然下着雨，但是依旧满街都是热闹，身边擦肩而过的已经目之所及，大多都是情侣，我好像有些格格不入的样子，一个人撑着一把黑色的伞，在人群之间穿过。

微信里有个好友添加信息，我没有在意，但是后来又提醒了一遍，加了个备注，"昨天你送我回家了"。

我通过了好友请求。

她说："喂，一个人吗？"

我说："是。"

她说："那我请你吃饭。"

我说："没那个必要吧。"

她说："好了好了，是想让你陪我，今天圣诞节，想找个人说说话，我看你不像个坏人。"

我说："可不要因为我昨天没跟你回家，你就觉得我是个好人，我只是那时候想到一些事情，有些时候还是很坏的。"

她隔了几分钟说："那就看看你可以坏到什么程度，你给我一个位置，我刚好在地铁上，直接过来找你。"

我抬头看了看对面的商场，便把定位发了过去，然后一个人站在商场前的路灯下等着，天空被城市的灯光映衬成橘红色，雨水顺着伞沿滴落在脚尖，我四下望去，望着匆忙的脚步，内心涌出荒凉。

她出现的时候，拍了一下我的肩膀，然后便很自然地把自己的伞收了，躲进了我的伞下，她的肩膀靠着我的肩膀，她的头也往我这边凑，我能闻到她头发上的香味，她看着我说："喂，想吃什么，我请客。"

我说："随便吃点儿就好了，路边摊怎么样？"

她说："不是吧，我大老远跑来就吃个路边摊。"

我说："下午吃得晚，也不饿，主要是在家待了一天，想出来走走，我喜欢这样的雨天，坐在路边，看着热闹的街市，和这些幸福的人，好像自己也很幸福一样。"

她笑起来，然后拍了一下我的肩膀说："你还真和小宁宁说的一样，文人就是酸。"

我说："小宁宁？"然后忍不住笑起来。

她说："对啊，姐妹们都这样叫他，他自己也觉得挺有趣的，你和他真是完全不一样的两种人。你这种人适合结婚，而他适合做男朋友，他比你有趣多了。"

我们走了一段路，到了附近的一家消夜摊，下雨的冬日夜晚，客人很少，我们坐在靠路边的位置，我问她吃什么，她说在菜单上很随意地划了几下，我看着又加了两道菜，在等菜的间隙里，她看着我说："其实我昨天是逗你玩儿的。"

我"啊"了一声，很疑惑地看着她。

"我叫你去我家啊，我知道是赵宁叫你送我的，而且还暗示你可以去我家和我睡觉，我很难过，其实我喜欢的是赵宁，他竟然让你，他的兄弟来睡我，我很生气，所以就想逗你。"

我有些凌乱，手里抓着筷子像上学时候转笔一样，她没有说话，我鼓起勇气说："如果我真的去你家了，你会和我睡吗？"

她低着头讲："我不知道，也许会吧。"

我苦笑了笑。

她说："他也和很多女孩子睡过。"

我内心不知道是佩服赵宁还是嫌弃他，他来深圳才多久，身边就有这些姑娘往上凑，服务员把菜端上来，雨还在下着，远处琳琅满目的灯箱在雨里是这座城市的风景，我在风里吃着饭，当说到赵宁今晚又不回家的时候，她显得有些激动，吃完饭她说："我跟你回家吧，既然赵宁这么喜欢跟别的女孩睡，那我就跟你睡，你也没有女朋友，你肯定也要解决生理需求，我帮你，什么责任都不需要负，我一早就自己回家，要是你觉得不方便，我夜里自己打车回家也可以。"

我从她手上拿起她的伞帮她撑开，然后把伞柄放在她的手心里，我自己往前走去，我没回头看，径直往家里走，我的心口有点冷，我对晓月的感情是真挚的，我没办法让自己去放纵，虽然晓月已经是别人的未婚妻了，但我要守护心里的那一份美好。

我回到家，把伞撑开放在阳台的地上，然后去浴室洗了个澡，穿上厚厚的睡衣站在窗前，就那么站了一会儿，然后把窗帘拉上回到自己的房间，我打开电脑玩了会儿游戏，空调是温暖的温度，但是一个人的安静让我又被寂寞抓住，我想着晓月现在是不是躺在别人的怀里，想到这里的时候，我把耳机摘了下来扔在一边，然后走到客厅的沙发上，我没有开灯，就在黑夜里坐着，从茶几下摸出一包烟，抽出一根点上，然后躺在沙发上，看着漆黑的天花板，我开始渐渐明白，原来喜欢、合适、在一起，从来都是三件事情，但是三件事里，喜欢是最美好的，那才是爱情，我想我是拥有晓月爱情的那个人，想到这里我又开心又悲哀。

赵宁一直到第二天下午才回来，看见我穿着睡衣在卧室里打游戏，便走进来把窗帘拉开了说："喂，昨天有没有带女孩回来？"

我说："带了。"

他一边拉开脖子上的领带一边探着头挡住我看的电脑屏幕，我一把推开他，他说："快说说，是哪里找来的姑娘。"

我说："就是前天那个送她回家的姑娘。"

他仰面躺在我的床上说："我就知道那姑娘很好睡，还说喜欢我来着。"

说着他从床上又坐起来说："喂，你放心，我没睡过她，她不是我的菜，不过……"

他又用一种男人之间的笑看着我说："身材还是不错的吧。"

我挥了挥手说："不错不错。"

赵宁从冰箱里拿出两听可乐，一听放在我的桌沿，一听自己拉开喝了起来。

我说："这大冷天的我不喝可乐。"

赵宁好像没有听到，而是咕噜咕噜喝起可乐来，然后走到窗户前，把窗帘拉开，一边看着窗外一边吐槽他的上司，说他的上司昨晚下班就拉他去喝酒，喝完酒就要去找小姐，他明明都是有老婆的人，借着出差的名义到处花天酒地，这样的人还结什么婚，真是个王八蛋。

赵宁说完好像真生气了一样，把手里的易拉罐用力一捏，我听见清脆的声响，我的游戏也刚好结束，推掉了对方的水晶，我站起来看着赵宁说："没想到你在感情上还有自己的原则。"

赵宁背靠着窗台，从我的桌上拿过烟盒，然后点上一支说："我不想结婚，因为我觉得感情很累，如果有一天我想结婚了，一定是我决定去结婚了。"

我说："什么叫作'决定'？"

赵宁说："就是负责，婚姻是一种责任，我现在还不想负这个责，如果有一天我准备好了，那么我就要好好去做一个丈夫。"

我看着他那义正词严的样子，如果是别人我一定会笑他，但是赵宁我却笑不出来，因为在他的世界里，他觉得这是理所当然的事情，就好像天空有再多的乌云，风吹得再大，只要没下雨，就是好天气，在赵宁的世界里，是很简单的，天气只有晴天和雨天，对于爱情也是，结了婚和没有结婚是一条分割线。

他说完便去了浴室洗澡，然后回到自己的房间睡觉，我继续打游戏，其实打游戏也是要看状态的，那天下午我的状态非常好，一路都过关斩将，把把MVP，一直到天色暗了下来，赵宁顶着一头睡得蓬松的头发踱步到我旁边的门口，然后帮我把灯打开，敲了敲门，我把耳机摘下来，赵宁说："等下一起出去吃饭吧。"

我说："行，等我打完这一把。"

赵宁洗刷完，把屋子收拾了一遍，他有洁癖，房间里的垃圾都要归类好，床单每隔半个月就要洗一次，沙发套，哪怕冰箱上的布垫都要拿去洗，窗帘的话比较费事，住在一起这个我却没看他拆下来洗过，而我就比较随意了，但这也仅限在我自己的房间，因为我的随意范围一旦涉及客厅，他便会出来干预。

这世界的人真是奇怪，像他这私生活一团混乱的人，在整理家务这件事情上却井井有条，而我在生活自理上简直是个废物，却也不会出去瞎来。

# Chapter 9

×

# 须 尽 欢

　　和赵宁去吃饭，是一定得喝酒的，也不是喜欢喝酒，就是觉得喝了几杯酒很多话就说开了，这些年其实对赵宁也不是很了解，或者说我和赵宁的性格完全不一样，我们能成为室友，我想很大的一部分原因是我需要一个人在黑暗之中陪我一下，而赵宁可能是喜欢有个朋友可以热闹一下。

　　我们坐在路边的消夜摊，红色的帐篷往外拉出一大截，雨停了，但是依旧吹着冷风，地面上湿漉漉的掉满一地的小卡片，远处的足浴城灯光是最闪亮的，穿着白衬衫看起来瘦弱的小哥堆满了笑容把印有广告的餐巾纸放在桌面上，赵宁拿起一看，依旧是附近足浴城的广告。

　　赵宁轻蔑地笑了笑，说："这种地方我是从来不去的，像我们这样的人什么样的姑娘找不到，这些地方都是给那些一大把年纪又找不到对象，生活又邋遢还不思进取的家伙，真是应该都查封了才好。"

　　我说："也不能那样讲别人，有些人确实不知道该怎么奋斗。"

　　赵宁说："都是借口，有些人就是懒，又没有理想，还喜欢去网上大发牢骚，说国家这里不好，那里不好，说实话国家不欠你的，就这些人可能连税都不缴，我真是最烦这些人。"

　　我低头吃着鱼肉，这里的鱼做得并不好，还带点儿腥味，所以我吃了一口便没有再去碰，我受不了腥味，木桌上摆了几瓶啤酒，是新疆的乌苏，这款西北的啤酒这两年在南方也比较火，赵宁本来是想喝白酒的，但是实在喝不了，他说："啤的就啤的吧，这大冬天的透心凉。"

我和赵宁讲："我想着把车卖了，然后找一份工作上班，那样手里有点钱不慌。"

赵宁夹着藕片放进嘴里说："你真缺钱吗？我借给你，你说个数。"

我连连摆手说："不用不用，我这一辈子要不是拿钱救命，我是不会问别人借钱的。"

赵宁端起酒杯和我碰了一下说："那行，你要真想卖，我帮你去找个买主，我朋友多。"

我看着赵宁，这家伙才来深圳几天，却好像一个深圳通似的，他把杯里的酒一饮而尽，然后哈哈大笑起来，说："我这人不管走到哪里都有朋友，没办法，五湖四海之内皆兄弟。"

赵宁没有开玩笑，第二天就有人来看车，我觉得出的价格还不错，但是毕竟也跟了自己这么久了，忽然间将它卖了，好像是在抛弃它又有点不舍，最后我还是咬咬牙卖了。过了今天去办交接手续，我把小曼送我的四叶草攥在手心里，看着车子远远离去，赵宁说："别伤感了，以后买一辆更好的。"

很快就是春节了，那个春节我没有回家，赵宁也留在了深圳，整个深圳就是一座空城，没有了往日的拥堵，连吃饭都成了问题，幸好附近还有便利店，我们赶紧去囤了一箱泡面，然后买了各种速冻水饺，每天就窝在家里打游戏。

有一次，赵宁跑到我房间一脸疑惑地看着我，说："这是过年吗？怎么这么冷清，怎么只有泡面和水饺可以吃，我想吃肉，红烧肉，大块大块的，一口咬下去吱吱冒油的那种。"说得我看见赵宁流下了口水，然后"嗦"的一下就收了回去。

我笑起来讲："我们连肉都没有。"

赵宁"嗷嗷"叫起来，"我要回家。"说着他就回到屋子里收拾东西，我听见行李箱"咯吱"的拉链声，然后是轮子拖过地板的声音，在门口的时候，赵宁说："喂，你都不挽留我吗？"

我说："你要回家就回家，这有何可挽留的。"

赵宁说："你真是没心没肺的，我刚才还有点于心不忍，现在感觉自己真是太善良了，我竟然在担心你。"

我拿起桌上的烟自己抽了一根出来，然后把整盒丢过去给赵宁说："那就抽一根再走。"

烟盒没有落在赵宁的手上，而是他的脚边，他低下身子捡起来抽出一根，然后在掌心杵了杵说："我想起来，我知道怎么吃肉了。"

我被赵宁一说，忽然间也有些激动，说实话，一个礼拜没有吃肉真是一件难受的事情，赵宁拿出手机说："我的潜在女朋友里面有个深圳本地人，我叫她带点儿肉过来做给我们吃不就好了。"

我从电脑前站起来，小跑着到赵宁的身边，赵宁用手指比了一个嘘的动作，然后拿起手机讲。

"珊珊。"

"我还在深圳，对，没回家，现在超市都关门了，我想吃肉。"

"真的吗，那你会做吗？"

"那就好，还有大螃蟹？这不大好吧，是你爸买来过年吃的，谢啦，我把位置发给你。"

挂掉电话，赵宁眉眼一挑地说："看看，关键时刻还是要看我的魅力。"

说着他把行李箱拉回房间，过了会儿他跑到浴室去洗头洗脸，还修了一下眉毛，把头发用啫喱精致地定型好，我躺在沙发上看着他说："有这必要吗？"

赵宁说："你真的是不懂，人类都是视觉系的，就像你去买衣服肯定要挑漂亮的，就算去超市买相同成分的罐头，你都会选包装漂亮的，人们总是愿意为自己视觉上的满足花费更大的价钱，对待女孩子也是这样，你要是长得挺帅打扮一下，那么会有女孩子喜欢你，你要是讲话很有趣，也会有女孩子喜欢你，长得又帅又会讲话，像我这样，怎么可能缺女孩子？你呢，又不会讲话还不知道打扮，怎么会有女孩子喜欢呢，总不可能有哪个女孩子讲，哎哟哟，我好喜欢你长得丑又无趣啊，要是真有这样的一个女孩子，你敢相信吗？你自己都觉得她可能脑子有病吧。"

我懒得理他，侧躺在沙发上，把客厅的窗帘拉开，然后望着窗外的晴天，很快，那个叫珊珊的女孩便提着一大袋吃的站在了门口，这是个典型的广东人，比较小巧，这样显得她旁边的塑料袋出奇的大，她站在门口，用左手按住右手的手臂然后慢慢摇晃，应该是从车库提到电梯的，这一段路让她的手臂酸痛。

赵宁直接把塑料袋提到了厨房，然后在厨房里和珊珊待了片刻便退了出来，我一直躺在沙发上看着手机，赵宁走到我身边在我的背上用力拍了一下，我起身腾出一个位子给他，他看了我一眼说："中午就放开肚子来吃好了。"说着他打开电视，我看着这家伙，他满脸的得意竟然没有一丝愧疚之感，厨房里传来忙碌的声音，他用纸巾擦了擦桌上的冬枣吃起来，我回到房间打开公众号的后台，如今每隔一段时间我就会去看看后台，总有粉丝依旧记得我，这些年有两个甘肃的粉丝，每天会和我道一句晚安，已经坚持了好几年，我曾经想过，如果有一天运气好真的小有名气，一定要给他们一张超级 VIP 的会员卡，但是如今看来似乎遥遥无期了。

珊珊忙到中午，外面刮起了风，我走出房间看见满桌的菜，油滋滋的红烧肉，金黄的大闸蟹，肥硕的基围虾，很久没用的高脚杯也被珊珊洗干净按照位子的顺序放好，一瓶看上去还不错的葡萄酒放在主位上。

我用开瓶器把葡萄酒打开，然后给三个杯里都倒了一点儿说："真是看上去就大有食欲呀！"

珊珊说："我要开车，不能喝酒。"

我便把珊珊杯里的酒倒进了赵宁的杯里，然后往她的杯里倒了些椰汁。

珊珊的目光看着赵宁，但是赵宁并没有去看珊珊，而是用筷子夹了一块儿红烧肉放进嘴里大快朵颐地吃起来，一边吃一边笑着说："不错不错，我咋就早没想到，我在深圳还是有朋友的。"

珊珊把身上的围裙拿下来挂在一边，然后坐在位子上，把酒杯举起来说："下次你们要是想吃什么直接和我讲就好了，我送过来给你们，好歹我家也是个有超市的人。"

我大吃一惊看着珊珊说："你家有超市，那也太厉害了吧。"

赵宁满不在乎地讲："不是商场那种大超市，城中村的私人超市，也就四五百平方米。"

我心里想着，你嘴上吃着别人的，就不能说点儿好话吗？便和珊珊的酒杯碰了一下说："那也是很厉害了，你爸妈都是企业家吗？"

赵宁"扑哧"一下笑起来，说："什么企业家，拆迁户，赔了有五六千万吧。"

我听着张了张口，那么多钱我见都没见过，珊珊说："你看看这螃蟹，我爸说是从澳洲进口过来的。"

赵宁听了拿过一个放在盘子里，然后一步一步剥着吃起来，接着说："还真是不错。"然后用手指了指对我讲，"你也来一个。"

珊珊说："要是你们喜欢，我下次再拿一些过来。"

赵宁没有说话，我看着珊珊说："那倒不用了，这些东西逢年过节偶尔吃一次就好了，我们也不是可以经常消费得起的。"

珊珊笑了笑说："没事，家里的进货价不贵，再说我爸也经常要送客人，我拿几只一点儿问题也没有。"

赵宁笑起来说："人家要送，你就拿着就好了。"

我拿着筷子敲了一下赵宁的手，说："喂，你真是有点过分了。"

赵宁看了一眼珊珊说："你别见外，开个玩笑，今天真的很谢谢你过来给我们拿吃的，还亲自帮我们做好，你真的就像个天使，来拯救我们这些快要流落街头的可怜虫。"

我在心里想着，开玩笑有这样开的吗，你这狗东西不就是仗着别人喜欢你吗？更可恶的是，他那种自然的笑容，让别人觉得责怪他好像是自己在小题大做，珊珊也跟着笑起来说："没事。"然后自己夹了一只基围虾很熟练地剥好放进碗里，赵宁聊了一些很远大的事情，他其实对于上班是无所谓的，反正无聊嘛，就去上班喽。好像上班是他打发时间的一种方式，吃完饭，珊珊把碗筷收拾了，我有些歉意，就去帮忙了下，赵宁躺在沙发上打着手游。

我在厨房和珊珊说："你怎么会喜欢赵宁？"

珊珊看了我一眼说："我也不知道，反正就有某种说不清楚的吸引吧。"

我把碗放在水龙头下淋了一遍水，然后放进碗橱里。

珊珊戴着手套，额头的刘海掉了下来，她用手臂往上撩了撩然后对我说："是不是有很多女孩都喜欢赵宁？"

我淡淡地说："是吧。"

珊珊笑了下讲："我就知道，但那没关系。"

我不知道说什么，把碗洗好，我走出厨房，珊珊说："我要先回去了。"

赵宁从沙发上看了一眼珊珊说："那回去的路上小心。"

珊珊点了点头，然后走出房间。

我便对着赵宁说："喂，你这是做什么呢？既然这么冷漠，为什么她来之前你要去洗头，还要给自己收拾一番，她来了之后，又一脸的冷漠，我真不知道你是怎么想的，其实这姑娘挺好的，家里有钱，但一点儿也没有富家女的骄横。"

赵宁坐在沙发上叹了口气讲："老陆，我很迷茫，我不喜欢被人喜欢，你知道吗？我觉得那是一种负担，被人喜欢，好像就是被人牵了一根线，这根线的一头拽在别人手里，我就变得不自由了。所以当有人离我太近的时候，我就特别讨厌，我只喜欢那种不需要感情羁绊的慰藉，所以我这一生都不会去睡自己喜欢或者说喜欢我的人。"

他坐在沙发上抓着自己的头发，一副很苦恼的样子，但是我想他这份苦恼我是永远也不会明白的。

除夕的夜里，我看着天空中的月亮，我不知道晓月是否还记得我，忽然间我被一种深深的难过给攫住，这世上为什么会有这样一种感情，一个自己明明没有见过的人，却成了生命里最在乎的那个人，我的世界里构想出了一个美好的晓月，我没有办法当她从来没有出现过，哪怕她很快就会成为别人的妻子，但是我无法向前继续赶路。

有些时候思念总会猝不及防地袭来，比如望着窗外的天空，躺在床上看着天花板，或者是在厨房刷牙看着镜子里的自己，又或者是在人潮汹涌的大街，那一股思念就像是一个调皮的孩子，总是喜欢躲在角落然后突然跳着出现在你面前，我开始接受这样的生活，赵宁依旧不停地去睡不同的姑娘，而我选择属于自己的落寞，我不想把自己的灵魂弄脏，因为我觉得一旦和赵宁一样，开始用性去排解自己的寂寞，那么灵魂就变得肮脏了，我心里的晓月，便无处安放了，所以很多时候即使和赵宁出去，我也会自己躲在厕所里手淫，先把自己的欲望排解出去，然后带着一副空空荡荡的皮囊随着赵宁出去喝酒消磨时间。

春节过后，晓月结婚了。

我知道我应该接受这个现实，赵宁看出了我内心的悲伤，但是我什么也没有和他讲，我不知道如何开口，在他的世界里，我这样的事情也许只是地面上轻微的一条裂痕，他根本都不会在意就跨了过去，而于我而言，就成了跨越不过去的鸿沟，我也没办法去和任何人讲晓月的故事，我宁愿那成为一个永远也无法愈合的伤疤藏在心里。

我和赵宁坐在路边的台阶上，脚边零散堆放的是从马路对面便利店刚买的啤酒，赵宁拿着易拉罐和我碰了一下说："你对你这一生有怎样的期待？"

我低头看着手中的易拉罐说："我没什么期待，就这样过下去好了。"

赵宁仰头喝了一口啤酒，然后说："我不想活那么久，我觉得人生没什么意思，等我玩够了，我就要去死。"

这话让我多少有些吃惊，他的一生是多少人向往的，我只是当作一个玩笑，我说："那你真的可以去死了，够渣的。"

赵宁突然用一只手从我的脖子处伸过来勾住我的肩膀说："我说的死，不会为爱情死，是为生命的意思，我其实一直以来都没找到我一生的意义，你不懂我的痛苦，等有一天我告诉你了，我们可能就再也不会见面了。"

夜里的风吹过来满是凉意，树叶的影子在地上翩然而动，下夜班的人匆匆看了我们一眼然后加快了脚步，对面的写字楼里依旧有好几个方格子亮着灯，我站起来，四下里望去，根本不知道方向在哪里，一个从来没见过面的女孩，竟然要了我半条命，把我丢在这没有方向的荒野里。

春天如期而至，但是三月的时候，赵宁说想看雪，于是我们坐着飞机去了哈尔滨。一下飞机便冻得瑟瑟发抖，我们打车到了中央大街，然后各自买了一件羽绒服，中央大街的风景很美，我们找了一间相对便宜的酒店先把简单的行李放下。

夜里的时候去附近喝了哈尔滨扎啤，赵宁还是一副能说会道的嘴脸，竟然和两个东北妹子聊起来，请她们喝啤酒吃烧烤，东北妹子酒量好，最后我和赵宁喝得不省人事，也不知道是怎么回的酒店，第二天早上醒来的时候，我旁边躺着一个女孩，我吓出了一身冷汗，然后悄悄地下床，拿出手机跑到厕所给赵宁打电话，我和赵宁明明开的是标间，但是旁边那张床却是空的。

我压着声音说："你在哪儿啊？"

赵宁说："在你隔壁啊！"

我说："什么情况啊，不是喝酒吗，怎么喝到床上来了？"

赵宁笑起来说："干吗，你不是赚了，把那个娇小点儿的姑娘给了你，你还在这里嚷嚷什么？"

我有些头胀，说："喂，你经过我同意了吗？"

赵宁这一次竟大笑起来："不是吧，该做的你都做了，你现在不要一副被占了便宜的样子，人家姑娘都没说什么呢。"

我挂掉电话，走出去，却看见那个姑娘正坐在床头看着我。

我有点无地自容，站在电视机前和她四目相对，然后缓缓地说："对不起啊，我不知道发生了什么？"

女孩拿起旁边的烟点了一根，然后从床上起来，背着我把衣服穿好，接着拉开窗帘，她说："没事，都是出来玩的，大家都是自愿的，喂，你们在哈尔滨玩几天。"

我说："今天就准备去雪乡的。"

女孩想了想说："你们是南方人吧。"

我说："是的，从深圳过来的。"

女孩熟练地弹了弹烟灰说："南方来的人才喜欢去雪乡，我们北方人对大雪一点儿也不感兴趣，只有厌烦，一到下雪的时候，满大街都是漆黑的雪，出去走一下，鞋子就遭殃了。"

这会儿传来了敲门声，我去开门，赵宁和另外那个高个子女孩走了进来，高个子女孩走到小个子女孩那里，两个人说了几句悄悄话，然后打闹了一阵子，那笑声让我很不舒服，赵宁说："两位美女，谢谢你们款待我们兄弟俩，哪天你们去深圳，我们一定也以礼相待。"

高个子女孩走到赵宁的身边媚笑了一下说："也像昨晚一样招待吗？"

我低着头转向一边，赵宁拍了一下高个子女孩的屁股说："那要看你们了。"

看着她们走出房间，赵宁说："那个高个子女孩真不是省油的灯，和南方姑娘不一样，我快散架了，你怎么样？"

我真的不记得了，只是感到脑袋有点晕，我拍了拍脑袋和赵宁说："我先去洗个澡，中午吃完饭，就直接去雪乡吧。"

赵宁躺在床上说："去吧去吧，我再睡一会儿，我感觉太累了。"

在浴室，我听着哗啦啦的水流，我把脸对着喷头，心里想着，好了，这下真该忘记了，你已经配不上晓月了，温热的水流过肌肤，我的内心却有一阵刺骨的冰凉，我从浴室出来，赵宁却睡得香甜，还打起了呼噜，我就躺在旁边的床上玩起了手机，后来渐渐也睡着了，醒来的时候却已经是下午，雪乡的行程不得不耽搁一天。

我和赵宁第二天一大早便搭车往雪乡走，一路上看着窗外的景色，那是南方没有的景色，赵宁把头探出车外拍照，我戴着耳机听音乐，到了雪乡，我们找了一家客栈，客栈里的暖气温暖，没有我想象的冷，但是一到户外依旧冷得直打哆嗦，看来南方人还是不抗冻，在雪乡待了几天，我们便回了深圳。

赵宁依旧上班，我身上还有一点儿积蓄，也不想着被朝九晚五的工作困住，便去找了一份写作的兼职，每天夜里写稿，一边抽烟一边写，也算可以维持生活，白天的时候也会去做一些兼职，我做过很多兼职，比如晚上的时候去西餐厅做服务员，或者穿着布偶娃娃的衣服去路边发传单，有一段时间还做过代驾，一直要到凌晨五点才回家。

在夏天的时候我买了一辆电驴，我喜欢在黄昏的时候骑着电驴去海边，深圳不能开机车，不然的话我真的想买一辆机车然后每天穿梭在街道上，我没有想到还会再次遇到小曼，那天我在商场发传单，刚好是午饭的时候，我便摘了头套在路边吃着快餐。

我总感觉远处有个目光在盯着我，后来她走过来，站在我面前俯下身子看着我，然后拍了一下我的肩膀说："喂，怎么会是你啊？"

我一看有些吃惊。

小曼坐在我的身边，把我的娃娃头套抱在了怀里，然后哭了起来。

我有些不知所措。

我说："你怎么了？"

小曼说："你过得这么差，我想着有点难过。"

我笑起来说："我哪过的差啊。"

小曼拍了拍手里的头套说："还说过得不差，都跑过来发传单了，你是一个作家呢，作家怎么可以发传单呢，作家要好好写文章写故事要去出书的，然后要把写的故事拍成电视剧赚好多好多的钱，你怎么可能来做发传单这种事情呢。"

我看着小曼的眼泪掉了下来，落在头套上，心里忽然间有一阵发酸，我说："你别这样，好像我欺负了你一样，我真的过得很好。"

小曼睁大眼睛看着我，很认真地说："陆之开，你从来不会照顾自己，你真是让人担心。"

我手里拿着盒饭，看着熙熙攘攘的人群，小曼忽然间拿起我旁边的宣传单，站起来就往人群里走，然后一边弯腰一边笑脸相迎地将传单递给路人，她的效率比我要高很多，好像每个人都很难拒绝一个满脸真诚笑容的女孩。

我一边吃着盒饭一边看着小曼，她很快便把传单发完了，然后重新坐在我的身边，她没有看我，而是看向远处的广场，然后低头看着脚尖说："陆之开，我以后可以来找你玩吗？我还想你带我去海边呢。"

我笑了笑说："我的车子卖了。"然后我指了指停在路边的电驴说，"现在那是我的座驾。"

小曼跑过去，对着我的小电驴像观看一件艺术品似的绕了一圈，然后蹦蹦跳跳地跑过来说："可以啊，特别好，我喜欢骑电驴兜风。"

我看了看时间说："我得继续去拿传单发了，你是来这儿约朋友的吗？"

小曼看了下手机然后"哎呀"叫了一声，"这下死定了，我闺蜜还在等我呢，我要过去了。"

我抱着头套说："快去吧。"

小曼背着小包跑了几步，然后停住脚步转过头来说："陆之开，我觉得骑电驴的男生比开车的男生帅。"

说完她双手捏紧拳头向前，然后拳头在空气里兀自转了转，嘴里嘟曦起来，好像在骑着电驴一样，她冲我眨了一下眼睛，之后便跑向了商场。

下午三点的时候，我便收工回家了，今天刚好工作了一周，我的工资是一周一结，工资很少，一天一百块，我拿着七百块钱放进口袋里，然后骑着电驴回家，在小区门口的便利店买了一包烟和一打啤酒，下午的时候把窗帘拉上，躺在床上，打开投影仪看了一场电影，然后昏昏沉沉地睡去，一觉醒来已经是黄昏了。

拉开窗帘，外面的天空一片绛紫色，我闭上眼睛大口深深地呼吸，空气里带着青草的气息，我看见远处草坪上环卫工人正推着除草机在工作，之后拿过手机，有好几个未接电话，是小曼打来的，我给她发了一条信息，问她有什么事，然后便把手机随手放在电脑桌上，自己去浴室刷牙洗脸，然后跑到厨房给自己煮了一碗面，端着面碗，拿了一听啤酒坐在客厅里，我没有开灯，外面的天渐渐地暗下来，我看着阳台的光好像潮水一样渐渐退去，从栏杆上翻下去一般，白色的衬衫挂在阳台上，在黑夜的风里轻轻地飘荡着。

回到房间，看见小曼的信息。

"喂，你这人这么回事，下班了也不和我讲一下，本来晚上可以一起吃个饭的，现在好了，我这几天要上班，等周末我来找你。"

我的手指在屏幕上回复了一个字——嗯。

赵宁夜里回来就回了自己的房间，没有讲话，要是平时他会过来敲我的门，但是那一天没有，我也没在意，夜里我要写文章，编辑一直在催，其实我喜欢夜里写文章，特别是过了 12 点，我总会觉得夜实在是太过短暂了，因为那个时间除了写作，整个世界都没有烦恼，而天一旦亮了，世俗的烦恼便汹涌而来。

第二天赵宁没有去上班，我中午起来的时候，看见他正从浴室里出来，我问他："怎么不去上班？"

赵宁笑了一下说："请假了，我最近可能要回去一趟，房子你住着就好。"

我说："那什么时候回来？"

赵宁说："也不大清楚，请了一个礼拜的假，家里有点事，反正也不是什么好事，就不和你讲了。"

我说："那你去吧。"

赵宁下午便走了。

小曼没有等到周末便来找我了，我晚上的时候在一家餐厅当服务生，小曼的信息一直没有看到，到下班的时候，都已经晚上九点了，我才看见，便给小曼打了一个电话，我说："刚在工作，没有看到信息，你现在在哪里呢？"

小曼说："我还在上次遇见你的广场那里等你。"

我说："那你等我会儿，我骑车过来，大概十分钟的样子。"

小曼说："好。"

我戴上头盔，骑着电驴穿出巷子，春寒料峭的夜晚，灯火好像流动的溪水，路边的公交站台上是新上映的电影广告，我到了广场前，小曼从椅子上站起来跑着就过来了，我把车停在路边，两个人站在路灯下。

我说："不是说周末吗？"

小曼搓了搓双手说："我调休了，所以想着就先来找你，周末就得上班，你怎么这么晚下班？"

我说："在餐厅里做服务生，这个点下班也很正常，客人有些时候喝多了，我们也都得跟着加班，今天还好，可以准时下班。"

小曼说着把背包挪到前面，然后打开拉链从里面拿出一小叠钱说："陆之开，你先拿着用，我也没钱，但是我不想看见你这么辛苦，一想到你这么辛苦，我就很难过，我宁愿自己辛苦一点儿，也不想看见你这样。"

我把钱拿过来，然后上前一步，拉开小曼的包，把钱塞进了她的包里说："好了，我有钱，我这是在体验生活，一个作者不体验生活怎么能写出文章来呢。"

小曼看着我，一副将信将疑的样子，我把手上的头盔给小曼说："晚上吃饭了没，我请你去吃。"说完我往前走去，小曼抱着头盔跟了上来，我们骑着电驴在马路上飞驰着，路上的车辆很少，冷风从大衣里灌进来，小曼忽然间双手插进我的衣兜里，然后双手抱在我的腰上。

　　乌云把月亮遮住，树叶在风中飒飒摇摆，我到了一家常去的大排档，把车子停在路边，小曼从车上下来摘下头盔，我走进店问小曼想吃什么，小曼说："我们来一份砂锅粥吧。"我便点了一份虾蟹粥，小曼说："这一顿得我请。"

　　我说："哪有让女孩子请客的。"

　　小曼佯装生气地讲："你要是这样，我就不吃了。"

　　我说："好好，你请客，有人非要请客，我可不会阻拦的。"

　　小曼眼睛瞪着对我讲："陆之开，我和你讲，你一定要过得好一点儿，你不要总让人担心。"

　　我笑着拿起桌上的筷子敲了一下小曼的脑袋说："你把我当小孩了，我可比你大好几岁，你管好你自己就好了，该买的衣服就去买，女孩子也应该买点儿化妆品呀。"

　　小曼讲："我知道，我有买的，等我帮我弟弟把房贷还了，我就有钱了。"

　　我不知道说什么，砂锅粥端了上来，小曼拿着我的碗给我盛了一大碗，里面粥到没看见，满满的一碗又是虾又是蟹。

　　我看着她，她的外套下面穿着一件夏天的短袖，淡绿的条纹有些发白，她说她现在在一家公司做跟单员，虽然辛苦点儿，但有上升的空间，说着的时候还得意地笑起来，喝完粥，她跑去买了单，回来的时候我说："那这会儿你怎么回家？"

　　她低着头，双手交织在腹部的位置，我说："也太晚了，我给你在酒店开一间房吧。"

　　小曼说："让我去你家睡吧，我睡沙发就好。"

我想了想，反正赵宁也不在家，便说："那行吧，我朋友正好这些天不在家，我去睡他房间，你睡我房间吧。"

小曼小跑着到电驴那里，然后对着我说："喂，我来载你吧，我很久没有骑过电驴了，我特别想尝试一下。"

我走过去，把钥匙插进锁孔里，小曼把挂在把手上的头盔递给我说："带上。"

我解开绳扣，直接戴在了她的头上说："你自己系好。"

她嘟囔了一句，然后把头盔的搭扣扣上，接着脚尖点着地把车挪到路上。

"喂，上车。"

她一脸骄傲地扭过头来看着我。

我走上去坐在她的身后。

她双手握住把手，然后"装模作样"地说："坐好呀，小曼航班就要起飞了。"

然后猛地一拧油门，电驴嗖地窜出去，我双手向后仰着抓住后面车架，等车子在路上平稳地行驶起来，小曼伸出一只手举过头顶，好像如螺旋桨一般摇晃起来，她一摇晃整个电驴也开始摇晃了，我说："你要是想闹，就让我来骑车，我可不想摔在这冰冷的大街上。"

一路上偶尔会有疾驰而过的汽车，地面上有初春的落叶，我大口呼吸着夜晚的空气，小曼的长发被风吹着飘进我的眼里，我的嘴里，我的脸上，那一瞬间我在想，也许就这样一直下去也是一种不错的生活方式。

到了小区，把车停在室外的雨棚里，小曼抬头看了看说："环境还不错，比我们之前住的那里要好。"

我一边往前走一边说："朋友公司为他租的公寓，我只是寄居而已。"

小曼上前跟我的右手边，说："那也很不错了。"

接着她又讲："你朋友去出差了吗？"

我说："我也不知道，没有问。"

小曼"哦"了一声，然后我刷卡走进电梯间，电梯缓缓上升，到了房间，我拿钥匙打开门，摸着墙壁把灯打开，小曼跟着我走了进来，我接着推开自己的房门和小曼说："你睡我的床上，我待会儿给你拿一床新被子。"

　　小曼摆了摆手说："不用了，盖你的被子就好了。"

　　我说："没事，我也不盖我朋友的被子，你盖新的，我盖我自己的就好了。"

　　小曼在我的房间里四下看了看，她很快看见了我桌上的哆啦 A 梦，和它头上的四叶草项链，然后坐在我的椅子上，把它们拿在手里看了又看。

　　"喂，你都还留着啊！"

　　我从壁橱里抱着一床被子放在床上，然后把我床上原本的被子抱起来说，朋友送的东西，总不至于丢掉。然后转到下一个话题，枕头没有多余的，你就将就一下。

　　小曼说："我求之不得。"

　　说着她笑了起来。

　　我把赵宁的房间收拾好，把他的被子和枕头都放在了沙发上，毕竟这是个有洁癖的家伙，收拾好以后，小曼忽然叫我，我走出去，她说："你能借我一件衣服，和宽松点儿的裤子吗？我没带衣服。"

　　我在原地有点晃神，一路上竟然没有想到这个问题，我说："壁橱里有一些，你自己找找看吧。"

　　小曼说了声："谢谢。"

　　我站在阳台上点了一支烟，看着小区外路面上的灯光，烟头处的烟草上点点火光，我靠在护栏上，把目光从远处的路面望向云层里的月亮，小曼穿着我的衬衫和运动裤走出来站在我的旁边，宽松的衬衫裹着她娇小的身躯，我看着她，她的锁骨下面露出一片洁白，在夜色和衬衫的掩映下显得更加洁白，我的目光微微继续往下滑了一寸，然后立刻转向一边。

小曼说："是不是特别丑？"

我说："那倒不是。"

小曼说："那就是丑，你都不想多看一眼。"

我说："在女孩子里面，你是有足够吸引力的。"

小曼笑着说："真的吗，那对你有吸引力吗？"

我转身走进客厅，小曼跟了进来不依不饶，还说："是不是有身体反应了，没关系的，和我讲讲看，虽然和你只是朋友，但好歹也是拍过婚纱照的人，这要是放在我们老家，我怎么也算是你媳妇了。"

我一只手搭在沙发上，然后很严肃地和小曼说："你是有绝对吸引力的，但我不会对你做什么，因为我不能害了你，我不是你想象中的那样的好人。"

小曼愣在原地，我走进赵宁的房间，小曼说："可是我好像已经喜欢你了。"

夜里很晚才睡，我睡别人的床总是会难眠，这和酒店不一样，酒店的床都知道是无数人睡过的，反而变得无所谓，但是别人的床，毕竟是私人物品，心里就有了个坎儿。

我有些无奈，又有些悲哀，自己喜欢的姑娘连面都没有见过，可是很多姑娘见一次就可以相拥而眠。

第二天醒来，我看见小曼正在阳台上晾衣服，外面春风和煦，阳光打在小曼扎起的头发上，四下散开的一点儿发梢，阳光钻过其间，形成了一个温暖的光晕，我看着那背影，然后去了浴室刷牙洗脸，出来的时候，小曼正好把衣服晾好。

我看了下时间，那天下午是要去图书馆做义工的，于是便和小曼说："冰箱里还有些吃的，你自己做点儿吃，要是想回去随时可以回去，我今天还要出去工作。"

小曼说："去吧，等下午衣服干了，我再出去找你。"

我从门口的衣架上取下挎包，然后推门出去。

图书馆的工作其实并不轻松，我要把读者放乱了的书整理好，还要去把那些归还的书一一归类，有破损严重的要挑出来，但是这是我唯一做起来最舒心的事情，虽然已经很久没有写文章了，但是对于书我还是有着特殊的情感的。

无论是周末还是工作日，图书馆终日都会有很多来学习看书的人，深圳是一座要靠奋斗才能生存下去的城市，所以很多人都是来这里学习考一些职业证书或者提升学历的，我戴着图书馆的工作证，穿着志愿者的衣服，还有一双白色的手套，很多读者都会来问我他们想要的书在哪里，我总能很快地帮他们找到。

有一次有个男孩要找的书竟然是我曾经写的那本，我错愕了一下，但依旧很快就从最底层拿了出来，我的书很少有人看，所以纸张依旧崭新，他谢过我之后，我问了一句："这本书很冷门，作者也不出名，你怎么会想看这本书？"

他说："是我女朋友推荐的。"

不管如何，我依旧有些激动，好像这个世界上还是有人记得我的。

# Chapter 10

×

# 城 市 里 的 小 欢 喜

　　我五点钟便可以下班回家，走出图书馆的时候，在旁边的喷泉前站了一会儿，图书馆前每天都很热闹，有几个十七八岁的孩子在那里练习跳街舞，漂亮连贯的动作看起来十分潇洒，有一个大叔架着相机等太阳落山，坐在路边台阶上的是一个卖糖葫芦的大叔，我忽然想起来小曼还在我家里便给她打了一个电话。

　　小曼很快便接通了，她说："我刚想给你打电话来着，我要麻烦你一件事情。"

　　我说："你说就好了。"

　　小曼说："我大姨妈来了，但是我没有带那个，你能帮我去买吗？"

　　我其实觉得并没有什么大不了的，便说："行，那你等我回来。"

　　挂掉电话，我去旁边的超市买了日用夜用的一样一包，然后顺带也买了一包方块红糖，买单之后塞进我的挎包里，路上骑着电驴回家，看见一家药店，便进去又买了一个暖宫贴，我也不知道小曼会不会痛经，有些女孩痛起来那是十分不得了的，我记得上初中的时候，班上有个姑娘来月经，上课的时候忽然间痛得蜷缩在地上，所有人都吓坏了，老师抱着她就往医院跑，我看着她下身白色裤子上的一片血迹，以为这是课堂上的一场神秘的谋杀，但是后来老师给所有女生上了一堂课，男生悄悄趴在门缝上听，然后那个最大胆的男孩向大家宣布："老师说了，那是月经，女孩子才有的。"

那时候在我的印象里，女孩子的月经是一件很痛苦的事情，所以想着就先给小曼备着。回到家，小曼坐在椅子上，手里端着一杯热茶，我拉开挎包的拉链把卫生巾放在小曼的旁边，然后拿出暖宫贴说："这个看看能用上吗？"再之后，我把小曼手里的茶杯拿了过来，往厨房走的时候说，"你先去换一下吧，我给你冲杯红糖水。"

　　小曼说了声"谢谢"，然后起身向洗手间走去。

　　我把杯里的温水倒了，然后取出两粒糖块放进去，接着将热水倒满了三分之二杯子，用小勺轻轻搅匀直到糖块全部融化，我端着红糖水走到外面把红糖水放在小曼的手中，小曼说了声"谢谢"，但是很快又一脸抱歉地讲，"我刚刚把你的裤子上不小心漏到了一点儿那个。"

　　我说："没事，那裤子我也不怎么穿。"

　　小曼转而笑了一下说："那我今天晚上还住这里，我是后天上班。"

　　我说："随便好了，反正我朋友一时半会儿也不会回来。"

　　小曼从凳子上站起来说："那太好了，我们出去走走吧，这附近有个滨海公园，我想看落日下的摩天轮。"

　　我说："可是你肚子不是难受吗？"

　　小曼拉着我的手臂就往外拖着说："好了好了，我哪有那么娇贵，我在家里憋了一天，真是太无聊了。"

　　我说："那先在楼下吃点儿东西，我们再去。"

　　小曼说："那还等什么，穿上鞋，出发。"

　　小区外面有一排小吃，地铁的高架从头顶掠过，铅灰色的云飘在空中，街面上嘈杂不堪，下班的人群脚步匆匆，整个世界被喧嚣包裹着，我们走进附近的一家鱼粉店，一人点了一份，在等鱼粉的时候我起身去冰箱里拿了一听冰可乐，然后问小曼："给你拿温的？"

　　小曼说："冰的便好，没事。"

　　我把可乐放在桌上。

　　小曼双手托着下巴看着我说："喂，你说一直这样下去该有多好。

我以前就特别希望有一个人可以陪我看日出和夕阳，但我知道自己不够好，可是现在我努力了呀，虽然我现在的工作赚不了好多钱，但是我可以养活自己，绝对不会拖累别人。"

我把吸管插进可乐里，然后递给小曼，小曼咬着吸管，我说："那就好好赚钱。"

服务员把鱼粉端了上来，我们低头吃着，吃完我起身买单，但是在付款的扫描仪上，小曼迅速地把她的付款二维码贴了上去，然后得意地对着我笑着说："没有我快吧。"说着她骄傲地扭身走了出去。

我跟了出去，骑着车去海滨公园，新开的这个公园，人很多，我把电驴停在路边，然后和小曼往公园里走去，公园的音响放着张学友的歌，我们往海边走去，落日已经有一半沉入了海平面，晚风带着海的咸味飘了过来，小曼拿出口袋里的橡皮筋把被风吹乱的头发扎了起来。

我们双手撑在护栏上，看着海面被阳光照得波光粼粼，远处的摩天轮缓缓转动，人群熙攘里多是情侣，小曼扬起脸，我望着阳光像金粉一样涂抹在小曼的脸上，长长的睫毛在风中轻微地颤动，那一瞬间我有些恍惚，我觉得这一幕似曾相识，那一瞬间我恍然明白，这场景在我记忆里，我无数遍想过和晓月就这样望着夕阳。

小曼扭头看着我，然后笑起来："你这样看着我好奇怪的。"

我尴尬地把目光望向海面，夕阳渐渐沉入海里，天空成了一片黛青的颜色，有一抹淡金色的薄云飘在空中，好像是哪个姑娘遗落的彩带，一直在夜色笼罩上来，广场的灯光亮起，拿着彩灯气球的小贩在人群里穿梭。

小曼说："你可以送我一个吗？"

我说："你要是喜欢，那我送你一个就好了。"

小曼笑了一下讲："那你去买，我在这里等你。"

我便钻进人群，往彩灯气球的小贩那里走去，等我回来的时候，却没有看见小曼，我打电话给她，却发现关机了。

我茫然地站在人群里，拿着一个孤独的彩灯气球在人海里找小曼，就好像漆黑河塘里的一支浮标，我找了一圈又一圈，我想着也许是她的手机没电了，便又回到原地等她，可是等人群渐渐散去，也没有看见小曼。

我看见园内的保安，便走上去在他面前比画，说一个扎着马尾辫，这么高的女孩，看着保安一脸迷惑的眼神，我知道自己这般只是徒劳，这时候有人拍了我一下，我回头看见小曼一脸笑容地看着我。

我松了一口气。

小曼说："你是不是很着急？"

我把手上的彩灯气球拿给她，然后往前走。

"回家吧。"

小曼小跑着跟上来："你怎么也不问问我去哪儿了？"

我说："回来了就好。"

隔天，小曼便回去了，我下班回来的时候，看见桌子上留下了一张纸条。

陆之开：

本来想给你发信息的，但是最后还是想写下来给你，我觉得写在纸上的文字要比手机屏幕里的更显得有诚意。

昨天晚上真的是抱歉，那只是我的一个恶作剧，我就是想看看你会不会在乎我，我不是有预谋的，而是临时起意的就想那么做，我躲在角落里，看着你在人群里找我，我知道你在着急，但是你就是不肯承认。

谢谢你啊，我希望你幸福，我一直不明白什么是爱情，有人说爱情就是想把自己最珍贵的给对方，我想了想我好像没有什么特别值钱的东西，如果有，我就是想把第一次给你，你别笑话我，我真是这样想的，如果你要，我就给你，哪怕你不能给我一个未来，也没有关系，可能这就是爱吧。

我害羞了，再见，不，下次我还会来找你的。

小曼

我看着这张便笺，本来想随手丢进垃圾桶的，但是转而拿进房间夹在书页之间。

赵宁回来是一个星期之后的周末，他拖着行李箱站在门口，我看见他憔悴了许多，但是他依旧用一副轻佻的嘴脸和我说："喂，说实话，有没有带姑娘回来？"

我说："带了，一个朋友。"

赵宁把行李箱推进房间，路过我的时候停住脚步，然后眨了一下眼说："朋友，是床上的朋友那种吗？"

我看着他的背影："别拿她开玩笑了。"

我不知道这句话赵宁有没有听到，但是我能感觉到的是，他的话语之间夹杂着疲惫，这种疲惫不是旅途与奔波意义上的疲惫，而是话语之间从精神上散发的疲惫，虽然他在极力地掩饰，但是依旧能让人感觉得到。

赵宁说："我想休息一下，晚餐就不用叫我了。"

我说："我也不准备管你。"

赵宁摆出一副哭腔，然后打了一个响指说："就应该这样。"

我往回走了几步，然后扭头和赵宁说："有什么事的话，随时找我。"

赵宁皱了一下眉头说："滚一边去，等我醒来，一起吃消夜，先让爷休息一下。"

我松了口气，然后回到房间打游戏，傍晚的时候饿了，独自叫了一份炸鸡外卖，吃完炸鸡然后继续玩我的游戏，赵宁在半夜的时候醒来，然后跑到我的房间说："走，出去吃消夜。"

我把电脑关上，便陪他出去，在小区外面几百米的地方有一条挤满消夜的巷子，夏天的夜晚更是热闹，每个夏天都要发生几起打架斗殴的事，我和赵宁穿着拖鞋坐在路边，赵宁摸了摸肚子说："真的好饿啊，我要烤猪蹄，生蚝一打，多放些蒜蓉，烤到吱吱冒油，新鲜的羊肉串来十串，要那种肥瘦相间的多撒些孜然，不过来这些之前，你先给我来一碗炒粉填一下肚子。"

街道拥挤，行走的路人脚步匆忙，地上满是被丢弃的卡片，老板直接把烧烤炉架在门口，一把胡椒一把孜然地撒在烤肉上窜起一阵阵的火苗，整个空气里都是烤肉的香味，喝酒的人总是闹哄哄，把骰子摇得噼啪作响。

那天赵宁的胃口特别好，桌上的烧烤大部分都被他吃完了，望着满桌的空盘子，赵宁的语气里又忽然间变得忧伤起来，他望着对面的高楼，轻声地说："陆之开，你想过死亡吗？"

我看着赵宁安静的侧脸，关于死亡，这些年我没有想过，反正人生就是这样过着，我靠在椅子上，赵宁说："你说人死了以后会去哪里，灵魂是什么啊？我想不明白，我觉得这世界上应该有灵魂吧。"

我站起来去老板那里买了单，回来的时候赵宁忽然间怅然若失地讲："不想了，我们去酒吧放松一下，人生真是太让人烦恼了。"

我的手机里有几条微信，我打开看了一眼，是小曼发来的，我没有回复，我现在其实也没有什么朋友，只是兼职的几个老板会常常发信息给我，其他意义上的朋友，好像都离我而去了，我跟着赵宁去了酒吧，他还是那么能说会道，很快就和几个女孩子混熟了，那几个女孩子有一对是姐妹，长相甜美，但是姐姐和妹妹的性格完全不一样，姐姐活泼开朗，和赵宁聊得哈哈大笑，我和妹妹一言不发地坐着，在他们聊天的间隙里，我和妹妹对视了几眼，然后赶紧把目光转向一边。

这对姐妹长得很像，但是在酒吧的彩灯下，我觉得妹妹比较漂亮，因为那是一种文静的美，她穿着一身休闲衣，目光很不自在地四下游走着，我和赵宁说，想去门口抽一支烟，赵宁说在这里抽就好了，但是我不喜欢这里的喧闹，便一个人走了出去，我走在街边的护栏上，转身背靠着护栏，然后全身放松地吸了几口烟，缓缓吐出几个烟圈散在空气里。

夜晚的街道没有白天的喧闹，三三两两的路人脚步缓慢，路灯下的人，显得心事重重，我仰头看着高楼，我觉得这个世界这一瞬间是温柔的，过了会儿，那个女孩走了出来，我不知道她叫什么，反正就称呼她为妹妹，妹妹看见我，便走了过来。

"喂，你好像也不喜欢这样的地方。"她说的时候，看了看脚尖，然后把目光望着我说，"我也不喜欢，我在深圳上大学，我姐是过来旅游的，说起来可能你要笑话，不是我带她玩，是她带我玩。"

我说："深圳大学吗？"

她点了点头说："是的，今年大三了。"

我把烟摁灭在垃圾桶上的烟灰缸里说："那是很厉害了。"

她笑了笑说："也就那样，现在的大学生哪里不是，你也是大学毕业的吧？"

我说："我毕业很多年了，已经差不多快忘了大学的事了。"

她双手往后撩了撩长发说："忘记不是挺好的，我还想着快点儿毕业呢。"

她说完走到我身边，和我并排靠在护栏上，说："我想赚钱。"

我说："要那么多钱干吗，能买来快乐吗？"

她看着我，好像有点不可思议，然后说："有钱当然就快乐呀，我现在没钱，喜欢的东西总要等，等打折，等降价，等活动，太累了，我想靠自己的能力去赚钱，去争取自己喜欢的东西，我和你讲，我有很多同学，她们赚钱很容易的，但我不想那样。"

我看着眼前这个姑娘，然后叹了口气，说："好好学习吧，以后有的是赚钱的机会。"

她看着我说："你可以给我一支烟吗？"

我从裤袋里把烟拿出来抓在手上，问："你也抽烟？"

她把烟拿过去，抖出一支放在唇间，然后拿着打火机打了几次才点着，她抽烟的姿势很笨拙，用拇指和食指捏着，等她抽完这支烟，赵宁和姐姐便从酒吧里走出来，赵宁说他要和姐姐去看一场午夜场的电影，问我和妹妹去不去。

我说："不去了。"

妹妹也摇了摇头。

姐姐便说："那你等下自己回去。"

妹妹摆了摆手讲："放心吧，这里是深圳，我的地盘。"

看着赵宁和姐姐离开的背影，她叹息了一声说："他们肯定是去开房了。"

她说得很平静，在夜风里她把外套裹了裹说："其实这也没什么，我身边也有很多人会这样去开房，但是我不会，所以你要是想和我开房，那我就要和你说抱歉了，我不和陌生人去一夜情的。"

我把手插进裤袋里说："时间也不早了，早点儿回去吧。"

她站在我的对面，脚来回踩着方格子，好像是在玩小时候跳房子的游戏，她单脚立着，双手撑开保持着平衡说："我还想再吹一会儿风，你要是没事就多陪我一会儿吧。"

我有点口渴，问她："想要喝点儿什么，我去便利店买。"她说："给我来一听椰汁吧。"

我大步往便利店走去，推开门，柜台上的招财猫便发出一声"欢迎光临"的声响，我拿了一瓶椰汁和一瓶脉动回来。

她问我："你来深圳多久了？"

我想了想，"从大学毕业便来到这座城市，也快八年了。"

"八年？那很久了，你喜欢这里吗？"

我说："可能是习惯吧，我习惯了这里，这座城市便亲切起来，但是我也知道，自己终究只是个过客，有一天还是要离开的。"

她咬着嘴唇想了一下说："好像也是，就算一个月赚两万块钱，在这里也买不起房子，这样一想，还是上学好，至少不用考虑这些问题。"

我说："你看起来心情也不大好。"

她手臂撑在护栏上说："你怎么知道？"

我说："你明明不会抽烟，看你刚刚的样子好像也有心事。"

她叹了一口气讲："我男朋友出轨了，他和别的女孩子睡了，就像我姐和你朋友一样，才刚认识就睡到了一起去，我觉得脏。"

酒吧门口站着一个代驾司机，然后出来了几个喝得醉醺醺的人，有个人把钥匙给了司机，然后一起往停车场走去，路上的行人很少，有些落叶飘到了路中间，她忽然间用手擦着眼泪和我说："我认识他之前就知道他和别的女孩子睡过，但我是第一次，我把自己的第一次给了他，我想着他应该会珍惜的，可是他还是跑去和别人睡了，我真的很难过，我去和闺蜜讲，可是她们都觉得没什么，这怎么能没什么呢？如果这都没什么，那么感情还剩什么？我也想过去报复他，去和别的男孩子睡，但是我做不到，有一次我都约了，那个男生也来了，但是我没敢，只是躲在广场的旁边看了一眼，然后赶紧把那人的微信给拉黑了。"

"这世界真的好不公平啊！"她转身走到路灯下说，"你们男生总要求女孩子是处女，如果不是就不会珍惜，但是你们男孩子呢，花天酒地的，却没有处男膜去束缚，就算去外面乱睡女孩子也只是犯了一个小错误而已，但是我们女孩子就不一样了，就会被人说不知羞耻，在外面胡来。"

我喝了一口手里的饮料，凌晨的街道空气异常的清新，带着朝露的凉爽，她又重新跳起了方格子，跳了一会儿说："最可恶的是他还嫌我胸小，和他的朋友说，我的胸他一只手可以抓两个，你说气人不？这样的事情怎么能和别的男生讲呢。"

她边说边低头看了眼自己的胸，我也看了一眼，但是马上把目光移开，她有些无奈地讲："我也不想这样小呀，但我能有什么办法，这好像是我错了一样，我真是有点伤心，那时候我想他是不爱我的。"

她蹦跳着突然转了一个身说："喂，你会和别人分享你和女朋友在床上的那些事吗？"

我摇了摇头讲："那倒不会，这个无论如何也开不了口。"

"就是嘛。"她接着跳起脚下的格子，"所以我太难过了。"

聊到了凌晨三点，她说："我该回去了，谢谢你陪我。"

我其实也是闲人一个，反正也不用早起上班，晚睡早睡没有多大关系，有个人可以陪我在这样的夜里聊聊天何乐而不为呢，而且还是个漂亮的姑娘。

我陪她站在路边等出租车，这个点儿的出租车很少，但是我们忽然间不知道该说什么，人有些时候真的很奇怪，上一秒无话不谈，下一秒却忽然间好像丧失了语言功能一般，所有的话题都好像棉花糖掉进了水里，转瞬就消逝了。

出租车停在路边，她拉开车门坐进了后座，然后把车窗摇下来说："下次有时间我们再聊。"

我点了点头，看着出租车远去，猛然想起，我们连一个微信都没有加，哪来的下次，想到这里觉得有些可笑，我把手里的脉动丢进垃圾桶里，然后在夜色里一个人走回家。路灯下，身影被拉扯得很长，风吹着地上的落叶趔趄着翻滚。

赵宁第二天早上回来，还是一样的问题。

赵宁说："喂，听姐姐说她妹妹还是大学生，怎么样，睡了吗？"

我说："人家还是个学生。"

赵宁一副满不在乎的样子说："学生怎么了，现在多少大学生去做了外围，说不定人家的性经验比你还丰富呢？"

我没有继续和赵宁纠缠这个问题，而是对着电脑写稿子，最近主编催得很急，恨不得我每天都可以给他提供稿子，但是我实在不想写，有些时候一坐就是几个小时，却什么也没有写出来，更糟的是我又开始被牙疼困扰着。

几年前，我长智齿的时候疼过一次，第一次牙疼不知道什么原因，就去附近的药店买了一些药自己吃，但是依旧疼得厉害，最后得去医院，医院说炎症，不能拔，我又得回来先吃消炎药，那两天真是疼得半边脑袋都麻木了，我在网上搜了很多偏方，什么口含姜片，鸡蛋花冲泡，甚至去买了瓶二锅头来口含烈酒，但是依旧疼得难以入睡。

　　去了一次牙科，好像就再也出不来了，后来又去拔了几颗智齿，还做了根管治疗，在没有去牙科之前，我和朋友喝酒都是直接用牙齿开瓶的，后来别说牙齿开瓶了，看见甘蔗我都退而远之，最近牙齿又有些酸痛，发现左侧的咀嚼牙有一点儿浅浅的龋洞，于是便找了个时间去医院。

　　我预约了好几次，才终于预约上，那已经是一周以后，赵宁开始有些让人捉摸不透，他有些时候很长时间坐在阳台上不讲话，有几次我夜里写作起来去客厅的厕所，看见他一个人坐在沙发上，我觉得他心事重重，好像从家里回来就变了，但是另外一些时刻又很正常，甚至比以往更能博得女孩子欢心，说话更有魅力，他说的每一句话，都能得到别人的赞同，好像天生就是太阳，其他的星球都在围着他转，他侃侃而谈，把过往那些奇妙的经历编成故事讲出来，讲在丽江的艳遇，讲在川藏线的跋涉，讲一个人跌跌撞撞走过的路。

　　但是越来越长的时间里，我看出了他笑容下面的悲伤，每一次当聚会散去，他沉默的时间变得越来越长，有天夜里，下着雨，我把电脑合上走出房间，却听见赵宁房间里传来了哭声，他低沉的哭声，好像一头受伤的野兽在默默哀鸣，我感受到了那种悲伤，但是我没有去敲门，只是在门口站了一会儿，然后便离开了。

　　第二天，他就把自己打扮得很精神，看不出一点儿昨夜的崩溃，周末的时候他还叫来了珊珊，我们一起吃饭，吃完饭去了溜冰场，我都已经有十年没有溜过冰了，但那天赵宁的兴致似乎异常好，他拦下一辆出租车，然后拉开前门，把我推进去，接着拉开后门，把珊珊推进去，接着自己坐在珊珊的身边。

我把车窗开大，外面的风灌进来，司机一只手搭在车窗上，一只手扶着方向盘，路面上的车子不多，我看着后视镜里的赵宁，他的脸贴着车窗，窗外城市的灯火倒映在车窗上，到了溜冰场外，我们从车上下来，赵宁忽然间双手像只张开的翅膀，搭在我和珊珊的肩膀上，然后满脸笑容地和我们讲他当年在溜冰场成为焦点的故事。

租了溜冰鞋，珊珊显然不会，她双手抓着溜冰场墙边的柱子，站在那里一动不动，我上高中的时候经常去溜冰场，但是到现在已经很久了，虽然已经不能和之前那样在溜冰场上风驰电掣地炫技，但是来去自如还是可以的，赵宁很快到了溜冰场的中央，我走到了珊珊的旁边。

溜冰场的棚顶有一个圆形的舞台灯，五颜六色的灯光好像是从那里漏出来的小弹珠一样在地板上墙面上四下奔跑着，我说："你要是不想玩，也没关系，就在旁边坐着便好。"

珊珊双手在努力地保持着平衡让自己不至于摔倒，她并没有看我，而是看着脚下那高高的溜冰鞋。

"没事，在这里也挺好的。"

她脑子里想着的显然不是和我讲话，而是如何让脚下的四个轮子能够乖乖听话，所以她的身子僵硬着，双手紧紧抓着栏杆，我看见她额头上的汗水已经打湿了飘落下来的一缕刘海，她的眼睛并不大，鼻子也不够挺，但是皮肤很白，看上去显得年龄很小，我在她身边站了一会儿，赵宁像支箭一样冲过来，在就要撞到珊珊的时候，他一个迅疾的转弯，双脚向前刹住，珊珊被吓得双手挡在眼前，然后双脚一滑，一屁股坐在了地上。

赵宁看着没去扶，而是站在一边笑起来，珊珊扶着墙壁然后抓住栏杆慢慢地站起来，我说："你没事吧？"

珊珊拍了拍手臂说："没事。"

赵宁说："我们一起去玩吧，站在这里干吗？"

说着便拉着珊珊往中央走去，珊珊大惊失色地叫起来，赵宁却笑嘻嘻地拉着珊珊跑，我走到场外去买了几瓶水，然后坐在长椅上，周围大多是学生模样的年轻人，而我们毫无疑问是大龄青年，小男生血气方刚在溜冰场上炫技，招摇着上演了很多有难度的动作，赵宁面对面在教珊珊，珊珊的两只手放在赵宁的手上，他们面对面慢悠悠地走着，我拿出烟点了一支，然后安静地抽起来，音乐是动感的 DJ 版，喧嚣不已。

过了有半个钟头，他们走了过来，坐在我的左边，我把水拿过去，赵宁拧开水喝了一大口然后看着我说："怎么不上去玩？"

我摇了摇头说："以前倒是挺喜欢，但是现在完全不想凑这个热闹。"

赵宁看了一眼珊珊说："还玩吗？"

珊珊低着头，她的白 T 恤已经湿了一大片，后背的文胸扣清晰可见，我便打断赵宁说："算了吧，时间不早了，回去吧。"

赵宁看了一眼珊珊，然后双手往后用力撸了一下头发说："行吧，那就回去吧。"

说完我们去把溜冰鞋退了，然后走出溜冰场，喧嚣似乎一瞬间便被甩在了身后。珊珊双手撑着膝盖大口呼吸着空气，在路边我们各自等车，第一辆出租车停下来，我拉开门，让珊珊先上去，珊珊把车窗摇下来和我们挥手。

看着出租车远去，赵宁撞了一下我的肩膀说："有烟吗？"

我从裤袋里把烟摸出来给赵宁。

赵宁蹲在路灯下，他的手臂抵在膝盖上，香烟夹在指间，我站在他的身边说："你是不是最近有心事？"

赵宁抬头看了一眼对我说："每个人都有心事，都在戴着面具生活，别问这么幼稚的问题，毫无意义的。就像人生一样，有些时候觉得自己就像一个好看的标本，其实灵魂都被掏空了，我总是找不到生活的意义，你能明白吗？"我在赵宁的身边坐下来，坐在马路牙子那凸起的石阶上，我说："我不去想这些，想也没用。"

赵宁叹了一口气说："有些时候自己的心并不是自己可以控制的。"

我感觉到了他的焦躁，那种焦躁似乎是内心的挣扎，路上的车子从我们眼前疾驰而过，留下尾灯在夜色里被拉长，赵宁把烟头用力弹到路中央，然后有些烦躁地说："我想去可可西里看一下。"

说完他便站了起来往前走去，我跟上去说："喂，可可西里可是无人区，不是开玩笑的。"

赵宁说："你不知道。"说着的时候，他伸出右手的食指戳了戳自己的太阳穴说，"我感觉自己这里出了问题，它没有办法真正的快乐。"

我说："你有什么不快乐的，你现在拥有的是多少人都得不到的。"

赵宁却忽然间笑起来，"是，我不缺女人缘，我甚至也不缺钱，但是我的灵魂好像是碎裂的，你懂吗？我觉得自己的精神出了问题，这些年其实我一直都清楚，我没有办法去过一个正常人的生活，我的思维和所有人都不一样，我只是在假装很合群罢了。我知道有一天我假装不下去的时候，就是我崩溃的时候，而我现在已经好像触摸到了那个边缘。"

赵宁一口气说完这些的时候，他脸上的焦躁变得愈加明显，在路灯下，我看着他一脸愁容，我说："如果这样，那明天我陪你去医院看看，现在这个社会，有一点儿心理上的问题太正常了，你大可不必给自己压力。"

他嘴角笑了笑说："我知道的，没有那么简单，去医院是没有用的，只能自我救赎。陆之开，有些时候我们看见的并不是真实的，我的快乐只是废墟之上一朵脆弱的花，所有人只会看见这朵花，却不会在意这一片废墟。"

我双手插进裤袋，看着脚下的影子，我的思绪开始飘向很远的地方，我在想晓月是不是已经忘记了我，她应该已经开始有了属于自己的生活，我们最终只是海鸟和鱼，那一刹那的相遇，其实已经注定了分开的结局，毕竟海鸟是属于天空的，而我是属于深海的。想到这里，我把头望向天空，你说生命的意义是什么，也许就是爱一个人，也许就是追一个梦。

月底的时候，小曼跑来找我，她说前段时间公司去了云南团建，给我带了一个礼物，无论如何都要让我收下，我见到她的时候她从包里拿出来一条手链说："给你。"

我没有接，而是说："我不喜欢戴这些。"

她拉过我的手，然后把手链放在我的手心说："这个不一样，我请大师开过光的，能保你一辈子平安喜乐。"

我拿着那串手链，这是随便哪个市场都可以找到的普通手链，我也遇见过这样的囧事，忘记是哪一年了，在甘肃买了一个陶俑雕塑，回来的时候在塑料包装上发现生产地是在广州，而且在淘宝上要比甘肃买便宜一半，我花了大价钱，千里迢迢坐着飞机把它带回来，却发现它不过只是坐了一次返程。

小曼催促我："你戴上嘛。"

我只能戴着，她看了看笑起来，"还不错。"

接着她把挎包摆在身前，双手搭在挎包前有些羞涩地说："我在丽江古城广场的那棵树下，买了一个许愿吊牌，刻上了你的名字，要是你以后去那里，可以找找看。"

我看着她，然后看看手腕上的手链说："我请你吃个饭吧。"

她想了想讲："那也可以，我想吃火锅了，我要吃嫩牛肉，大张的毛肚，我还要虎斑虾，我想吃的好多好多，今天我就不和你客气了。"

我看着她，她满脸笑容，那种笑容似乎是会传染的，我一直觉得自己是一个悲观的人，也很少有什么事情能让我无所顾忌地笑，但是看见小曼，总可以将世俗先放在一边，我骑着电驴带她去火锅店，她还是一路喋喋不休的。

吃完火锅，我送她去地铁站，我坐在电驴上和她挥手，她钻进人群里，我看着手上的手链，忽然间内心掠过一阵苍凉，我的世界里其实不会再有爱了，或者说没有再去爱一个人的勇气了，回到家打开灯，赵宁还没有回来，他肯定又是出去玩了，我已经习惯了，那之后我也渐渐感觉到，赵宁的内心其实比我还荒凉，我至少还有晓月可以成为一个挂念,像在黑夜里一盏微弱的光,不过只要有光,那么世界便还有几分温暖。

赵宁的世界里似乎是没有光的,他的乐观和开朗越来越像是一场表演,只是很多时候他自己都忘了这是一场表演,后来想想谁的人生不是这样呢?一面肆意生长,一面暗自挣扎,我从冰箱里拿出一听冰镇可乐,拉开拉环喝了一大口,透心凉的冰,少有的兴致打开音响听歌,我想起曾经晓月和我说她喜欢的那些歌,刚好今夜可以一一再听一遍,我站在阳台上,看着皎洁的月亮挂在天边,时间过得很快,我这样一个人晃荡竟然有大半年了,很多时候甚至觉得生活本来就应该是这个样子,给公司当写手,到处去做兼职,生活的空虚被忙碌充实着,我记得有段时间我去做地铁的安全员,每天跟着地铁在城市里穿梭,看着形形色色的人,有些人匆匆忙忙,有些人昏昏欲睡,有些情侣相拥着靠在车厢连接处,有些人戴着耳机看着黑色的隧道发呆,我在书上看见有人讲,每个人都只是这城市的螺丝钉,在忙碌地运转着这巨大的机器,而我,好像并不属于这机器。

我喜欢戴着耳机穿过人群,然后在路边的餐厅点一份晚餐,吃完晚餐便回家去写稿子,我喜欢下雨天,听着窗外的雨声总是能让内心安静下来,小曼时常会给我发消息,然后放假了会来找我,我们一起吃个饭,或者去周边的公园走一走,聊聊她的工作,聊聊她自考的学业,然后到晚上的时候送她去地铁站回家。

有几次她想跟我回家,但是那些日子赵宁都在家,她去不方便,她也只是嘟囔着嘴没有说什么,然后背着她那挎包走向地铁站。

初夏的到来,这座城市的雨便多了起来,赵宁好像又回归到了曾经的样子,我们经常一起打游戏,一起吃消夜,有些时候去玩剧本杀会叫上珊珊还有其他一些朋友,生活开始变得晴朗起来,赵宁在公司升职了,他送给我一双耐克的限量款球鞋,我在官网上看了一下,贵得吓人。

我说:"你这礼物我不能收。"

赵宁笑起来,"不就一双鞋吗?拿着。"

我说："可是太贵了。"

赵宁拍了拍我的肩膀说："兄弟，人这一生，只要能买得起单的就要去买。"

说完的时候，他指了指墙角的鞋盒大笑起来说："我买了两双，我们一人一双。"

端午的时候，赵宁借了一辆车，他叫上了珊珊，我叫上了小曼，我们一起去惠州的海边度假，赵宁租了一套海景别墅，女孩子去超市采购好了一大堆烧烤的食材和作料，赵宁开着车，我坐在副驾驶，两个女孩坐在后排，我从后视镜里看着两个初次见面的女孩，她们在那里聊着化妆品和喜欢的明星，但是她们之间的距离还是那么明显，小曼穿着一件没有 logo 的白 T 恤，而珊珊衣服的胸前一个巨大的 Gucci 标志，小曼说得很少，因为从珊珊嘴里轻描淡写出来的那些品牌，小曼也只是听过，我记得之前去小曼的房间，她桌上的化妆品都是一些网红爆款。

高速上车子不多，赵宁开车很快，车速表上的指针一直在 125 码左右，我在刷着微博，看着微博上的热搜，大多都是娱乐新闻，有人讲这是个娱乐至死的年代，想来也没错，赵宁忽然间开口说："你别在那里显摆了，这里也只有你能买得起那些大牌了，我们都是在优衣库买的。"

珊珊忽然间沉默了，车里的氛围有些尴尬，在聚会的时候他总是能顾及每个人的感受，大家都觉得他有趣，他情商高，但是对于珊珊，或者那个喜欢他的女孩，他却总是话中带刺，珊珊支支吾吾地说："我不是那个意思，我就是随便聊聊。"

赵宁把车窗降下一点儿，外面的风呼啸着灌进来，一瞬间就把珊珊的声音淹没在风声里，赵宁把嘴里的口香糖从窗缝里扔了出去，然后重新把车窗升上来，车里又恢复了安静，赵宁微微侧着头说："小曼，你和老陆怎么认识的？"

小曼说："我们以前是邻居啊。"

赵宁笑起来，"是不是他下半夜敲你的门认识的？"

小曼迎着赵宁的话讲："这你就想错了，是我去敲他的门呢。"

赵宁哈哈大笑起来，他用手拍了一下我的肩膀说："可以啊，没想到你还有这魅力。"

我说："别听她瞎说。"

小曼双手扒着我的座椅说："我是说真的啊。"

赵宁拨了一下左转，然后超了前面一辆大货车，接着说："你真没眼光，这家伙老没趣了，试试喜欢我怎么样？"

我看了一眼珊珊，她低着头，小曼瞪了一眼赵宁说："得了吧，好好开你的车，我可没那么花心。"

到了海边的别墅，赵宁把车停到了露天的停车场，我们拿着烧烤的食材和工具往别墅走去，把东西都收拾好，我和赵宁一间房，珊珊和小曼一间房，坐在偌大的客厅，赵宁和小曼开玩笑说："要不你和老陆一间房怎么样？"

小曼端着果汁说："你要是想和珊珊姐一间房，你就直说，我可以成人之美的。"

珊珊抢着话说："你别瞎说。"

很快黄昏便降临了，从阳台上望着碧蓝的海，海风吹着白色的窗帘翩翩翻动，我们到海边架起烧烤架，赵宁穿着沙滩短裤在沙滩上奔跑，我把炭火点燃，然后把烧烤网铺好，小曼说："你快去和赵宁一起玩吧，这里交给我们就好了。"

珊珊用夹子把肉夹在网上，小曼拿着锡箔纸把玉米包好，看着她们娴熟的样子，我好像也帮不上忙，便往赵宁那里走去，赵宁见我走来，冲着我喊："喂，别空着手过来，给我拿一听啤酒。"

我扭头，看见小曼手里举着两听啤酒对着我笑，我也笑了一下，小曼说："接着。"然后往我这边一丢，两听百威落在我脚下的沙滩上，我低头捡起来往赵宁那边走去，海边风有些许的凉，把我的头发吹得凌乱，但是这样的海与风却让人的内心变得舒畅。沙滩上人很少，不远处也有一群人在那里围着篝火又唱又跳，看去好像是公司在团建，我在赵宁的身边坐下来，把啤酒丢了一听给他，他拿过去拉开扣环然后喝起来。

我们望着墨色一样的海面，远处有三三两两的渔火，赵宁把啤酒放在脚边说："要是能一直这样就好了，在黑夜里，躺在海边吹海风，喝着啤酒聊故事，身后是人间烟火，眼前是辽阔大海，所有的人间烦恼都随着大海放逐。"

我用食指和中指捏着啤酒，扭头看了一下小曼和珊珊，然后说："可是终究还都是俗人，要受世俗的牵绊的。"

赵宁双手枕在后脑勺然后躺在沙滩上看着夜空说："我以后可能会出家。"

我拿起啤酒喝了一口，然后兀自笑了一下说："这一点我们是有共识的，你出家那叫为民除害。"

赵宁愣了一会儿，然后伸手举着啤酒，我回头和他碰了一下，两个人笑起来，这一点上我和赵宁是相似的，我其实也不适合去结婚，或者说没有办法去找一个人，然后被生活的日常困住，在车子房子的世界里挣扎，那样的生活是会让人窒息的。

小曼走到烤架前面几步，然后对着我们喊："快过来吃，给你们烤好了。"

赵宁一跃从沙滩上站起来，我也跟着站起来，赵宁然后脱掉鞋子爬起来，我走在后面。

烤好的羊肉串，赵宁拿起一串就吃起来，鸡翅看上去有点干，他一边咬着羊肉串一边顺手拿起食用油就往鸡翅上倒，油遇见炭火就起了一串火苗，珊珊把油从赵宁的手上抢过来说："你别瞎添乱，你好好吃就行了。"

赵宁又抓了几串，然后重新打开一听啤酒说："老陆，我们管吃管喝。"

我拿起孜然粉撒在烤肉上说："我喜欢多加些孜然。"

我和赵宁靠在栏杆上，珊珊和小曼忙着刷各种调料，赵宁用手臂推了一下我说："你说这是不是特别有种家庭旅行的温馨感。"

　　我说："那你把珊珊娶了吧。"

　　赵宁说："那你娶小曼吗？"

　　我咬了咬嘴唇，然后喝了一口啤酒没有讲话。

　　赵宁说："其实小曼挺不错的，说实话你有没有睡过她。"

　　我说："你开什么玩笑，人家可不是在外面乱来的那种女孩。"

　　赵宁瞪大眼睛和我讲："不会还是处女吧。"

　　我一只手撑着护栏说："应该是的。"

　　赵宁用手臂撞了一下我说："那你还不努力，你要是一直停在原地，我可捷足先登了，到时候你别后悔。"

　　我白了一眼赵宁说："滚！"

　　夜里吃的已经差不多了，烤炉上的火苗在风里明明灭灭，我们四个坐在院子的餐桌上，大家喝得都有点多，珊珊其实也是个活泼的姑娘，喝了酒之后就站在沙滩上唱歌，天空的云飘着遮住了月亮，小曼拉着我往海边跑，赵宁在后面喊："你们等下我呀！"站在海边，我们把鞋子脱了，然后四个人光着脚丫让海水没过脚踝。

# Chapter 11

×

# 没 有 告 别 的 永 别

从惠州回来，一切又步入了正轨。

赵宁西装革履地去上班，依旧是很多女孩眼里的白马王子，而我还是夜里写稿，下午的时候去做点儿兼职，这样看来我的人生简直糟糕透顶，但是我除此以外却没有其他办法，我好像并不能很好地融进这个社会，西装革履地去找一份工作，领一份薪水，然后找一个还算合适的姑娘结婚，在这个城市每天重复着过一生，我做不到，这似乎就注定了我的悲剧。

但是我又是幸运的，因为性格的柔弱，所以不管何种挫折，我总能找到一个狭窄的缝隙可以生存，但是赵宁不一样，他的一生是追求完美的，像河边的芦苇，弯曲不了，只有折断。

八月的暑假，赵宁坐飞机去了青海，那是他一生的梦想，他说他要去完成，去穿越可可西里无人区，我知道无人区很危险，但是我也清楚我不会去阻止他，那是他的人生，他在追求自己的理想。我去机场送赵宁，他要去西安转机去格尔木，在机场的时候，他给我一个拥抱说："谢谢你在这陌生的城市陪我。"

我有些恍惚，其实在我的意义上，是赵宁在陪我，但是后来又想，其实就是两个孤独的灵魂在彼此慰藉，赵宁走进安检口的时候，回头对我比了一个胜利的姿势，我对他挥了挥手，我走出航站楼，外面的天空一片乌云，疾风吹在脸上，马上就要下雨了。

第二天，赵宁到了格尔木，他说那是一座很简陋的城市，我一直在想象"简陋"这个词，赵宁给我发了几张图片，我看着图片想起了我老家的小县城，没有高楼大厦，也少有灯红酒绿，人们的生活很慢，赵宁说，在这里休息两天，买一些必备的装备，他就要去完成人生的梦想了。

我还是有点担心，因为网上有很多关于无人区危险的资料，我便和赵宁说："如果要去，得找个当地人陪着一起去。"

赵宁满不在乎地讲："放心吧，我不是一个人去，和几个朋友一起，他们可都是专业的。"

我听赵宁这么讲，也就安心了，那几天我依旧像往常一样，生活没有一点儿异常，下半夜连着上午睡觉，下午去做兼职，晚上打游戏和写稿子，但是一切都在一个星期之后变了，我上午在房间里睡觉，忽然间听见门打开了，我以为是赵宁回来了，我从床上起来，却看见几个陌生人站在客厅里，那些人我并不认识，但是有一个女人一直在流着泪水，要不是旁边那个男人搀扶着，我想她随时可能都会跌倒。

那种不好的预感将我整个心都占据了，我木然地站着，穿西装的男人走到我身边一脸严肃地说："你怎么住这里，这是我们公司给赵宁租的宿舍。"

我说："我是赵宁的朋友。"

男人的目光又审视了我一遍，然后说："那可能你近期得搬走了，赵宁出事了。"

我的心一沉，我其实已经猜到了，但是我依旧心惊胆战地问他："出什么事了？"

男人说："去可可西里，在楚玛尔河西行的路上和队友走散了，你说那么冷的夜晚人怎么能抗得住，后来救援队的人过来找了两天，听说只找到一些七零八落的碎骨和一双球鞋，肯定被高原上的野狼棕熊给吃了。"

我靠在墙上，忽然间有点晕眩，我看见墙角赵宁送给我的那双球鞋，我知道他留在可可西里的也是这一双，这遥远的呼应却让一切变得那么不真实，仿佛赵宁昨日还和我在一起欢笑，一起去酒吧，一起和小曼、珊珊烧烤，在哈尔滨和两个东北妹子在酒店，怎么忽然间他就消失了，只剩下零星的几片碎骨，我不敢相信，我坐在房间的椅子上，听见隔壁屋里传来撕心裂肺的哭声。

我颤抖着拿起桌上的烟，然后点了几次才点燃，我猛地吸着，烟灰掉了满裤子上也毫无觉察，我的世界一片空白，像掉进了海的最深处，那个活泼帅气的赵宁，那个和我朝夕相处的赵宁，那个我看着他上飞机的赵宁，怎么会成为人生的最后一面。

我打开手机想找到赵宁的手机号，可是怎么也看不清屏幕，我的眼泪就这样不自觉地落在屏幕上，一个人的死亡就是这样的吗？悄无声息，在你的世界里好像依旧是那个对着你笑带你去热闹的人，其实已经在这个世界消失不见了，永远是什么概念，是一个人从此再也没有一点儿讯息。

一直过了很久很久，他们才离开，我走进赵宁的房间，变得空空荡荡的，只是浴室里还放着赵宁的牙刷和他臭美用的啫喱，阳台上晾衣竿的最里面还挂着他的白色衬衫，夜晚的时候我没有开灯，没有吃饭，就坐在沙发上等着夜色笼罩下来。

我在想赵宁是不是早就想好了以这样的方式结束一生，我得不到答案，我知道赵宁的内心一直在挣扎，所有人都不知道他的伪装，而我知道，但是我什么也没有做，想到这里我悲伤得难以自已，我抱着膝盖蜷缩在沙发上，我想如果我坚持一下，是不是可以把他拦下来，窗外的风吹着窗帘，我看着赵宁房间开着的门，我知道他再也不会从那个房间里走出来，然后走到冰箱前拿出两罐啤酒或者可乐丢给我了。

我一夜没睡，躺在沙发上，第二早清晨，珊珊便来找我，我打开门的那一瞬间，珊珊便一个耳光打在我的脸上，我忽然间觉得那是一种欣慰，珊珊的眼泪掉落在地板上，她不停地问我："为什么不阻止赵宁去无人区，那是在拿生命开玩笑。"

我站在珊珊的面前，不知道该如何回答，不知道我们就这样站了有多久，珊珊忽然间走上前抱着我，她浑身颤抖着，我的手无处安放，就那么笔直地站着，珊珊的眼泪很快就打湿了我的肩膀，我知道她爱着赵宁。

那一刻我觉得赵宁是自私的，我真的想问问赵宁，这是一场意外，还是他的选择，可是我知道这一辈子都没有人可以回答我了，他永远地留在了那片荒无人烟的高原，这碌碌尘世原本就不属于他，我望着阳台，那一瞬间，我仿佛看见了赵宁在对我笑，他和我说："老陆啊，小爷累了，不玩了，我要回去了。"

我轻轻把珊珊推开，然后走到阳台上，四下里空无一人，清晨的阳光照在树叶上，下午我发信息给小曼，问她那里是否方便给我临时放一下行李，小曼说完全没有问题，我收拾好行李，然后打车去了小曼那里，她下午请了假，站在路边等我。

我从出租车上下来，小曼住在城中村里，这一片人声喧闹，小曼帮我提着行李，一边走一边说："实在是见笑了，住在这里便宜些，虽然看起来嘈杂，但是吃喝十分方便，我等下带你去吃好吃的。"

我说："没关系，我就放一下行李。"

小曼说："那你住哪里呢？要是不嫌弃的话，可以睡在客厅，等下去买一张折叠床就好了。"

我说："我自己找个旅社住两天就好了，我还不知道下一步该怎么办，可能也会换一座城市。"

小曼停下脚步一脸诧异地看着我说："你要离开深圳？"

我说："哪里都一样。"

小曼说："既然哪里都一样，那干吗要走？"

这个反问让我一时不知道该如何回答，城中村的楼房逼仄拥挤，两边的小吃店很是喧闹，抬头看着天空，在民房的包围下，有一种坐井观天的感觉，路上的行人和电动车堵在一起，挂在外面的空调主机滴着水，走到一栋房间前，铁皮门上贴满了广告，有拉网线的，有招租的，小曼从包里拿出门禁卡刷了一下，门"嘀"的一声打开，我抬头看见一条狭窄的楼梯。

小曼提起我的行李箱就往楼梯上走，我拦住她说："我来。"

小曼甩了甩手臂，然后拿过我的书包，我提着行李箱往上走，小曼在后面讲："这里没有电梯，虽然条件不咋样，但是习惯了就好了，每一层都有监控，还算安全。"

到了房间，我把行李箱放在墙边，小曼把我的书包放在沙发上，然后指了指沙发的位置讲："等下我们去买一张折叠床就放在这里，你就在这里先住下，然后等你安顿好了再搬走就行，去住酒店的话又贵又不划算。"

我想了想就算暂住几天也好，床倒不用买了，我睡沙发就行。我走到客厅的窗前，对面的楼很近，大概也就一米的距离，似乎伸手就可以摸到对面的窗户，因为已经到了晚上，可以听见对面楼里传出来炒菜的声音，还有饭菜的香味。

小曼去房间里片刻走出来说："走，我带你逛一逛周边，然后吃饭。"

我便随着小曼出去，城中村比我想象得要热闹，沿街的两边都是店铺，各式各样的小吃琳琅满目，外卖骑手如箭一般在巷子里穿梭，各种声音喧嚣不已，有开进来的车子被堵得如蜗牛般慢慢移动，小曼的脚步十分轻盈。

我说："这里真够热闹的。"

小曼说："那是，这里离地铁站不远，去科技园上班的人大多选择住这里，所以你别看我们这里住的房子低矮破旧，但是我们上班的地方可都是摩天大楼呢。"

我看着擦肩而过的行人，路边卖水果的摊主正在那里刷着手机，地上随意散落的小卡片印着暴露女郎的照片，奶茶店门口站着正在聊天的姑娘，几个发传单的小男生女生，把手里的传单递给路过的人，好像是河流里的礁石立在川流不息的河流中间，小曼带我走进一家面馆，然后用手机扫码问我："想吃什么？"我说："随便。"

小曼看着我皱了皱眉头，然后把手机递给我说："女孩子说随便，你这个男生也讲随便，自己看吧，喜欢吃什么，就尽管点，我买单。"

说完她豪横地把手机推给我，我看着她的样子，拿过手机讲："不知道的还以为我们是在五星级大酒店的私人餐厅呢？"

小曼双手压在桌子上，脸微微前倾地对着我说："等我哪天有钱了，我就带你去大酒店，你挑死贵死贵的点，我宋曼要是眨一下眼睛就跟你姓。"

我点了一碗炸酱面和一瓶可乐，然后把手机还给小曼说："好了，最近上班怎么样？"

小曼一边看着手机一边说："挺好的，应该要给我加薪了，我弟弟的房贷也还得差不多了，我以后就要为自己努力赚钱了。"

我苦笑了下，小曼在手机上下好单以后看着我讲："你不要以这种眼神看着我，我过得很快乐，我是一个好姐姐，我还是一个好员工，我以后也会是一个好妻子。"

我说："这一点我从不否认。"

小曼开心地笑着讲："真不知道谁有这个福气，要不把这个幸运送给你，反正我们也是拍过婚纱照的人。"

我说："好了好了，你都知道那是假的。"

小曼突然很认真地问我，"还没有忘记那个人？"

这样问题让我忽然间悲由心生，我喜欢的人已经成了别人的妻子，这一生却连个见面的机会都没有，我的好兄弟命丧可可西里，一切都只是在昨天，我应该为谁悲伤，我不知道，我摇了摇头，没有讲话。

服务员把我们点的餐送上来，小曼说："要是不想说就别说，我以后也不问了，吃面。"

我拿起筷子看着小曼讲："还记得赵宁吗？"

小曼说："记得啊，不是你室友吗？我本来想问你的，但是想想也许是你的糟心事，所以就没问了。"

"他死了。"

我的话音刚落小曼便一脸惊诧地看着我。

我低着头吃了一口面，努力在掩饰内心的情绪，"去可可西里无人区，失联了，找到的时候就只剩下几块碎骨了，可能被那一带的野生动物给吃了。"

接下来是漫长的沉默，我们谁也没有讲话，吃完饭，走在街上，周围都是热闹的人群，我的脑海里却是无人区的荒凉，我想赵宁一个人留在那里是不是很寂寞，方圆几百里，除了群狼和棕熊还有藏羚羊这些野生动物在无人烟。

小曼轻轻拉了一下我的手臂说："你一定很难过吧，是因为这个才想离开深圳吗？"

我们走在人群里，但是我依旧感觉到孤独袭来，这世上总会有分别，我不知道该如何去回答小曼，我只是觉得有些累了，好像一个人在海上漂泊久了，就会想靠岸，虽然不知道何处是岸，但是心里却会四下寻找。

街边是出来散步的人，街道上都是占道经营的小贩，那些来往的人脸上洋溢着笑容，在卖发夹和戒指的小摊前，很多女孩对着昏暗的镜子开心地试戴着，卖臭豆腐的小贩和顾客也在聊着家常，载客的摩的师傅对着从地铁站走出来的人招手吆喝，这个世界明明如此热闹，但是我不知道为什么自己内心却异常孤独，这个世界的悲欢真的是不相通的，一个人的悲伤，生死，在这座庞然大物般的城市面前，原来只是一粒可以忽略的尘埃。

小曼低着头和我说："我知道一个很熟悉的人忽然间离开后的那种难过。我初中有个很好的朋友，我们每天一起上学放学，我们约好了以后一辈子都要在一起，可是有一天她出了车祸永远离开了这个世界，你知道吗？那时候我还在等她第二天把作业给我抄，我还等着第二天放学我们一起去看火车，可是她就那样永远都不会再出现在教室了，她课桌上的书就那么放了一个礼拜，最后也被家人拿走了。我那时候也不知道悲伤是怎样的，只是觉得孤独，只是不明白，有些人怎么连个告别都没有就永远消失了。"

我轻轻拍了一下小曼的头说："不讲这些了，我请你喝杯奶茶，反正时间也还早，这些糟心的事情先放一放。"

小曼点了点头。

几天之后，我和珊珊坐飞机去了赵宁的老家参加他的葬礼，那是一个异常悲伤的葬礼，骨灰盒里是赵宁仅剩的两片碎骨，剩下的是从香格里拉带回来的沙土，黑白照片上的赵宁笑容灿烂，我和珊珊穿着黑色的衣服站在人群的后面，天空中蓝天白云，阳光透过头顶的槐树照在脚下。

葬礼结束，在赵宁老家的城市里，珊珊说想喝酒，我便叫了外卖，烧烤，啤酒，小龙虾，叫了很多，珊珊喝多了，她看着我说："陆之开，是你害死了赵宁，我知道的。"

我的心猛然间被扎了一下。

珊珊的目光里有一种让人战栗的寒冷，"赵宁是去自杀的，而你知道一切，却没有阻止。"

我手里的酒杯打翻摔落在大腿上，我赶紧站起来把啤酒甩到地毯上，然后一脸茫然地看着珊珊，珊珊把手里的啤酒一饮而尽，"你为什么不阻止他，你知道他的快乐都是假装的，你们住在一起那么久，为什么到最后看着他走向死亡却什么也没有做。"

我发现自己的眼泪掉了下来，我说："对不起，我不知道会这样的。"

珊珊也哭了，她低着头拿着抽纸不停地擦着眼泪说："赵宁一直没有办法正视自己，我建议他去看一下心理医生，可是他不愿意，他说他接受不了有病的自己，他追求完美，他不想成为别人眼里的笑话，我知道会有这么一天的，他一定会带着这世界的美好离开，但我真的不知道会来得这么快。陆之开，你为什么不阻止他，可可西里是他梦想的地方，是他给自己选的归宿，你为什么不拉他一把。"

我浑身颤抖着，我想起在机场里他回头对我的笑，那是不是在告别。

珊珊忽然间额头触着地面，浑身蜷缩着哭起来，酒店的窗户开着，夜空中月亮皎洁，我和珊珊说："那只是个意外，你不要多想。"

珊珊双手抓着头发，我从来没有见过一个人可以伤心到这个份上，我想起春节的时候，她带着大螃蟹和基围虾来给我们做着吃，我想起在海边她一个人唱歌的样子，我在想这世界最悲伤的事情，可能就是还有好多好多的爱没有表达，可是那个人已经永远离开了，想到这里，我忽然间有些欣慰，我至少还知道我爱的人在这个世界的某个角落里幸福地活着，这样也许已经足够了。

珊珊抬起头来看着我，很久，她说："你能够抱抱我吗？其实你是赵宁唯一的朋友。"

我木然地坐在珊珊的对面，看着她那满是泪水的双眼，我起身半蹲着在她的面前，然后双手缓缓地越过她的肩膀，轻轻贴着她的背，她的手也抱住我，然后额头抵在我的胸口，这是个临街的房间，楼下的喧嚣奔涌而来，但是我们就那么抱着，好像两个悲伤的困兽一样，我茫然不知所措，我的脑海里满是机场的画面。

赵宁在安检口的时候，对我转身挥手微笑，我一遍一遍问自己，那是告别吗？赵宁去可可西里，是仅仅想去探险，还是想以这样的方式结束生命，这将永远成为一个谜，想到这里，我的眼泪掉在了珊珊的肩膀上。

第二天的飞机，我们回到深圳，那以后便再也没有见过，有些时候人与人的关系，就这样悄然而逝。

赵宁的离去，让我陷入了更加孤独的境地，我自己租了一个房子，因为车子卖了，也就不用因为要照顾车子去找一个有停车场的地方，房子在距离小曼不远的地方，我之前的电驴送给小曼了，后来小曼送了我一台新的，周围的世界很热闹，但是我的内心依旧荒芜，我想过小曼是一个好姑娘，也许和她在一起是正确的选择。

但是我依旧没有办法去爱她，对的，我已经不知道何谓爱情了，我的心里依旧牵挂着晓月，我总觉得有一天晓月会回来，毕竟生活的无奈总是会让很多被掩藏的事情现出原形，说实在的，我是担心晓月被欺负，然后带着疲惫一个人，我希望那时候我可以出现在她的面前，给她温暖，让她忘记悲伤。

冬天，晓月产下了一子。

又到除夕了，我买了机票回老家，老家的天气很冷，从飞机上下来，立马被风吹着打了一个寒战，然后随着人群坐上了摆渡车，没有人来接我，我背着书包坐上了回家的大巴，我还是习惯坐在靠窗的位子，我把书包塞进头顶的行李架，然后把车窗打开一点儿，接着戴上耳机听着音乐。

大巴车缓缓启动，一路上都是冬天的风景，光秃秃的树干，阴沉的天空，道路两边间隔很远，有低矮的民房，这里是南方农村的模样，红砖的房子显得简陋，院子前是自家的菜地和一条浅浅的溪水，房子后面是山林，院子里大多数都停着一辆汽车，这里远离了城市，没有高楼大厦，没有拥堵的街道，没有熙熙攘攘的人流，一切都那么缓慢与悠闲。

大概过了两个小时，车子到了县城的客车站，这里开始有了喧闹，我从车上下来，仰头看着天空，然后大口呼吸着属于家乡的空气，穿着羽绒服的表哥站在人群外对我挥手，我挤出人群走到表哥的身边。

表哥低着头，看着脚尖往前走，走了几步和我说："在外面还好吗？"

我说："还行。"

表哥说："个人的事情也该考虑了，大姨也是每天着急，你也老大不小了，怎么就不着家。"

我说："你就别一回来就教训我了，这些事情我都知道，只是我有我的人生要去过。"

表哥叹了口气讲："你们这些书读多了的人，真是不知道脑子里在想什么，我推给你那些姑娘的微信，你都加了聊了吗？"

走到表哥的车前，我拉开车门坐进去，把背包丢进后座，然后系上安全带便把眼睛闭上，表哥开着车还在那里喋喋不休，数落我把车子卖了也不和家里说一声，这些年在外面也不为自己的终身大事考虑。

很多事情是没有办法解释的，表哥的一生和绝大多数人一样，好像一辆在轨道上的列车，它有明确的起点，也有清晰的终点，而我、晓月，或者说赵宁，其实在很早的时候就已经脱离了轨道，我们的一生好像失去动力的航船，在海面上漂荡，没有方向。

表哥的话让我感到烦躁，虽然我一直佯装睡着了，但是每一个字依旧好像蜜蜂一样围着我嗡嗡地鸣叫，我把车窗降下来，冬天的风瞬间便涌了进来，风声很快便将表哥的唠叨声淹没了，但是很快表哥便把玻璃升了上去说："干吗啊，这可是冬天，外面零下的温度。"

我有些烦躁地说："你别讲了，我想安静一会儿。"

表哥一只手握着方向盘，然后从口袋里拿出一个槟榔用嘴巴将包装袋撕开，放进嘴里嚼起来，表哥留我在家吃了一餐饭，然后便把他的车钥匙丢给我说："现在你没车了，我的车你拿去开，我开你嫂子的车就好。"

我笑了一下接过车钥匙，表哥白了我一眼说："你别嫌我烦，我和你说的事情你真的要好好想想了。"

我伸出手摆了摆说："知道了。"

在家的日子单调又无聊，大多数的时间就在家里打游戏，然后等着妈妈叫我下楼吃饭。有些时候也会开着表哥的车子出去见一些朋友，很多年没见，大家的关系都淡了，但是又要表现得很亲密似的，所以每个人都好像在回忆里挣扎似的，我觉得很累，隔壁的女同学已经是两个孩子的妈妈了，她回忆起我曾经上课扯了她的辫子。

她看着我说："我记得那时候你特别调皮，上课总喜欢扯我的辫子。"

我想起那时候，她是一个农村来的女孩，头发很长，编成那种又粗又长的麻花辫，每次一扭头辫子立马就变成鞭子甩来甩去，以至于我被她的辫子打了几次脸，所以每一次我都有放把火把她那辫子烧干净的冲动，但是我又不敢，在小时候，女孩子是比男孩子厉害的，在我确信打架不是她对手的时候只能忍气吞声了。

时间是这世间最好的美容师，曾经那个土里土气的小女孩，如今坐在我的身边像个贵妇，脸上的妆容一丝不苟，手上的戒指是镶钻的，而且看起来还不小，貂皮大衣把人衬托得特别雍容华贵，听同学介绍，她的老公是市里响当当的企业家，大家都对她很奉承。

很多东西都会变的，到聚会散去，我到路边的便利店买了一瓶水。老板是个中年男人，他坐在柜台后面抬头看了我一眼，然后冷漠地说了价格。我付了钱走出去，站在门口，看着路边的樟树影影绰绰，风凛冽地吹过来，我抱着手臂往停车场走去，坐进车里，看着空旷的街道，这就是故乡，一个冬天夜里冷冷清清的小城，我把车内的音乐放得很大，一路上飞驰回去。

夜里小曼给我打了一个电话，随便聊了几句，挂掉电话，我便一个人看起书来。我看书总会有一个执念，就是对文字美感的执念，对于故事情节的优劣我能忍耐，但是对于文字的感觉我却有着偏执，有些作者写的东西就算再有深度，再有社会意义，如果他的文字给人的感觉不够清澈，而且像一条肮脏的河流，那么我根本没有办法看下去一页。

在家的那段时间，时间很漫长，我开始有着大量的时间看书，春节拜访了一些亲戚，聊得最多的话题还是给我找对象的事，但是对于这件事，我已经不愿意再去多想了，因为赵宁的离开，让我觉得人生不一定是要结婚生子去完成的，我有一段时间很害怕，害怕自己会一生孤独，会到老都没有人陪，自从赵宁永远留在可可西里之后，我开始感觉到其实死亡和我们只有一墙之隔，它永远在暗处窥视着我们，很多世俗的事情便不再重要，当你可以与死亡对视的时候，这个世界就变得简单清朗了。

在某个夜里我读到赫本的一句话，忽然间就掉下了眼泪。

"哦，可是月亮奔我而来的话，那还算什么月亮。

"我不要，我要让它永远清冷皎洁，永远都在天穹高悬，我会变得足够好，直到能触碰到它。"

我猛然间明白，晓月就是我一生黑夜里的月亮，她出现的意义不是我万里奔赴去得到，而是永远高悬于我的梦里，在一生的流浪之间，播撒着温柔的清辉陪伴着我的灵魂。

春节之后，小曼问我是否可以在长沙等一下她，她想和我一起回深圳，但是我计划是骑行回深圳，我之前没有尝试过，但是赵宁尝试过，他从湖南骑车去贵州，我想着反正去深圳也没有正式的工作，那倒不如在路上体验一下生活，小曼听到之后，沉思了很久，然后说："那我在深圳等你。"

我一路骑行，沿着国道走，路过很多个小镇，住最便宜的旅社，被褥都是潮湿的，实在是冬天太冷，不然我想在公园搭个帐篷睡。一个人在路上的时候，心灵便会空旷起来，一路上也没有遇到朋友，这一点我没有办法和赵宁比，在如何迅速和陌生人熟络起来，我一直都不会，回到深圳已经是一个月以后，我的头发变得很长，胡须也许久没有刮了，我先去理发店剪了一个精神的短发，然后在家里用剃须刀将下巴刮得干干净净，洗了一个热水澡，接着拉上窗帘准备大睡一觉。

我被敲门声吵醒，穿着拖鞋去开门，是房东过来收房租，我把钱转给他，他给了我一张收据便转身下楼去了，我回到房间把灯打开，然后拉开窗帘，外面又是风雨天气，街巷里是匆匆忙忙的人，我去厨房泡了一杯热茶，然后坐在沙发上听着雨声，我开始想晓月也许早就将我忘了，这一切越来越像是一场梦，我也常常开始恍惚，要不是我保留着那些日子所有的通话和文字记录，还有晓月的照片，我想我一定会迷失在庄周的梦境里。

人们常说，女孩一旦有了自己的孩子，那么这世界上其他的一切都会变得不再重要。我端起茶杯站在窗口，风吹着雨从铁栏里飘进来，我的内心并没有感到悲哀，取而代之的是一种难以言说的温暖，我开始说服自己这是上帝最好的安排，我是一个连自己未来都不知道在哪儿的人，我一个人流浪也好，漂泊也罢，跌跌撞撞也可以过一生，但是晓月需要世俗的庇护，这是我所给不了的，我多想给晓月发一条问候的信息，但是我没有，飞鸟和鱼，各自流浪，何以继续相望。

远处的天空在城市灯光的映衬下呈现出一片淡红色，我看着门口那双赵宁送给我的鞋子，那是我最贵的一双鞋，但是赵宁走了以后，我便再也没有穿过了，我一直以来对穿着都没有什么追求，随便一双廉价的鞋子可以穿很久，衣服都是黑色的居多，我环顾看了一下四周，要是赵宁在，他一定会皱着眉头和我讲："陆之开，你能不能讲究点儿，从超市买回来的东西不要都堆在茶几上，没有吃完的瓜子都封好，你这样下一次就不能吃了，还有你嘴巴漏了还是怎么的，不要把瓜子壳弄到地上，沙发能不能好好地坐，你是屁股长歪了还是咋地，每次你坐过的沙发为什么沙发套都歪了……"

赵宁就是这样，看起来大大咧咧，但是在生活里却有着强迫症和洁癖，他看起来一副无坚不摧的样子，可是到头来还是一个人走向了最孤独的归途。我有些时候觉得他是一个勇敢的人，但是这种勇敢又让我感到深深的难过，也许只要我稍微拉住他一把，一切的结局都可以被改写，想到这里我感觉到头有些难受，便站起来去房间里把电脑拿出来，在等待开机的时候，房间的门再一次被敲得砰砰响。

我起身去开门，小曼白色的雨伞尖正淌着水，小白鞋湿成了浅灰色，我发现她拇指和食指间的虎口处有一个蝴蝶文身，她马上用另一只手覆盖住然后说："过年的时候和朋友去文的玩的，就是想尝试一下，也不知道怎么的，就去文了，现在有些后悔了。"

我转身边走边说："其实挺好看的，你手指又白又长，有个青色的蝴蝶更显得卓尔不同了。"

小曼把伞靠在门口，然后笑着跟在我身后，把手掌举起来，来回摆动看了又看地说："我也觉得挺好看的。"

我扭头问小曼，"下班了？"

小曼说："那是。下班就直接过来了，想看看你是不是变得又黑又丑，骑了二十多天的车，看上去状态还不错啊。"

我说："刚去剪了头发，把胡须也收拾了一下，不然的话你会以为是个老头儿。"

小曼叹息一声，"看来我是错过了，不过我还是特别好奇，是什么动力让你能花二十来天骑车从长沙到深圳呢？我是想不明白，几个小时，几百块钱就搞定的事情，瞎折腾什么，是不是你们这些作家总会有些奇思妙想。"

我端起茶杯喝了一口，但是这个季节，温热的茶水很快便凉了，我手指在电脑中间的触控板上滑动，小曼抽了几张纸巾擦了擦脸上的雨水，我说："其实很多时候我自己做的事情我也不明白，就是那么一瞬间想着了，便就去做了，我不会去纠结意义，人生好像从生到死也没有什么意义可言，不过是这么走了一遭。"

小曼用手指捏着下巴若有所思地想了想，然后说："我不懂你，但是我会去理解你，我知道每个人都会有自己的生活方式。"

我没有再继续这个话题，而是问她，"考试怎么样？"

她说："总算没有辜负我的努力，我考的都过了，明年应该就可以拿到学历了。"

我问："那你以后有什么打算？"

她拿起桌上的一包薯片拆开便吃了起来说："能有什么打算？好好工作，先赚一点儿钱，然后找一个生活节奏慢一点儿的城市，反正在深圳也留不下来，上千万一套房，我可买不起。"

我说："公司的同事没有合心意的吗？"

她大口吃着薯片说："我可不会去喜欢那些肤浅的人，每天谈论的就是美女和游戏，真是没劲，每天对着镜子抓头发，以为自己很帅的样子，我没办法和这样的人过一辈子。"

我笑了一下说："你还挺挑的。"

她说："其实我喜欢你，但是你又不喜欢我，这也没关系，就这样好了，我知道你心里住着一个人，那个人特别霸道，占据着你的内心一直不肯走，我又赶不走，所以就像接小朋友放学的家长一样站在校门口等。"

我站起来和小曼说："你晚上吃饭了吗？"

小曼像头小狮子一样"嗷嗷"叫起来，"你现在才问，我都说了一下班就来找你了，你真不配有女朋友。"

她嘟囔着嘴佯装很生气，然后双手环抱着压在腋下，那勾肩的样子让人不禁想笑。

我把电脑合上，然后去卧室拿了一件黑色的外套穿上和小曼说："你别吃薯片了，我带你去吃大餐。"

小曼猛地把薯片放回茶几上，然后走过来挽着我的手臂讲："那我要吃火锅。"

我说："能不能吃点儿别的，每次都是火锅。"

小曼拿脑袋撞了一下我的肩膀说："我就是喜欢吃火锅。"

我用手将她贴在我肩膀上的脑门推开说："别闹了。"

小曼仰起头看着我说："喂，能不能把那个姑娘的照片给我看看，我想看看你到底喜欢怎样的姑娘，她为什么能让你念念不忘？"

我拿起放在鞋架上的雨伞，用伞柄敲了一下小曼的后背说："你再这么多问题，我可不带你去吃火锅了。"

小曼瘪着嘴对我翻了一个白眼，"不说就不说，我和你讲哟，你以后要是遇见喜欢的人，可一定要把那个姑娘忘掉，不然的话，你后面喜欢的那个姑娘肯定会很伤心的。"

我转身把门锁了，然后走下楼梯，外面下着大雨，我们并肩走着，雨落在伞上噼啪作响，整个世界好像都是雨声，路面湿漉漉的，街道上的积水倒映着两边房屋的灯光，小曼忽然间把伞往旁边一挪说："陆之开，我们淋雨吧。"

我赶紧把伞往她那边撑着，帮她挡住雨，然后生气地说："你干吗啊？淋雨感冒了怎么办？"

小曼说："你生气了，就是担心了，陆之开，你是不是在担心我？"

我说："我没那么有闲情去担心你。"

小曼一把抱住我的手臂讲："你就是担心了，在这个城市，有个人担心自己真是一件幸福的事情。"

她有些时候就像是一块粘人的棉花糖，其实我挺感谢她的，在赵宁离开的那段日子，我总是觉得是自己害死了赵宁，把自己关在房间里，时间仿佛渐渐形成了一个坚硬的壳，而我被包裹住了，好在小曼一下班就会来看我，在厨房里给我做些吃的，像个话痨一样不停地讲话，虽然我很少会去应和，但是她还是会把她一天遇到的事情讲给我听，遇见难缠的客户，老板是个傻瓜，同事钩心斗角，下班路上看见一个帅哥，看的电视剧里有个绿茶。有一次我真的很烦，我只想安静，但是她一直不停地说，最后说到她昨晚洗澡的时候不小心把沐浴露当作洗发水的时候，我对她吼了起来。

"你有完没完啊，天天唠叨这些烦不烦啊？"

她站在原地好像一个犯了错的孩子一样，过了很久才把地上垃圾桶里的垃圾袋拿了出来，然后从茶几下面又扯出一个来套好，边套边说："这么凶干吗？要是不喜欢我讲这些，我就不讲好了，我知道你心情不好，所以就想让你不要总是想那些不开心的事情。"

说着她把垃圾提在手上说："我先回去了，我明天下班再来找你。"

她走到门口，我叫住她，我说："小曼，明天我们一起去吃火锅吧，我想吃火锅了。"

小曼的眼睛一亮，然后笑起来讲："好，那我一下班就过来。"

现在我恍然想起那时候，忽然间有些心酸，小曼是个好姑娘，她的长相，她的性格，喜欢她的男孩子也应该不少，而我呢，性格里的缺陷注定不会是一个好的男朋友，可是小曼却还是要待在我的身边，小曼双手抱着我的手臂，我把伞往她那边多撑了一些，雨打湿了我的半边袖子。

吃火锅的时候，小曼卷起袖子说："我们公司新来了一个胖子，白白嫩嫩的，就好像我们老家过年的时候被开水泡过然后刮掉毛的猪肉。"

我瞪眼看着小曼说："哪有那样形容同事的。"

小曼哈哈笑起来，"你别打断我嘛，他是东北人，本来东北人不是那种讲话特别豪横的吗？但是他不一样，下午的时候他突然站起来问大家，哥哥姐姐们，你们要一起点奶茶吗？"

小曼站起来，压着嗓子学着，"哥哥姐姐们，你们要一起点奶茶吗？"那脸上的表情，真是让人不知道说什么好，我不是被那个小胖子逗笑的，我是被小曼夸张的表情逗笑的，她其实是个没心没肺神经大条的姑娘，只是有些时候我骨子里的那一份悲观，把她也影响得伤感了，那一瞬间我在想，以后希望小曼都能开开心心的，我不应该那么自私地让她也和我一样。

吃完火锅，外面的雨越下越大，路面满是没过脚踝的积水，汽车驶过，被推开的积水漫上了路边的台阶，马路两边的店铺屋檐下，都是躲雨的人群，天空一片漆黑，风裹着雨满世界地撒欢，一阵风吹来，有些嗖嗖的凉。

小曼抬头看着外面的雨说："你回家有事吗？"

我说："我能有什么事，无业游民一个。"

小曼指着对面不远处的怀旧电影院说："我们去看一场怀旧电影吧。"我看了看在雨里的那家电影院，我知道那家影院，老板是个从丽江回来的本地人，他的女朋友曾经特别爱看那些年代久远的经典电影，但是后来分开了，他便开了这家怀旧电影院，电影院里有酒，也有故事，有些失恋的人总会去那里喝一杯，如果你愿意把故事写下来放在故事盒里，那么你便可以免费得到一杯鸡尾酒和一个果盘，与其讲那是家电影院，倒更像是一家酒吧。

"去不去吗？"小曼用拳头轻轻捶了捶我的手臂。

我说："这不是下大雨了吗？这样走过去鞋子得湿了。"

小曼低下头，把鞋子和袜子一脱，然后提在手上说："这不就是了，几步路一会儿就到了。"

我看着她白色的脚丫在黑色的水泥地板上，脚指头仿佛羞涩一般地向内勾了勾，我呆呆地看了几秒，然后小曼推了一下我说："快点儿脱了呀，你在看什么？"

我把目光收回来，然后蹲下去把鞋子和袜子也跟着脱了，然后把裤管卷起来，小曼往路面的积水走去，我也跟了过去，水流没过脚踝，一百米的距离，我们走得很慢，路面上没有行人，我们好像两个漂泊的浮标在水面上慢慢走着，小曼回头看着我说："真有意思，好像大家都在看我们表演。"

我说："快点儿走吧，等下衣服湿了，你看看雨，都把你的肩膀打湿了。"

小曼用手拍了拍肩膀笑着说："这点儿雨，没关系。"

电影院的门口，霓虹灯安静地在雨里亮着，门口的 LED 荧光板写着：

"今日电影 Her，导演编剧：斯派克·琼斯。讲述的是一个作家和智能系统的爱情故事。"

然后下面有一行小字：

"真正的孤独，也许是奋力爱过之后的留白人生。"

小曼指着荧光板说："这电影我听说过，是在上海取的景，特别孤独，也是讲一个作家的故事，说不定你能有同感。"

这是 2013 年的电影，我很早之前就看过，但是渐渐地都忘了，但是在这一瞬间我又想了起来，这确实是一部孤单的电影，我想起了西奥多，我感觉到被一种无助感裹挟住，也许一切的故事真的是早就写好了结局。

我推开电影院的门，里面的灯光昏暗，没有客人，老板坐在角落里，他的桌前摆着一杯蓝色的鸡尾酒，我看不清楚他的脸，他的鸭舌帽压得很低，我推开门的那一瞬间，外面的风裹着雨便涌了进来。

小曼把伞甩了甩，然后问："今晚营业吗？"

老板从桌前站起来讲："当然，不过今天就你们两个客人，外面的雨这么大，我还以为今天是不会有人来了，所以难得冷清，你们来了，算我请客。"

我说："那怎么行，钱还是要付的。"

小曼掐了我一把说："那就谢谢老板了。"

老板看了我们一眼，轻轻摇了摇头说："你们随便坐吧，我去调一下设备，然后你们要喝什么？"

小曼说："给我莫吉托。"

"你呢？"老板看着我。

"长岛冰茶吧。"我说。

老板走到后面的房间，我和小曼坐在一片黑暗里，对面白色的幕布在黑暗里清晰可见，外面的雨声依旧喧嚣，很快幕布上有了影像，老板也端着两杯鸡尾酒过来，他放在桌子上的时候说了一声"别客气"。

"谢谢。"

小曼回应了一句。

老板又走到刚刚的位置坐下来。

西奥多爱上了智能系统萨曼莎，那是一个在现实里并不存在的虚拟形象，但是萨曼莎的出现慰藉了西奥多原本孤独的灵魂，他因为萨曼莎的出现变得开心起来，也越来越深陷于那一份没有实体虚无的爱情不能自拔。

最后萨曼莎离开说："我是如此爱你，放我走吧，我是如此想你，我无法再活在你的书中了。"

西奥多问："你要去哪儿？"

萨曼莎："我不清楚，但如果你能到达那个地方，请一定来找我，一切都可以和从前一样。"

西奥多说："我从没像爱你一样爱过别人。"

萨曼莎回："我也是。"

电影落幕，我的心仿佛坠入了深海，我发现自己的命运和西奥多有着那么相似的重合，我没有见过晓月，我记得她的声音，我记得那些每时每刻都用声音和文字陪伴彼此的日子，我们分享彼此的生活，我们分享遇见的每一件事，不管是惊喜还是悲伤，我们在很多个孤独的夜晚不停地讲着话，一句句早安和一句句晚安构成了生活最初始的期待，我们在手机里笑着闹着是一对真正的情侣，她爱我，我也爱她，那段日子我像西奥多一样，对生活充满了期待，最后也和西奥多一样，看着晓月离开，把爱一同带走，却无能为力。

走出影院，外面的雨已经停了，路面的积水渐渐退去，雨后的城市显得空荡冷寂，路上没有什么行人，春夏交接的时候落叶堆满了一地，天空中有一轮圆月，但是漫天的水雾让月亮看起来显得有些模糊。

小曼忽然间沉沉地叹了口气讲："我觉得那个作家和你很像，都是一样的孤独，那个姑娘也许就是你的萨曼莎，如果是那样，让我做你的艾米吧。"

我指着天上的那一轮月亮对小曼说："每个人心里都会有一轮月亮，你不要靠近，更不必得到，就在你人生黑夜的时候知道存在就是陪伴就好。"

我停顿了一下，接着看着小曼说："存在就是一种陪伴，你能懂吗？"

小曼忽闪了一下眼睛，然后说："虽然我不懂，但我觉得那是一件很美好的事情，我知道那个姑娘是你的月亮，但是没关系，我可以在你身边就很好，不管是什么身份都很好。"

我一时间不知道讲什么，在路灯下，慢慢地走着，走了很长的一段路，小曼快步走到我的前面，然后站在只有一个手掌宽的路肩上，她双手撑开，让自己在路肩上保持平衡，像一只正要飞翔的鸟儿，她慢慢地往前走着，我说："你当心点儿，别摔着了。"

她从路肩上跳下来和我讲："我们比赛，看谁在路肩上坚持的时间长。"

我说："幼稚！"

她拉着我站在路肩上，然后和我保持着两只手张开的距离，我试了几次都很快就掉了下来，小曼挪过来几步靠近我然后拍了一下我的手说："像我这样，把手张开来才能保持平衡呀。"

　　我看着她，她双手一上一下摆动着，好像刚学会走路的小鸭子，她往前一直走着，我内心有些温暖，在她身后学着她的样子跟她走着，她的平衡很好，一直没有掉下来，而我已经从路肩上下来好几次了，我们就这样走着。

　　走到要拐弯的地方，她从路肩上跳下来看着我说："我从小平衡就好，要是我去学舞蹈说不定还能拿个奖。"

　　我说："可不是吗？看你一路走过来，就没掉下来一次，真是有点佩服。"

　　"那是。"

　　小曼说："今天我开心，带你去一个地方吧。"

　　我看了一下手机，已经快十一点了，便说："是不是有些晚了？"

　　"不晚不晚，就是不知道今天能不能遇上。"小曼说，"每个夜晚，在那个路边都会有一对老夫妻卖馄饨和面食，不是讲馄饨和面有多好吃，而是两个老人特别有意思，每一次都在那里拌嘴，谁也不让谁，但爷爷每次都满脸笑容的，有一次奶奶去对面的公共卫生间上厕所，我就问爷爷，您是不是怕奶奶。爷爷说，我不是怕她，是她喜欢热闹，两个人能有什么热闹，我就陪她每天拌嘴，让她赢一下开心开心。"

　　"是不是特别有意思？"小曼看着我。

　　我说："那去吧，人一生有个人陪着就好。"

　　小曼说："谁说不是呢？我特别羡慕他们，都这么大年纪了，还能天天腻在一起，爷爷喜欢有些时候嘴欠，总喜欢叫奶奶小名。"说着小曼学着爷爷的口气喊着，"臭虫，你快点儿看看馄饨啊，都要烂了。奶奶这时候就会用脚去踹爷爷。"

　　我愣了一下诧异地看着小曼。

"臭虫？"

"嗯哪。"小曼点点头，"那个年代嘛，不是说名字越那啥越好养活吗？"

我说："那真是气人，这个年代当着那么多人的面喊自己臭虫，说什么也会生气的。"

小曼笑起来，"可不是嘛，要是谁喊我小名，我一定掰断他的脑袋。"

我们一路聊着，小曼的思绪很跳跃，前一秒聊着商场周末有促销要一起去购物吗，后一秒就成了这么晚还在路上跑出租车的司机也真是辛苦，或者问我笔记本在使用的时候要不要把摄像头遮起来，会不会真的有黑客悄悄打开摄像头。

"你说世界上是不是真的有灵魂？如果没有的话，人死后去哪儿了呢；如果有的话，那么另一个世界是不是特别拥挤，我一直在想这个问题，后来我发现人是有前世的。"

我看着她那一脸严肃的样子，就问："你怎么发现的？"

她靠近了我一点儿说："你有没有一种感觉，就是你做某件事情的时候，忽然间觉得这个场景似曾相识，这就是前世没有被消除干净的记忆，人的肉体只是一个躯壳，就好像我们买的衣服，而灵魂才是真正的自己，所以人死了，就好像一件衣服破了丢了，灵魂好像钻进另一件衣服里了。"

我反问她："那你的意思就是，灵魂在不断地重复一样的人生。"

小曼闭着眼睛想了会儿说："这我就不知道了，应该可以改变命运的。"说着她双手抓了抓脑袋说，"不想了不想了，想那么多什么用也没有，还是想想这一辈子怎么过更实际。"

小曼讲的那对老夫妻今天没出摊，路灯下空荡荡的，但是有一只流浪狗蹲在那里，好像受伤了，小曼跑过去，那是一只淡黄色的秋田犬，前脚有一个很大的伤口，看样子是被车撞了，它看见有人过来，趔趄着站起来，拖着前腿很艰难地跑了几步，然后又趴在了地上，小曼站在离它两米远的距离，秋田犬的眼里满是戒备。

小曼一往前，它就站起来拖着满是伤口的腿往后挪，几次小曼都没有办法靠近，我想起来也许食物可以换来狗狗的好感，便和小曼说："你在这里等我一下。"

我跑到远处的便利店买了一袋刚烤好的香肠过来，小曼看见香肠就满脸笑容地接过去，她蹲下来，将温热的香肠掰成几段，然后很温柔地丢到秋田犬的嘴边，秋田犬小心翼翼地嗅了一下，然后吧嗒吧嗒吃起来，一直吃掉了三根烤肠，小曼才慢慢挪着靠近它，然后用手轻轻抚摸着秋田犬的脑袋，秋田犬这一次很温顺，它的眼睛眯起来，小曼抬头看着我说："快过来，你也来摸摸。"

我一直不怎么喜欢宠物，主要是小时候和狗狗玩，被狗狗抓伤几次，去医院打过几次狂犬疫苗，所以一直到现在，我怕又被它们给抓伤了，特别是这些流浪狗，我蹲在小曼的旁边，没有伸手去摸它，而是说："得找个宠物医院给它包扎一下。"

小曼有些犹豫地讲："可是现在哪儿还有宠物店开门呢。"

我说："那我去药店买一些绷带和消毒水，你给它包一下吧。"

小曼说："可是这附近有药店吗？"

我起身说："没事，前面应该有，你等我一下，要是有什么事，你打我电话。"

我往前走着，这是一条安静的街，一直走了大概有十分钟的路，我才找到一家药店，买了一些绷带和消毒水，我扫了一辆单车骑回去，到那的时候我看见小曼坐在台阶上，秋田犬趴在她的身边，小曼吃着烤肠，秋田犬也在吃着，那画面倒是有些温馨。

我把绷带和消毒水给小曼，小曼把最后一截烤肠放进嘴里，然后蹲下来摸了摸秋田犬的脑袋说："接下来你可能会有点疼哟，但是你不可以咬我，不然我就要去打针，打针是特麻烦的事情，你要听话。"

我说："你这样和它讲话它能听懂吗？"

秋田犬这时候从胸腔里"旺旺"地叫了两声，小曼说："你看看，它听懂了。"

不过小曼在给秋田犬喷医用酒精的时候它没有反抗也真是奇怪，等小曼把它包扎好，我们准备回去的时候，小曼对着秋田犬挥了挥手说："快走吧，从哪儿来回哪儿去。"

但是我们走一步，它就一瘸一拐地跟一步，我们停下来，它也站在原地。

我说："好了，这下它要认你这个主人了。"

小曼说："可是我没办法养它呀。"

说完小曼便走过去故意踢了秋田犬一脚，然后很凶地吼了一句："走开！"

秋田犬一下子窜到路边的花坛里，它探出头来几次，目光里有些害怕，小曼又张牙舞爪地吓唬了它几次，我们没有看见秋田犬再探出头来才回家，走着走着，总是感觉后面有什么跟着，回头一看，秋田犬又站在了我们的身后，它靠着墙壁，前腿上还有白色的绷带，它的目光里不知道是委屈还是胆怯。

小曼叹了口气走过去，然后蹲下来把秋田犬的头抱在怀里说："你是不是想和姐姐回家呀？"

秋田犬从嗓子里发出嘤嘤声，好像是在回应。小曼抬头看着我无奈地摊了摊手说："看来是和我们有缘了。"

我说："那就先养着吧，可能是谁走丢的。"

小曼站起来有些为难地讲："我平时要上班，真没时间照顾它，所以……"

我说："我明天带它去打疫苗，我先养着吧，要是它主人来找它，就还给人家。"

小曼开心地说："没想到你还真善良。"

我走到秋田犬旁边，然后摸了摸它的头说："就叫它'火锅'吧。"

小曼点了点头。

回到家已经很晚了，我拿出一床不用的毯子给火锅在客厅的角落里临时搭了一个窝，然后洗漱一番就回到房间沉沉睡去了，半夜的时候我忽然间听见有人敲门，我是一个睡眠很浅的人，这声音一下子让我从床上惊醒，我打开床头的灯。

冷静了几秒后，我发现这不是大门的敲门声，而是我卧室门的挠门声，我走过去打开门，看见火锅拖着一只瘸了的腿窜来跳去，我不知道怎么了，我打开客厅的灯，火锅跑到门口，然后冲我"旺旺"叫了两声，它好像要出去，这半夜的火锅要是这么闹腾第二天指定要被人投诉，我只好把门打开，火锅便窜了出去，我赶紧跟出去，却看见它在楼梯那里，后腿架在墙上撒起尿来。

我哭笑不得，撒完尿，火锅又跑了回来，我想这之前肯定有人教过它，才会这么懂事，第二天我睡到快中午才醒来，小曼的电话打进来，她劈头就说："喂，打你几个电话怎么都没接？有没有带火锅去打疫苗，有没有带它去办证，还有你等下去买一点儿狗粮，但是不要太多，三天的量就好了，我在网上买了，狗窝也不用买，我也买了，你现在赶紧起来。"

我挂掉电话，穿着拖鞋去浴室，本来火锅是躺在狗窝里的，看见我出来，就噌地站起来，然后用它那瘸腿滑稽地跳到我身边，一会儿用头蹭我的裤管，一会儿又摇着尾巴，我洗漱好，然后出门，去楼下的快餐店要了一碗牛骨面，我加了五块钱问老板要了两根没肉的牛骨给火锅吃，火锅也饿坏了，吧嗒吧嗒地吃起来，吃完面带火锅去打疫苗，但是宠物店的小姐姐告诉我刚打完疫苗还不能去办宠物证，得等 20 天，我顺带买了一点儿狗粮，然后带着火锅回家，在路过菜市场的时候，我买了一点儿排骨回去，晚上炖着吃，和火锅一起吃。

火锅是一只很聪明的狗，它开始成了我最好的朋友，它的伤一个星期便好得差不多了，小曼只要下班早就会来看火锅，然后我们一起牵着它去广场上转转，火锅的出现，让我的生活开始有了一点点变化，我本来是一个很沉默的人，每天就待在家里写写文章，火锅出现了，成了房间里的一抹阳光，它喜欢趴在我的脚边，有些时候我想抽烟但是找不到打火机，我只要拍拍它的脑袋，然后把香烟在它的眼前晃一晃，它就知道从地上起来，然后无奈地跑到客厅，随后嘴里叼着打火机跑回来，那眼神好像是在讲：

"你这蠢货，真的很烦。"

每到晚上，火锅总是会变得急躁，有些时候我在写作，只要我的脚一动它就立马站起来，然后窜到客厅把狗绳叼过来，看着我还没有站起来，它又失望地趴在地板上，它的狗脑袋耷拉着，像一个受了委屈的孩子，我只好把电脑关了，然后带着它出去转转。

一到楼下它就特别撒欢，又蹦又跳的，在广场前总会有很多人在那里遛狗，各种狗狗都有，泰迪、萨摩、哈士奇、贵宾犬，火锅在里面算是丑的，还天天裸奔，想来是有点惨，谁让它的老爹穷呢，其他狗狗有的穿着漂亮的衣服，有的染了时髦的发型，火锅就像个穷小子跑进了一群贵妇的圈子里，但是好在狗不是人，火锅一点儿都不知道羞耻，有只萨摩特别漂亮，火锅总是去撩，时不时地一阵疾风般地冲过去，然后立马刹住车，还一脸鸡贼地笑脸，把萨摩吓得汪汪叫，直往它主人的裙子下面躲。

狗不害臊但是人害臊啊，萨摩的主人是个 20 多岁的女人，她扯着嗓子喊："这是谁家的土狗啊？脏不溜秋的，还想泡我家糖豆，真是也不看看自己是什么狗。"

我有些难过，好像骂的不是狗而是人，火锅也低着头走回来，一路上都垂头丧气的，在路边有一家便利店，我走过去买了三根烤肠，然后和火锅坐在路边，我吃一根，然后把剩下的两根都给了火锅。

我拍了拍火锅的头给它讲故事，虽然我不知道它能不能听懂，我和它说："不能怪老爹穷，狗不嫌家贫这是做狗最基本的。"

火锅"嗷"了一声，然后从地上站起来，我大惊，"你竟然听懂了，不过你抗议也没用，这是狗命。"

说出来的时候，我总觉得怪怪的，本来狗命是在骂人，但火锅真的是狗命啊。

火锅站了一会儿重新坐下来，然后我又和它讲："喜欢一个人，你可以跑九十九步，但是最后一步咱要坚守，因为那是尊严。"

火锅又"嗷"了一声。

我说："你简直就不是人。"

说完之后，我笑起来，我竟然在和火锅聊心事。

小曼来看火锅，我把火锅泡妞失败的故事和小曼讲了，小曼摸了摸火锅的脑袋说："老爹不管你，老娘管你。"说着就要带火锅出去。

我说："你要去干吗呀？"

小曼说："带火锅去做个发型。"

我笑着躺在沙发上说："你看看它那短毛，哪有做发型的余地，你以为是人家萨摩呀，一身雪白的长毛。"

小曼打量了一下火锅说："也是，那老娘给你买一身衣服吧。"

几天以后，衣服到了，我给火锅穿上，看上去还真有点精神小伙儿的样子，我再次带它去广场，本来想着再给它一个机会，可是那只萨摩没来，我想着也许是有事吧，总会来的，可是接连一个礼拜都没有看见那只萨摩，我问别人，才知道那个女孩搬家了，以后也不会再来了。

我看着火锅忽然间有些为它感到难过，一份爱情还没有开始就结束了。但是这狗东西好像来不及悲伤，就和一只哈士奇好上了，还在大庭广众之下想上人家，前脚都夹到别人身上去了，要不是有个大妈用一种久经沙场的声调叫起来："要死哟，你看看谁家的狗呀，在这广场上要做爱。"

我听到"做爱"两个字，脑袋一热，寻声望过去，看见一个小伙子正努力地要把火锅和那只哈士奇拉开，火锅坚持了一下，还是被从哈士奇身上拽了下来，我脸一红，赶紧低着头走，我心里骂着，"火锅啊，没想到狗也坑爹啊，你千万别跑过来找我，我还要脸啊。"

但火锅真是气死人，箭一样"嗖"地就窜到了我身边，我拉着狗绳大步逃离人群，回到家里，我一肚子火，我踹了一脚火锅，火锅"嗷嗷"地蹲在墙角看着我，我骂它，"你要点儿狗脸好吗？刚刚失恋，你就要去上别的姑娘，还在大庭广众之下，好不害臊啊。"

火锅"汪汪"叫了两声。

我说："你还不服气是不？"

火锅"汪汪汪汪"叫了四声。

那一天我买了酱骨，但是自己把肉吃了，骨头我放起来没有给火锅。

晚上我在房间里写作，火锅也没有趴在我的脚边，我也没在意，但是过了很久我听见厨房有动静，便走过去看看，一看我大吃一惊，火锅把我放在灶台上的酱骨扒拉在地上，然后在那里吭哧吭哧地咬起来，看见我，它抬起头，眯着脸笑。

我和小曼抱怨，"这家伙我搞不定了。"

小曼说："那带它去做绝育吧。"

我看着眼前的小曼，可能男人更懂男狗吧，我拒绝了小曼的建议说："那太残忍了，它只是在求爱，你却要把它阉了。"

小曼说："又不是把你阉了。"

我说："你真是个狠女人。"

火锅给我带来了快乐，但是随之而来的也有烦恼，为了解决火锅吃饭的问题，我图方便，所以经常会去吃肉，然后把骨头给火锅，我一个月胖了8斤。

我蹲在地上和火锅商量，"帮帮老爹，老爹得多吃蔬菜，你也吃蔬菜好不好？"

火锅伸出前脚，然后拍了一下我的头。

我觉得火锅要成精了。

# Chapter 12

×

# 火 锅

　　我和火锅开始像相依为命的父子俩，下雨的时候，我会变得惆怅，站在窗前看着雨落在屋顶上，火锅就趴在我的脚边，我开始觉得如果人的一生注定是孤独的，注定不能和那个长相厮守的人过一生，那么和火锅就这样生活下去也不算一件坏事。

　　我开始教火锅做一些事情，比如说去楼下买烟，或者把垃圾丢到楼下的垃圾桶边。这些事情它都可以做得很好，街坊也都知道，我有这样一只聪明的狗狗，忽然间和我讲话的人也多了，傍晚我带着火锅下楼，也有长得甜美的女孩子问我能不能摸一摸火锅，我当然不会拒绝，有些女孩要求比较过分，非要我让火锅表演一下去便利店买烟。要是女孩长得动人，我便会让火锅去照做，火锅也争气，几乎没有让人失望过，有几个女孩硬要加我的微信，说下次还要来和火锅玩。我开始自恋地怀疑，她们是想和我玩还是和火锅玩。

　　回去的时候我赏了火锅几块带肉带的牛骨，但是我开始发现，火锅每次只能做一件事，就是你叫它去买烟，便不能叫它去丢垃圾，因为两件事在一起，火锅就会蒙，我试了几次，有些时候它会把钱和垃圾一起丢了，有些时候会把垃圾给便利店的老板，然后拿着烟就跑了，还有些时候把烟丢在垃圾堆里，把垃圾又给我提了回来，试了几次我便放弃了，看着它狗脸发蒙的样子，我有点于心不忍，但是依旧要摆出一副爸爸这是为你好的样子。

火锅已经是一只成年狗了，好几次晚上带它出去遛弯的时候，它总是喜欢去勾搭别的母狗，控制不住还要往别的狗狗身上趴，白天也变得不再如以前那么安静了。有些时候总会焦躁地在沙发上、茶几上上蹿下跳。

　　我和小曼一起吃饭。

　　我说："火锅已经长大了，现在每天都在发情，我是不是要给它找一个伴，要是别人不愿意，我就给点儿钱。"

　　小曼看着我，一脸好奇地说："你这是要让火锅去学坏吗？还给钱？

　　我说："那怎么办，难道让它自己去外面瞎来。"

　　小曼笑了笑说："我觉得没什么不可以啊，反正火锅又不吃亏，男孩子嘛。"

　　我白了小曼一眼说："哪有你这样的，到时候别人肯定要骂，这是谁家的狗，这么不要脸，火锅不要狗脸没什么，但我不能不要脸啊！"

　　小曼很凝重地皱眉说："我觉得最好的办法还是绝育，这样你清闲，火锅习惯几天也就好了。"

　　我一想到要把火锅给阉了，就觉得残忍，连连摇了摇头说："这有点残忍了，毕竟火锅也没做错什么，你就要把它阉了。"

　　小曼说："反正折腾的是你。"

　　周末的时候，我一个朋友从上海来，要去香港一趟，先绕到了深圳，我想去见他一面，便把火锅交给了小曼，一直到夜里吃完饭下地铁的时候已经差不多十一点了，我在路边买了几根烤肠，想着去讨好一下火锅，到小曼家，我没有看见火锅，便看着小曼。

　　小曼说："在阳台上哭呢。"

　　我说："哭什么？"

　　小曼哈哈笑起来说："被我带去做绝育了。"

　　我惊得手里的烤肠吧啦掉到地上，我走到阳台上，看见火锅在那里抽泣，看着它那副样子，我忽然间有点想笑，我把烤肠捡起来，然后放在火锅的嘴边，随后走到客厅和小曼说："火锅很聪明的，可能要恨你了。"

小曼说："它哪知道是我干的，我和医生说好了，在还没到宠物店的时候，就让医生把它拿笼子抓走，然后等做好了绝育，再打电话给我，我再去上演一场美女救狗，你别看火锅现在躲在阳台伤心，它是感激我的呢。"

我看着小曼那副自豪的样子，其实心里也是挺感谢小曼的，因为给火锅做绝育手术最大的障碍不是我不忍，而是我不想去做那个坏人，现在问题都解决了，我不是那个坏人，火锅也做好了绝育。

小曼从冰箱里给我拿了一听可乐说："怎么样，老朋友见面都聊了些什么？"

我拉开拉环喝了一口讲："很多年了，以前一起逃课打台球，我以为见面可以无话不谈，最后也都是寒暄，时间让一切变得淡漠了。"

小曼把一片面膜贴在脸上说："人总是会变的，小时候梦想千奇百怪，长大后不过都是想多赚点儿钱。"

我去阳台把火锅抱起来，然后和小曼说："我们先回去了。"

小曼点了点头站在卧室的门口说："路上小心。"

我和小曼住的地方，只有不到一公里的距离，这个时候巷子里依旧很热闹，我抱着火锅往家里走，火锅好像还沉浸在悲伤的情绪里，走到家，我把它放在狗窝中，本来我是想安慰一下火锅的，毕竟以后它再也不是一只真正的公狗了，但是一看见它那委屈的表情我就忍俊不禁地想笑。

生活开始变得平淡起来，我给不同的公司写稿子，有些时候也会反问自己这样生活的意义，可是生活又有什么意义呢？晓月为了生活嫁给了别人，赵宁为了所谓的意义永远留在了可可西里，小曼努力上班但是没有想过未来。

我开始渐渐地很少会去想晓月，但是她依旧在我的心里，后来我想想，千万别在一个人最脆弱最无助的时候走进他的心里，然后又带着遗憾离开，因为那样他一辈子都没有办法释怀。

狗真的健忘，没过几天，火锅就忘了小弟弟被割掉的悲伤，依旧生龙活虎起来，它看见小曼依旧很亲，对于小曼的指挥它也是言听计从，看着它那样子，我总有种火锅在认贼作父的感觉。

时间平静如水，漫长的夏天如期而至，我喜欢带着火锅去看海，我骑着之前的那台电驴，我让火锅蹲在我放脚的地方，然后带着它去海边，海边有一片大石头，我喜欢坐在那里吹吹海风，火锅也跟着我一样坐着，有几次我看向火锅，它的目光也痴痴地望着大海的尽头，我在想火锅的心里，海意味着什么。

海边会有很多人拍夕阳，火锅比我受欢迎，有一次真把我气坏了，有个拿着相机的小伙子跑过来和我说，我可以拍一张照片吗？我说可以，我和火锅依靠着坐在石头上，但是小伙子过来和我说，我能不能只拍狗狗。我想了想也答应了，就自己起来，让火锅别动。拍完照片，他道过谢就离开了，后来有一天忽然在网上看见一张照片叫作"夕阳下的单身狗"，画风有点嘲讽的意思，那分明就是火锅。

我的生活单调枯燥，每天就是陪火锅然后写稿子，但是所有的稿子都没有自己的署名，这叫作枪手稿，也就是别人给钱你来写，但是不能署名，这倒无所谓，反正不过是为了一个月能有些收入，但是写得多了渐渐地就感觉到累了，有些时候在深夜里没有灵感，就那么坐着抽烟或者打游戏，生活好像是在茫茫黑夜的海里失去了方向。

有些时候我会去酒吧，坐在吧台上喝一杯，也会有些姑娘跑过来搭讪，没有赵宁在，我就是个彻头彻尾无趣的人，姑娘和我聊了几句便索然无味地离开了，有些时候我也想学着赵宁那样放荡不羁，但是每次聊不了几句便放弃了，对于赵宁来讲，那是游刃有余的一件事情，而对于我来讲却实在是太难了。

我在酒吧打过一次架，为了那个女孩，就是和赵宁一起去酒吧，他带着姐姐去开房，而我和妹妹在路灯下聊天的那个姑娘，我坐在吧台上要了一杯鸡尾酒，一个人慢慢地喝着，有民谣歌手在那里唱着情歌，忽然有个女孩子拍了一下我的肩膀。

"喂，是你呀。"

她这样开口说，我没有认出来，对于那些化妆的女孩子，脸都是一样白，眼睛都是一样大，连嘴上的口红都是一样的鲜红。

"认不出我了吗？我姐姐和你朋友，酒吧，路灯下，我们聊天。"

我这才想起来说："你怎么又来酒吧了？"

她抱着我的手臂说："帮我一个忙吧？"

没等我回答，我就看见几个人围了过来，嘴里叼着烟的人一把扯住她的头发，她头仰着抓住那人的手说："你别这样，我男朋友在呢。"

"男朋友？"那人把她松开，然后看着我说，"你是他男朋友？"

我喝着杯里的鸡尾酒，没有理睬，但是他依旧在我面前蛮横地说："那你就替她还钱，不然的话她今晚就得和我们走。"说着他一把拉住她的手。

我双手把他们的手分开，然后拉着她往酒吧门外走，穿过喧闹的人群，灯光在身上跳跃，走到门口，外面的风迎面吹来，我还没有大口呼吸腰间就被人用力踹了一脚，然后一个趔趄跌倒在地。她过来扶我，我捏紧拳头站起来，然后给了他一拳，接着我们就打了起来，其实更确切地讲是我被打了，后来有人报警，那些人便走了。

我在路边坐了一会儿，拿出烟抽了一支，嘴角有些血，过滤嘴的位置很快也被染了一片血渍，她说带我去医院看看，我说不必了，只是去附近的社康医院消了一下毒，在从医院出来的时候，我问她："怎么会欠别人的钱呢？"

她说："上一次我和你说过我那些同学，一个个穿得好打扮得又漂亮，我不想和她们一样去做外围，所以就借了点儿钱。"

我说："那还是要还的，或者去报警。"

她说："不行，那样的话，我的照片会被他们到处发的。"

我看着她，不知道该说什么，在两年前裸贷的风波就上了各大新闻，也一度被禁止了，都知道危害，我却不知道她为什么还会往里面跳，她说："要是我不还钱，他们还是要逼我去做外围，我的同学都笑话我，本来做外围是给自己赚钱，现在却成了给别人赚钱，我是不是很傻？"

头顶的路灯昏黄，我们脚下的影子被拉得很长，就这样并肩慢慢走着，我看了一眼说："你还是报警吧！"

她双手往后撩了撩长发说："报警有什么用？就算把他们抓起来也不可能枪毙，问题根本解决不了，他们会报复的，电视里总是说正义会来，但是正义会来的前提是受到伤害，报警之后，我可能就再也没有安生日子了。"

我想着也是，法律也有局限性，施害人会有一段时间身体失去自由，但是被害人却可能要经历漫长的更多的心理伤害，但是法律却一点儿办法也没有，它管不了人心险恶。

我无法回答这个问题，想着不知道火锅会不会饿，她却说："喂，要不你包养我吧，每个月给我点儿钱。"

说完她笑起来，"你放心，我不会纠缠你的，我就是有点缺钱。"

我苦笑了笑说："我没钱，你找错人了，我连工作都没有。"

"喔。"她叹了一声，"那真是可惜了，看在你因为我被打的份上，你要是说想睡我，我就跟你回家。"

我想了想，已经很久没有和女孩子有肌肤之亲了，上一次还是和赵宁一起在哈尔滨遇见的一夜情，但是说实话，那晚醉得我什么也不知道，完全没有印象，有没有发生关系我都不敢确定，我其实对于性并不是热切的期盼，算是能忍受的一类人，但是她这样讲的时候，我的心忽然间有一阵战栗。

她长得可爱，耳鬓上有软软米黄的绒毛，在灯光下有点暧昧，她的耳朵娇小，让人心旌摇曳，我感觉内心的动摇，她却用肩膀撞了一下我的胸口，我的心好像被撞到了一个深渊里。她笑着说："不收你钱的。"

这句话让我一惊，走到路口，世界一下子开阔了起来，宽敞的马路上车子疾驰而过，我说："时间不早了，你先回去吧。"

她说："真的不带我回家。"

我重复了一遍，"早点儿回去吧！"

她好像有些失望似的低着头，然后又猛地把头抬起来说："上次你那朋友呢？我姐还说睡过那么多男孩子，你那朋友挺不错的。"

我抬头看了看天空，月在云间穿梭，我说："他离开了这个世界。"

她显然很吃惊，"死了？"

我说："他选择了他想要的人生。"

她从小包里拿出化妆镜然后在路灯下涂了涂口红，"怎么死的呀？多好的一个人，我看他的样子特别开朗，是出意外了吗？"

我不想再说下去，这些事情我觉得放在心里便好。

她补好口红，然后把化妆镜装进包里，接着双手举过头顶在空中伸了一个腰说："想想他，再看看自己，觉得人生除了生死其他的又有什么。"

她说："既然你拒绝了，那么就没有机会了，我要回去了，要不要加我的微信，下一次竭诚为你服务。"

我笑起来，嘴角有些疼，但是摇了摇头，看着她站在路边拦车的样子，我忽然间有些迷惘，夜风吹落了树叶，出租车停在路边，她拉开车门坐进去，然后对着我粲然一笑，这一次之后也许就再也不会见了吧，人生本来见一次就难，而我们见了两次，我想真的不会再见了，想到这里有些伤感，我其实是在逃避，我拯救不了她，既然拯救不了，这样的距离便是最好的，我双手插进裤袋里，然后往回家的路上走。

打开家门，火锅又箭一样冲出了房门，我知道它是要出去方便，以前会在楼梯边，后来教它要下楼，它很聪明，聪明到有些时候犯了错都不忍心惩罚它，火锅还是挺可怜的，有些日子没有稿费，穷到狗粮都买不起了，只能我吃泡面，它吃火腿肠，火腿肠它吃不饱，就带它去街上逛，去菜市场逛，让它自己去找吃的。

有些时候也挺难过的，有一次在消夜摊，有一桌人在那里吃肉，大块的骨头就丢在地上，火锅就跑过去吃，吭哧吭哧地吃，我就站在路边的树下抽烟，过了很久，火锅跑过来，嘴里叼着一块老大的骨头放在我的脚边，我愣了一下，然后火锅吭哧吭哧又跑走了，过了会儿嘴里又叼了一块还是放在我的脚边，之后它伸出前爪在我的面前拨了拨骨头。

我忽然间明白了，它是怕我饿着，把它自己觉得美味的食物带来给我吃，我有些感动，但是又哭笑不得，只是蹲下来拍了一下它的脑袋骂骂咧咧地说："你个狗崽子，给老爹吃这个，虽然你老爹是单身狗，但是也不吃狗食。"

说着我按住火锅的头，把它的嘴巴对着骨头说："你快吃吧，狗崽子，骨头噎不死你。"

说完我站起来往前面走去，火锅一边咬着骨头一边跟着我，我忽然间感觉到眼睛有些酸涩，一人一狗走在大街上，穿过人群。

房租又要涨了，一份外卖的价钱也比平时贵了，我开始去超市买一些速冻水饺放在冰箱里，这一切都是因为和一家媒体公司的主编闹掰了，他要我去写黑稿，但是我实在不愿意，因为那些子虚乌有的材料一旦写出来，可能会毁掉一个人，然后他侮辱了我的写作信仰，我可以为钱写作，但是我不能违背了自己的道德，我就这样失去了经济最大的来源。

我坐在阳台的地板上，旁边趴着火锅，夕阳的余晖从窗户里照进来。

我和火锅说："你老爹真的要穷死了。"

火锅耷拉着脑袋。

我说："等有一天老爹要去街上要饭了，你就又成流浪狗了。"

火锅"嗷嗷"地叫了两声。

我说："你要是饿了就自己去买烤肠。"

火锅真的能听懂，立马从地上站起来，然后跑到我房间的书桌上，我拍了拍裤腿站起来走到房间，火锅就站在我的书前，看着我的抽屉，它知道那里面有钱，而那一张张五颜六色的纸可以去楼下的便利店换烤肠，我想要是哪一天我不在了，只要给它钱，它说不定可以把自己照顾得很好。

我把一张十块的纸币放进火锅衣服脖子下的口袋里，然后它便欢快地跑出了家门，过了一会儿，它咬着塑料袋回来，塑料袋里装着四根烤肠，它的目光一直盯着我手里的烤肠，那样子真像穷人家的孩子没吃过肉，我和火锅一人吃了两根。

我开始想着，是找一份工作，还是离开这座城市，我知道如今的我已经很难找到一份称心的工作了，因为毕竟已经快八年了，没有正式上过几天班，在履历上面好像是一片空白，没有公司会喜欢一个年纪都快三十岁又没有工作经验的人，想到这里又有些庆幸，如果和晓月真的走到了一起，我是不知道该如何去面对往后的人生的。

那是一段忧伤的日子，我和火锅相依为命，但是好在网上遇见了老朋友郭树，他在四川偏僻的一个县城支教，我们聊了几天，他说一直不知道人生的价值和意义，但是来到这里以后虽然过得贫穷，但是人生却是有意义的。

他是我大学同系的朋友，但是长相有点像中东人，所以常常喜欢留个大胡子在学校里冒充留学生，去咖啡厅去酒吧看见漂亮的姑娘就讲他国破山河的悲惨命运，女孩子天生内心就有悲悯，所以很多姑娘都给了他温暖，但是这种卑劣的行为，让我们有一种要揍他的冲动，但是郭树的内心是孤独的，他那忧郁的气质又像个诗人，加上那一脸的大胡子，仿佛活在八十年代的陌路诗人。

郭树向我展示了一幅古朴的乡村画卷，那里有勤劳朴素的农民，那里有求知若渴的孩子，那里有青山绿水，那里要自己在春天的时候种下青菜，秋天的季节收获，那里夏天的时候蚊虫很多，那里冬天的时候气候寒冷，但是那里也是生命意义的起源，那里也会有梦想在生根发芽。

"你也来吧。"

郭树向我发出了邀请，给这里的孩子带点儿希望，或者把这里的故事告诉外面的人们。

我囊中羞涩旁敲侧击地问了问有没有工资，郭树说："有的，一个月有八百块钱补助，不过你放心，这里花不了钱。"

我想着去那地方也是基本不用花钱了，加上我偶尔还可以写写文章赚点儿钱，总不会如在深圳一样艰难地生存不下去，我去了中华支教和助学的官网报了名，在等通知的日子，我和小曼讲了我的想法。

小曼瞪大了眼睛看着我说："你要去支教，为什么啊？"

她把"为什么"三个字拉得老长，手里抓着的烤羊肉放在了盘子里，她的目光盯着我，"你是不是有什么心事，或者什么困难，你可以和我讲呀。"

我摸了摸趴在脚边的火锅说："反正在深圳也没有工作，生活开支也大，我有一个朋友在那边支教，我觉得那可能是一种更有意义的人生。"

小曼低着头没有说话，那一天小曼异常安静，吃完饭买完单，她蹲在路边双手捧着火锅的脸，抬头望着我说："我知道你决定的事情我改变不了，那么你告诉我你什么时候去？"

我说："等通知吧，我已经申请了。"

"那火锅呢？"小曼说，"也要带去吗？"

我点了点头，"要带去，它是我的朋友。"

"嗯。"

小曼起身抬头看着天空，"那等你通知下来就告诉我好吗？"

我看着小曼，忽然间心头有一些酸楚，我走上前，站在小曼的面前，伸出手轻轻在她的头发上拍了拍说："别那么伤感，人生总会有分别的。"

她忽然间就掉下眼泪来，然后赶紧往前走，侧身靠在树干上说："你真的很讨厌，我本来不想掉眼泪的，被你一讲就忍不住了。"

"好好，我不讲了。"

小曼用手臂擦了擦眼泪说："听说支教的地方都很穷，夏天没有空调，冬天没有热水，皮肤都会被晒得像老树皮一样，连肉都要过节才有的吃，我真怕你吃不了那里的苦，但是又要死撑。"

我想逗一下小曼，于是就踢了一下火锅说："馋得不行，我就把火锅吃了。"

火锅"嗷"地叫了一声,跑到旁边,然后瞪着我,实在是不会讲人话,要是会讲我想它脱口而出的肯定是,"这是人讲的话吗?"

小曼也被逗笑了,她一边擦着眼泪一边说:"你就知道欺负火锅。"

那几天,小曼一下班就会来找我,她说:"既然要走,那就趁没走的时候多待一会儿。"

这两年她变了很多,虽然依旧是那个会努力让人开心的女孩,却越来越有属于这座城市的气质,她开始会穿干净历练的小西装,开始把头发打理得一丝不苟,开始化着淡妆走路风风火火,开始真正融入这座城市,只是在我面前还是那个小女孩。

在深圳待了这么些年,忽然就要离开了,心里却有些伤感,所有的行李塞进一个箱子,我问小曼:"有什么想要的就拿走。"小曼抱着我的枕头说:"那就把这个留给我吧。"

我说:"你要一个枕头干吗?"

她说:"这个你别管。"

我把行李收拾好放在门口,然后和小曼去吃在深圳最后的一场消夜,这样的话说出来真是伤感,小曼一直往我的碗里夹肉说:"你要多吃点儿肉,到那边就没有这么多好吃的了。"转而她又说,"也好,在那边就不用熬夜了,可能八九点就睡了,那样对身体更好。"

"还有呀,做了老师就把烟戒了,要给孩子们做个好榜样。"

她就这样碎碎念一般说了很久,在吃完的时候忽然下起了雨,我们在红色的帐篷里看着外面的雨,小曼:"你看看,连雨都想把你留下来。"然后又说,"你说,我们还会再见吗?你还会回来吗?"

我说:"我只签了一年的协议,也许明年的这个时候我们还这样坐着。"

小曼笑起来,"那我们一言为定,我在深圳等你。"

"等"是一个很不好的词语,因为这是关于时间的一场挣扎,外面的雨带着凉意，我说："没什么等的，有缘的人总会相逢。"

小曼说："是不是有些时候不管你多么努力，总会有你得不到的。"

街道上撑着伞的人来来往往，风里带着远处海的腥甜，这人间烟火的热闹，抬头可以看见路灯，飘落的雨清晰可见，小曼说："反正又回不去，我们喝瓶啤酒怎么样？"

我说："你能喝吗？"

小曼卷起袖子说："你忘了我之前在酒吧上班啦。"说完她伸出手对着老板挥了挥手说，"给我拿两瓶啤酒过来。"

老板很快拿了两瓶百威，打开瓶盖，我们一人手里抓着一瓶，她和我碰了一下，然后仰头喝了一口，那样子真像个女汉子，虎口上的刺青，在昏黄的灯光下格外刺眼，我们肩并肩坐在帐篷的边缘，雨就落在脚边，小曼一只脚踩在塑料椅的下沿，一只手扶着椅子，她说："我真想雨永远不要停，天永远别亮，时间就凝固在这里好了。"

我说："你是一个很优秀的女孩，不像我，其实我一生都是没有方向的，有些时候我觉得自己是幸福的，因为没有在这个糟糕的世界沉沦，但是有些时候也是真的感到悲哀，因为我没有办法成为别人的骄傲和依靠，小曼，你会遇见一个和你步伐一致的男孩子，他会成为你的英雄。"

小曼手抓着酒瓶站起来，然后仰头喝了一口啤酒，她擦了一下嘴巴，我才发现今天她涂了很浓的口红，鲜艳的口红，长长地从嘴角划到脸庞，她有点忧伤地说："我在这个城市没有朋友，其实我也想过离开，但是我问自己为什么留下来。"

然后她看着我，很认真地讲："陆之开，你是那个很重要的理由。"

我把火锅从地上抱在腿上，然后轻轻抚摸着它的脑袋，雨停了，我们各自回家，站在路口，小曼说："那我们拥抱一下吧。"

我张开双臂，小曼走过来，我在她的肩膀上轻轻拍了拍。我想说一句"再见"，但是小曼马上打断我说："别说再见，因为没有好好告别的人都会再相遇的。"

我和火锅飞到西昌，然后转了半天的大巴才到县城，火锅一下大巴就在地上上蹿下跳，它性子里闹腾，这一天它兴奋不已，我用手拍了好几下它的脑袋它才稍微安静一点儿，这里没有深圳那么干净又宽敞的马路，更没有高楼，街道两边都是有着年代感的楼房，马路上尘土飞扬，在不远处是一片工地，泥头车轰隆隆地进进出出，我拖着行李带着一只狗站在路边，一看就知道是外乡人。

　　我在路边的面摊要了一碗牛肉面和两根牛骨，这里消费不贵，一碗面两根牛骨，也就20块钱，火锅也饿了，吃着牛骨吧嗒吧嗒地响，面馆是藏族人开的，他们看着我的火锅说我听不懂的语言，还时不时发出笑声，虽然我不知道他们讲的是什么，但是我断定是对火锅的赞美，那个藏族的小女孩，大概也就六七岁的样子，她看了我一眼，然后慢慢走过来，她穿着漂亮的民族衣服，辫子扎成长长的一缕一缕的，脸蛋儿有些微红，她站在我面前，鼓起勇气用很生硬的普通话羞涩地问我："你的狗狗还穿衣服呀？"

　　我摸了摸火锅的脑袋，和小女孩说："对呀，狗狗也可以穿衣服的。"

　　小女孩又走回去，两个店里的藏民一直在笑，那笑声让人感觉有些不舒服，我买完单牵着火锅走出店门，沿着石板路慢慢地走着，郭树说要来接我，可是现在我却打不通他的电话，他还是和大学时候一样不靠谱，是那个期末考试都会睡过了的马大哈。

　　等到郭树的电话，我已经找好了旅社，正在旅社里看着带来的《百年孤独》，阳光从窗户里洒下来，火锅趴在木质地板上昏昏欲睡，这一次的跋涉它也累得够呛，郭树在电话里道歉说："实在抱歉，突发情况，我一个学生的爸爸在干农活的时候用锄头把自己的脚给砸了，我刚把他送到医院。"

　　我说："人没有什么大问题吧？"

　　郭树说："人虽然没什么事，但是问题还不小，这样起码好几个月干不了活，去一趟医院也花去好几百，他有一个女儿一个儿子，这样下来可能就会不让女儿上学了，我挺担心的。"

我吃惊地说："这为什么要不让女儿上学呢？"

郭树叹了口气讲："你从深圳这样的大城市来，哪会知道山里人的命，不过你要是能坚持个一年就会明白的，不讲了，你现在在哪儿，我过来找你。"

我把定位发给郭树，很快郭树便到了楼下，我从楼上下来带着火锅，他靠在一辆旧式的钱江摩托车上，穿着一件满是褶皱的衬衫，一脸的大胡子依旧像个中东人，看见我，他张开双手走过来，我们一个礼节性地拥抱，然后他蹲下去摸了摸火锅的头，火锅不认生，温顺地扬起头，郭树说："你这狗很听话嘛。"

我说："火锅是我在深圳最好的朋友了。"

郭树笑起来，然后拍了拍衬衫的袖子说："真是不好意思，今天本来是很早就到的，你看我衬衫都穿上了，这可是去见重要的人才会穿的，在学校都是穿一件很简单的 T 恤的，就是好心人捐的那种，没有大牌，我们一般也不建议捐大牌，孩子嘛，穿的干净整洁就好了，我出门的时候，我的学生就跑过来说他爸爸要把自己给锄死了，我以为是自杀还是干吗呢，小孩子的表达真是让人堪忧，然后就耽误到现在了。"

我说："你不要这样，感觉很生疏，你大学可不是这样。"

郭树一听，便爽朗地大笑起来，"大学的时候你还写文章做报纸呢，你是真文人，我是假的，不过不管真的假的，现在我们又是并肩作战的战友了。"

说完，他看了一下旅社说："你都已经安顿好了？"

我说："是啊。"

郭树想了一下说："那你就先住这里，我明天下午再来接你。"

我说："没事，要是你忙的话，我明天自己坐车过去，你把小学的地址给我就好了。"

郭树说："车很难等，再说也不到村里，还要走几公里的路，还是我接你方便。"

我说："那要不你今晚也不回去了，我再开一个房间，我们这么多年没聚，今天我请你吃个饭，我们好好聊聊。"

郭树想了想，然后把摩托车的脚撑打好，接着双手用力在胸前捋了捋衬衫的褶皱说："再开一个房间就不必了，有沙发的话我挤一下，要是没有的话我睡地上也没关系，到了这地方，理想比现实要重要，你想吃什么和我讲，怎么能让远道而来的你请客呢。"

我刚想就说请客的事情应该我来，但是郭树走上前一把搂住我的脖子，这突然的举动，不仅使我一愣，火锅显然也被吓得一机灵，窜到一边，然后攻击性地看着郭树，见我并没有危险，火锅又跑了上来。

我跟着郭树走到大概两百米的地方，然后一转角进了一条巷子，巷子里人声鼎沸，白炽灯的光昏黄一片，喧闹声和烧烤的香味迎面扑来，郭树说："和其他几个支教的老师，偶尔会来这里聚一下，很奢侈了，算是我们的秘密根据地了。"

郭树找了一个位子坐下来，然后把菜单给我说："你点吧，我去买点儿东西，啤酒就不要点了，我去商店顺带买过来。"

说完他起身往弄堂外走去，我点了一些，也没点多，想到支教老师一个月八百块钱的补助，郭树肯定也穷，在等郭树的时候，我站起来四下看了看，天空晴朗，可以看见满天的星星，这里的人们大多数穿着朴素，偶尔也有时尚的小年轻走过，喝酒的人高声喧哗，不过都在划拳或者玩着本地的劝酒游戏，这个地方昼夜温差比较大，夜里有"嗖嗖"的凉意袭来。

小曼给我打了一个电话，电话里问我已经安顿好了吗？我说明天再去学校，今天和朋友聚一下，小曼交代了几句照顾好自己，便把电话挂了。深圳忽然间就成了身后的城市，我打开手机地图，看着那靠南的海边，想着小曼一个人竟然也有些悲凉涌上了心头。

郭树抱着一箱啤酒走过来，拖着箱底的右手小拇指上还勾着一个塑料袋，他走过来把啤酒放在脚边，然后把塑料袋放在桌上，我看着塑料袋里装的都是各种文具，铅笔、圆珠笔、涂改液、本子、橡皮。

郭树笑了一声说："不常来县里，来了就带点儿文具回去，给那些成绩好的孩子一些奖励，你别觉得我抠门，出来吃个消夜还要自己去买酒，店里的酒贵，省下来的钱可以给孩子买点儿文具，是一件很有价值的事情，你现在可能不明白，等你真的和这片土地融为一体了，你也会和我一样的。"

郭树这样一讲，让我觉得吃这个消夜有些负罪感，这一顿吃掉的似乎是很多孩子们对于未来的向往，郭树也一眼看出了我的心思，他用摩托车钥匙把纸箱划开拿出两瓶啤酒，然后拿筷子对着酒瓶盖一拍，瓶盖便飞到了一旁，火锅以为是食物，便跑了过去，嗅了几下又趴在我的脚边。

郭树在塑料杯里倒了两杯，给了我一杯，这是廉价的啤酒，我喝了一口被呛得流出了眼泪，但是郭树一饮而尽，我并不是娇生惯养的人，喝了两杯便也适应了，只是知道这啤酒后劲强一点儿，喝多了容易头疼。

郭树很快就喝完了一瓶，然后拿出第二瓶，这时候点的菜还没有上，郭树便站起来对着厨房喊："老板，快一点儿上菜呀，我都要喝多了。"

老板娘扯着嗓子说："来了，马上。"

我看了一眼郭树的鞋子，满是灰尘，好像刚从田地里回来一样，裤管上也沾满了泥土，唯一不变的是他脸上的笑容，在大学的时候，他就一副生性洒脱的模样，不爱上课，却重情重义，对于朋友不管是锦上添花还是雪中送炭他都义不容辞，他手里存不住钱，家里给的生活费常常在第一个星期就会被花完，然后就去勤工俭学，要是朋友受欺负了，他会风风火火拿起宿舍的扫把就冲出去，郭树没什么心机，他总是把最单纯的一面展现出来，所以当郭树问我来不来支教的时候，我知道我那一瞬间就已经做出了选择。

菜端了上来，我给火锅丢了几块肉，郭树告诉我，其实农村并不像想象的那么美好，是人心最原始的土壤，但是只有教育能让他们放弃狭隘走出大山，郭树到后面喝多了，他搂着我的肩膀说："你在这里最多待一年就走吧，你要有自己的人生，我知道你并不属于这里。"

我不知道怎么回答郭树，但是郭树却哈哈大笑起来，然后拍了拍胸脯说："我敢保证，你在这里学到的比你这些年加起来的总和都要多。"

一箱啤酒我们就这样喝着聊着也喝完了，我喝了四瓶，郭树其实只有六瓶的量，但是剩下的两瓶他不想浪费，便硬撑着也喝了，我借着上厕所的时候悄悄把单买了，然后扶着郭树去旅社，夜里昏昏沉沉我很快便睡着了，第二天清晨，郭树便把我叫醒说："我们得出发了。"

我看了看时间才六点钟，实在是困，外面的天色灰蒙蒙的，我说："有必要这么早吗？"

郭树一边穿着鞋子一边说："这里骑摩托车回去得一个小时，到那里我得先给你安排宿舍，我八点钟还有两堂课，所以现在得回去了。"

我在深圳从来也没有这么早起过，睡惯了懒觉的我，把被子一拉蒙住头继续睡起来，但是很快被系好鞋带的郭树把被子一掀说："快起来了，你选择了支教，那么以后可再没有懒觉睡了，快点儿，别第一天就让孩子们笑话。"

郭树这样一说，我也只好从床上起来，带着昏昏沉沉的脑袋跟着郭树下楼，然后坐上他的摩托车，火锅蹲坐在我和郭树之间，清晨的风冰凉地吹在脸上，开始一路上都是相对宽敞的水泥路，两边的稻田绿油油的，群山肃穆地蜿蜒着，后面却是一段黄土路，颠簸得让人难受，太阳渐渐升起，这时候我才看清农田里有很多耕作的人，还有些是孩子，郭树说："有些家里条件实在太差的，孩子早上也要起来先干一会儿农活再去上学。"

说到这里郭树叹了一口气讲："这里的人根本不注重教育，孩子们也好像是在干农活之余去学校玩一下，所以很多孩子经常不来上课，你去家里劝说也没用，因为他们也根本不在乎，你可能在电视上看到很多正面的宣传，但是你真正深入了这片土地，你又会深深地失望，这毕竟是一片泥塘，你能做的不是带领他们走出去，而是双手托着，能送出去一个算一个。"

我那时候并不能理解郭树的话，乡村的清晨是美好的，天空渐渐有了一片鱼肚白，然后鲜红的太阳从山峦之间升起来，快到村里的时候，有一条窄窄的水泥路，但是大概也只有一米宽，郭树说："这是外面的人捐款修了这么一截，村里的房屋很破旧，有很多都是瓦房，条件稍微好一点儿也有两层楼房，但是都是红砖裸露在外面，条件再好一点儿的就是墙外刷了一层水泥。"我倒没有见到有贴了瓷砖的，路上有些狗，黄的黑的，但都是土狗，火锅就显得与众不同起来，这些狗龇牙咧嘴地对着我们吠叫，火锅也开始叫起来，但是我用手捏着火锅的嘴，因为实在太吵了。郭树说："农村的狗都是很凶的，因为从小到大也没有人温柔对它们，有点残羹冷炙给它们吃就不错了，所以天性里也是凶残和冷漠的，火锅跟着你来可要受苦了。"

这一点让我有些难过，我摸着火锅的脑袋，火锅是一只聪明又有礼貌的狗，它不会去打架，它是个乖孩子，但是乖孩子似乎就肯定会被坏孩子欺负，到了学校，宿舍在离学校不远的地方，是一个破旧的两层楼，好在是单人间，也还算干净。

郭树说："这里之前是个女孩子住的，也是支教老师，4月份回上海了，你自己收拾一下，我住在走廊的尽头那一间，我先回去准备一下，等下要上课，大概十点钟的时候我来带你去见见校长。"说完他把钥匙给我，然后便走了出去。

我在房间走了一圈，墙上是肖战的海报，木板床的脚边，遗落了一个蝴蝶发夹，我捡起来看了看，那是一只粉色的蝴蝶，棉布的质地看起来还不错，只是不锈钢的夹子部分已经有些锈迹，我捡起来捏在手心，然后走到浴室，浴室的洗手台上挂着一面比巴掌大一点儿的玻璃镜，唯一让我感到惊讶的是，浴室贴了瓷砖，是那种巴掌大小的正方形瓷砖，但是时间长久，也有些发黄了，地上下水道的网口有一些长发，这一切都好像在告诉我，之前这里住着的是一个女孩子。

我把行李箱打开，把带来的洗漱用品还有衣服一件一件拿了出来摆好，然后拿着衣服来到阳台上，随手挂在铁丝架上，站在阳台上，透过那锈迹斑斑的几根钢柱可以看见学校的操场，操场的最里面是一个升旗台，旗杆高高地插在一个水泥墩子上，鲜艳的五星红旗在旗杆的顶部迎风飘扬，升旗台的前面便是篮球场，篮球场没有塑胶，是一片水泥地，地上的画线已经看不见了，两边的篮球架也有些年月了，篮球场再往里面一点儿，在一排柏树下是两个乒乓球台。

接着我把目光抬高一些，便是无尽的群山，没有车马的喧闹，没有人海的匆忙，时间在这里流淌得很慢，我在床上躺了一会儿，接着看没有看完的《百年孤独》，结果很快便睡着了，火锅什么时候悄悄溜出去的我也不知道，直到郭树拍了一下我，我才醒过来。

郭树手里拿着教材，坐在我对面的塑料椅子上说："你啊，以后可没有懒觉睡了，快点儿起来，收拾一下，等会儿我带你去见一下校长，然后晚上几个支教的老师一起聚一下，大家都熟悉一下。"

我起来，发现火锅不见了，心下有点慌张，郭树笑了笑说："你的狗在操场上和孩子们一起玩呢。"

我走到走廊里，看着火锅在孩子中间，那些孩子时不时去拉扯一下火锅的衣服，有个短头发的女孩子站在学生中央，郭树指了指那个女孩说："她叫孙晓燕，是支教队伍里唯一的女孩子了，之前还有一个女孩，就是住你房间的那个，孙晓燕可能也要离开这里了。"

我看着火锅，它和我一样，显得和这个环境格格不入，它身上的那件衣服，比它周围那些孩子身上的衣服看起来要鲜艳得多，而我也一样，在深圳总觉得自己穿得很差，耐克的衣服配上阿迪的鞋子，在城市里再普通不过了，但是到了这里忽然间却那么显眼，我对着火锅叫了一句，火锅便箭一样地跑过来，冲上楼梯，然后跑到我的脚边上蹿下跳，我拍了拍火锅的脑袋，它便用头撞了撞我的小腿然后安静下来。

孙晓燕和我的目光对视了几秒，然后彼此都有些尴尬地一笑，郭树说："走吧，我们去校长那里报到一下。"

　　我便跟着郭树走下楼梯，火锅也跟着我，走到操场的时候，郭树说："狗就别跟着了。"

　　正好路过孙晓燕，我便说："你帮我看一下火锅可以吗？"

　　孙晓燕的眼睛一亮说："它叫火锅呀！"

　　我说："对！"

　　她笑起来，"虽然在四川，我都好久没吃过火锅了。"

　　我也笑着回："那我的火锅可不能吃哟。"

　　孙晓燕蹲下来摸着火锅的脖子，火锅眯着眼笑，孩子们这个时候都去上课了，但是从破旧的窗户里一双双眼睛都在望着火锅，校长办公室在二楼最角落的位置，郭树没有敲门便直接推了进去，其实也不需要敲门，铁门上的油漆在岁月里早就斑驳得所剩无几。

　　校长是个中年男人，左手的衬衫在底部打了一个结空荡荡地晃着，身材消瘦，皮肤黝黑，戴着眼镜，右手握着钢笔在试卷上画着，旁边一个搪瓷杯，外面刻着的是毛主席画像，郭树走到校长身边说："郑校长，这就是我和你说的那个作家朋友，现在他也是你手下的一名老师了。"

　　郑校长把眼镜拿下来，站起来连连说："小郭，别乱开玩笑，可不敢这样讲，都是支援国家教育的战友，你们是年轻力量，是主力军，有小陆的加入，真是我们学校的福气，是孩子们的福气啊。"

　　说着郑校长看着郭树说："小郭，宿舍都安排好了吗？"

　　"放心吧。"郭树走到一边看着墙上的地图说，"一大早就安排好了。"

　　郑校长笑起来带着几分天真，满是皱纹的脸上透着温暖，他略带歉意地讲："这里的条件是艰苦了点儿，你要是有什么需要尽管提，我会尽量满足的。"

　　我说："挺好的，挺好的，我有张床睡就好了。"

　　郑校长左手搭在书桌上接着说："毕竟这里是穷山沟，村里人的素质也参差不齐，当然也会有蛮不讲理的人，要是遇见了，你可以和学校讲，不要太年轻气盛了，要是吃亏了就划不来了。"

他这样讲的时候，我心里一颤，郭树过来拍了一下我的肩膀说："放心，有我在，穷山恶水总会有些刁民，但是没事，我们教好自己的书就行。"

走出办公室，然后走过长长的走廊，我看见教室里孩子们在上课，他们一个个穿着朴素，脸蛋儿脏分分的，他们的手看上去也是黑乎乎的，但是眼睛明亮，老师在黑板上讲着课，我看那些孩子的样子，似乎听得并不明白。

走到操场，火锅在追着蜻蜓，在操场的中央转着圈跑，孙晓燕站在树荫下看着，郭树说："晓燕，你得看好火锅哟，那可是老陆的命。"

孙晓燕长得不漂亮，个头很矮，脸上有些雀斑，衣服和裤子也是灰色调，当然也不会化妆，嘴唇皲裂发白，也许正是这些原因，所以她说话总是低着头。

她说："大城市里的人都养宠物吗？"

我说："很多人会养吧，其实大城市里的人更孤独。"

她点了点头，"我觉得火锅很聪明。"

我得意地把火锅的光荣事迹讲出来，比如讲它会给我买烟，给我倒垃圾，还有我穷得交不起房租的时候，它给我带骨头吃。

孙晓燕吃惊地说："你吃了吗？"

我一愣，这姑娘是脑袋少根筋还是咋的，郭树哈哈大笑起来，"他能和狗一样，去吃别人丢掉的骨头？"

孙晓燕连连在郭树的肩膀上拍打起来说："我不是那个意思，我不是那个意思。"

郭树往后跳着躲孙晓燕的手掌，火锅追着蜻蜓跑，孙晓燕追着郭树跑，这画面忽然间让我觉得有些温暖，我拿出手机拍了一张照片。

加上我，一共有五个支教老师，还有两个也是男孩子，一个是天津来的汪灿，还有一个是山西来的刘浩鹏。汪灿刚毕业，他想体验一下生活，所以千里迢迢来到了这里，好在也是个意志坚定的人，待了大半年没有退缩。刘浩鹏比我们都大，大家都叫他老刘，他经验丰富，在山西的时候便是老师，因为看新闻的时候觉得这大山里的孩子更需要自己，便一个人跑了过来，他如今已经快40岁了，但孑然一身没有妻儿，他说他这一生都要奉献给教育事业。

夜里大家围在一起吃饭，孙晓燕在洗蔬菜，汪灿在那里夹田螺，老刘是大厨，他从乡亲们那里买了点儿牛肉，然后把私藏的花生也贡献了出来，我问大家要不要帮忙的，老刘说："你是客人，今天什么都不用管，待会儿就尽管吃。"郭树跷着二郎腿和我讲："虽然这里吃的比不上大城市，但是这里的蔬菜都是有机的，田螺是野生的，就连牛肉猪肉都是自家养的，绿色健康。"

这里汪灿年纪最小，他拿着老虎钳把夹好的田螺放在一边的清水盆里，郭树说："你这里田螺要洗干净，这可是今晚喝酒的硬菜，别有泥沙。"

汪灿说："放心吧，昨天我和老刘去河里摸上来的，放在清水里养了一天，我课间的时候还换了几次水呢。"

老刘拿着锅铲转过头来对着郭树说："郭树，你别像个大老爷一样坐着行吗？快去看看饭煮得怎样了。"

因为插头不够，所以米饭是放在隔壁房间煮的，郭树站起来拍了拍膝盖，然后敬了一个礼调皮地说："收到！"

桌子很破旧，摇摇晃晃，孙晓燕把菜一个个端上来，我竟然在炒田螺里闻到了孜然味，我说："刘哥，你竟然还有孜然。"老刘笑起来说："你别叫刘哥，和他们一样，叫我老刘就好了，这是上次去县城买的，下一次去再多买些回来。"说着他拍了一下脑袋说，"你们等一下，我去把我珍藏的高粱酒拿过来。"

郭树站起来，在桌子的旁边扭腰跳起了舞，他忽然的动作，把火锅吓了一跳，"嗖"地跑到门口，然后狗脸懵懵地看着郭树，见大家都在笑，火锅又走了回来，郭树跳了一段和我说："老刘是抠门，那酒他一般是舍不得拿出来的，上一次乡领导过来他都没舍得拿出来，你小子真是有福气，第一次来老刘就这么舍得。"

火锅也饿了，眼睛直溜溜地看着桌上的菜，但是又不敢吠叫，郭树用手拿起一根排骨，放在嘴里唆了几下，把大块的肉咬了，然后丢在地上，火锅便一口咬着吧嗒吧嗒吃起来，老刘抱着一瓶高粱酒过来，满脸的笑容好像是抱着自己的孩子，他说："今天高兴，小陆大老远过来，算是给他接风洗尘，今天大家不醉不归。"

说着他便在每个人的塑料杯里倒了半杯，孙晓燕说喝不了，把半杯的大部分倒进了刘哥的杯里，老刘笑起来讲："女同志我们就不强求了，随意就好，但几个老爷们儿谁都不能尿。"

我端起塑料杯细抿了一口，一阵热辣先是从舌苔里蔓延，然后沿着喉咙血呼刺啦地一路冲进了胃里，我赶紧吃了几口青菜，然后说："这酒的度数也太高了，真有点吃不消。"

郭树喝了一口，然后闭上眼睛，接着咂了咂舌头，之后眉头舒展开来说："酒不错，是好酒。"

大家吃着喝着聊着，汪灿在大学的时候组过乐队，会弹吉他，喝了几口白酒兴致来了，便有些羞涩地讲："我给大家唱一首歌吧，你们等我一下。"接着起身走出去，很快他便抱着一个吉他回来，他坐在塑料椅子上，用手指拨了一下琴弦调音，然后干咳了两声说："唱得不好大家不要见笑。"

郭树夹了一块牛肉往嘴里嚼起来，我把骨头扔在地上，火锅安静地啃着骨头，汪灿唱的是毛不易的《消愁》，唱到"一杯敬故乡，一杯敬远方"的时候，郭树便打断了汪灿说："太伤感了，太伤感了，唱一首有点激情的。"

汪灿的歌声愕然而止，然后显得有些局促地说："想听什么有激情的？"

郭树推了我一把说："老陆，你想听什么？点歌。"

我说："随便，《消愁》就挺好的。"

郭树说："那不行，我们唱一首《朋友》吧。"

老刘说："这个可以。"

郭树于是起头，唱起了《朋友》，这首歌每个人都会唱，孙晓燕也跟着唱起来，唱到后来声音越来越大，差不多是吼了起来，唱完之后，大家一下子距离拉近了，我笑着讲："这样不会扰民吧。"

"去他的扰民。"

郭树喝了一大口白酒说："这地方还扰民，你就是扯破嗓子也没人搭理你，这里方圆几里就我们几个住着，其他的老师和学生都有一阵子路可以走，所以放心吧，我们晚上就算把学校拆了也不会有人来管。"

孙晓燕一直没有讲话，低着头在那里坐着，也没有吃菜，好像比火锅还安静一样，郭树问我："有烟吗？"我把烟从裤袋里拿出来放在桌子上，郭树拿过来每人发了一支，郭树先点上说："在这里就是生活，一眼看到了头，如果没有一点儿信念支撑很难走下去的，我刚来的几个月一直都在问自己，这样值得吗？"

郭树说的时候猛吸了一口烟，老刘也拿打火机点上烟，郭树接着说："在这里要什么没什么，要钱没钱，要生活条件没生活条件，很多时候你的付出也根本不被理解，我记得去年的时候，我的一个学生才十岁，她爸要她去县里打工，你说十岁打什么工，犯法的呀，但是这里的人可不会顾这么多，我上门好说歹说，可是呢，他们把你当仇人，好像让她女儿上学是害了他们一样，拿着锄头就要和你拼命，真是委屈啊，我们大老远来，想帮着他们改变孩子的命运，想让他们的孩子不要再继续走他们的老路，可是呢，对牛弹琴一样。"

郭树说着说着，又喝起来，那天夜里，我知道住在我那房间的姑娘离开的原因，她是一个很漂亮的女孩，喜欢涂抹口红，但是这个地方，口红好像是女人的原罪，因为这里所有的女人都没有口红，她好像是一朵开在污泥里的莲花，在一个夜晚，和往常一样安静，却改变了她一生的命运，村里的一个单身汉从窗户里爬进她的房间，然后偷看了她洗澡，她大吃一惊地叫起来，然后先是郭树，再是老刘，一起跑了过去。

他们将那个男人控制住，说要去报警，可是这连猥亵都算不上，所有人都没有当回事，那个男人却嘿嘿笑着说："要不我娶她做老婆吧，反正涂口红的女人也没人会要。"这个村里闭塞又愚昧，所有人都觉得是这些支教老师在大惊小怪，姑娘很快便离开了这里，她走的时候和郭树讲："就让他们烂在这里吧。"

"我们好像真的无能为力。"

在第二天的黄昏，郭树带我去附近走走，两边都是田野，绿油油的禾苗在晚风里摇曳，远处的群山岚霞正美，我们走在半米宽的田埂上，火锅跟在身后，稻田里都是泥土的气息，蛙鸣就在身边此起彼伏，汪灿、老刘还有孙晓燕，在远处的小溪里摸田螺，这样的时光似乎很美好，村里大多数人还是善良的，他们扛着锄头从田埂上走过，总会向我们打声招呼说："老师好。"

郭树苦笑了一下讲："有一百次想离开，但是又有些留恋，就算所有的失望里，有一点儿希望，那么留下来就是有价值的。"

火锅似乎忽然间发现了什么，一下冲到稻田里去，我一时没有反应过来，但是准备大叫的时候已经晚了，它在稻田里翻滚着，一个干净的小黄狗一下子成了黑色的泥狗，那一件花色的衣服，已经看不见一点儿踪迹了，我目瞪口呆地站在田埂上看着火锅，郭树笑起来讲："狗的天性真是爱玩。"

过了有三分钟，火锅的脑袋从稻田里扬起来，然后我看见它嘴里咬着一只鸟还是什么的，反正乌黑的一坨，有翅膀。郭树指着火锅叫起来，"好样的啊！抓了一只野鸭回来，晚上搞消夜可以加餐了。"

我对着火锅恼怒地吼："过来！"

火锅咬着野鸭跑过来，把野鸭丢在我的脚边，我抬脚用力踹了它一下，它傲娇地"嗷"了一声，退后了几步，我指着它说："你看看你，你是野狗吗？一点儿不知道干净，你给我滚！"

说完我便往河边走去，火锅跟在我后面有两米远，郭树把野鸭捡起来拎在手上，夕阳落在山岗，走到河边，老刘举着水桶说："这里田螺是怎么也吃不完的。"汪灿和孙晓燕没有说话，他们的裤子卷到膝盖上，我也低下头把裤子卷到了膝盖上，然后往河里走去，火锅站在河边看着我，我冲着火锅招手，火锅便一个冲刺过来，溅得我一身都是泥水，这狗子在我身边不停地扑腾，欢快得不得了，孙晓燕大笑起来说："陆之开，火锅可能从来都没游过泳。"

我佝着腰背对着火锅，然后擦掉满脸的水说："那肯定的，在深圳哪有地方给它游泳。"

火锅还在那里扑腾，我走到一边看着它。

老刘说："你看看它，天性都被释放出来了。"

我说："是啊，看得出来，它还是很喜欢这里天高野阔的。"

等火锅玩累了，我去给它好好洗了一个澡，把它身上的衣服拿下来也洗了，那以后它就再也没有穿过了，彻彻底底成了一只农村的狗子，夜色笼罩下来，月亮如圆盘一般挂在天空，田埂上，稻田里，一片淡淡的白色，我们往学校走去，老刘走在最前面，汪灿随后，郭树和我边走边聊着一些无厘头的话，孙晓燕走在最后，她的手指时不时点一下火锅的头，火锅猛甩几下身子，水珠在月光下四散开来。

回到学校，旗杆上的五星红旗挂在旗杆上，没有风的夜晚，远远望去，那就像红缨枪上的红缨，月光洒在操场上，让我想起那年见过的雪，大家各自告别回屋，我看了一下时间，只是夜里的八点，深圳的此时，很多人还在下班的地铁上，整个城市热闹的夜晚才刚刚开始，而这里已经进入了漫长的黑夜。

好在乡政府为了能够更好地留住支教老师，特意拉了一根网线接进村里，我们的宿舍也都有 WIFI，小曼常常会给我打电话，聊一些工作上的事情，然后问我是否还习惯这里的生活，然后问我需要买什么，她可以帮忙去采购，我笑着和她说："我这里有网，也可以用淘宝，只是快递不会送过来，得骑摩托车去乡里的快递点拿。"

小曼很好奇地问我："你还会骑摩托车？"

我说："也不是很会，现在在学，因为摩托车是这里最有用的交通工具。"

小曼便撒娇地说："那你下次骑摩托车的时候给我拍一个视频，我想看看。"

我说："有什么好看的，东倒西歪的。"

小曼央求着说："那就拍一张照片就好了。"

我沉默的间隙里，小曼继续说："好不好吗？"

有些时候，我们也会视频，她总说想看一下火锅，我便开着视频，火锅喜欢去操场上追蜻蜓，它一个人也玩得很自在，村里也有很多狗，但是火锅不会去和它们玩，有些时候村里的狗来学校，我也会制止火锅和它们在一起，因为那些村里的狗，目光总是露着凶光，它们有着最原始的攻击性，我怕火锅会受到伤害，或者火锅也会变得和它们一样。

火锅渐渐成了孩子们的朋友，学校里的孩子都很喜欢火锅，调皮捣蛋的孩子也有，他们喜欢去抓火锅的尾巴，或者忽然朝火锅丢小石子，火锅脾气温顺，但是聪明，也有爱憎，它知道谁对它好谁对它不好，所以那些顽皮的孩子每次来抓它，它就会跑回宿舍，学生里面有个小女孩，小名叫蛋花，真名好像都没有人记得了，蛋花是一个特殊的孩子，很小的时候她爸爸就死了，她妈妈为了生计离开了这个村庄，再也没有回来过，她和爷爷奶奶在一起生活，家里很穷，没有钱上学，是乡里救助才让她上了学，她有些自闭，从来不和别的同学玩，常常一个人蹲在地上看蚂蚁。

孙晓燕见我一直看着蛋花，便和我说："她的爷爷奶奶身体也不好，蛋花回去还要照顾他们。"

我说："那我们可以帮一下她。"

孙晓燕说："有低保，然后我们也常会去她家看看，但是这孩子总是把事情藏在心里。"

我笑起来说："她只是个六七岁的孩子，能有什么心事，你这个做老师的想得有点多呀。"

孙晓燕扬起头来看着我说："你当然不明白，其实有些孩子从很小的时候就懂得很多，这些都是生活教给他们的。"

孙晓燕说完便拿着教材往宿舍走去，那几个调皮的孩子跑出了学校，很快便消失在了稻田里，蛋花看着火锅，我已经好几次看见蛋花在关注着火锅，但是她又有些害怕，一看见我的目光赶紧又低下头，我走到她的面前，然后蹲下去，我看着地上自己的影子将她覆盖住，她好像有些畏惧，我回头叫了一句："火锅。"

火锅便跑了过来。

我摸了摸火锅的头，火锅趴在我的脚边，我低下头和蛋花说："你想不想摸一下我的狗狗。"

蛋花抬起头来看着我，她眼里的茫然渐渐散去，开始有了光泽，她说："我知道它的名字，它叫火锅。"

我笑着说："对，它叫火锅，那么你想和火锅成为朋友吗？"

她脏兮兮的脸上也露出了笑容，然后很用力地点了点头，我抓起她的手，把她放在火锅的头上，她兴奋地轻轻摸着火锅的脑袋，火锅温顺地把头趴在地上，郭树站在走廊上叫我，我和蛋花说："你和火锅玩吧，以后火锅就是你的朋友了。"

蛋花开心地对着我笑。

我走去找郭树，郭树说："今天下午我没课，你也没课，我们去县城玩吧。"

我说："县城有什么好玩的？"

郭树说："是没什么好玩的，但是总要去转转的，去不去，带你去看电影。"

我想来都已经很久没有看电影了，就和郭树说："那去吧，我的火锅怎么办。"

郭树笑起来讲："现在不管是孩子们，还是孙晓燕他们，哪个不把火锅当宝贝，你放心吧，它比你受欢迎。"

中午在食堂吃饭，郭树宣布要去县城里的消息，问大家有什么要带的。

孙晓燕说："我下午也没课，我也想去。"

郭树忽然间沉默了，我说："没事啊，反正摩托车坐两个人也可以。"

老刘拿勺子边吃边说："记得给我带点儿调料回来。"

郭树哈哈笑起来说："老刘，你就是一个厨娘。"

老刘拿着盘子里的花生米丢郭树说："有本事你别吃啊。"

我看着汪灿说："你有什么要带的，我去给你买。"

汪灿讲："给我带一瓶洗发水来吧，我的快用完了。"

我点了点头，然后看着孙晓燕说："你一般去县里都会做些什么？会买衣服吗？"

郭树撞了一下我的肩膀："她哪会买衣服，肯定又是去买一些生活用品然后回来给村里那些孤寡老人。"

郭树有些气恼地讲："我们一个月补助就 800 块钱，为什么不给自己买点儿好吃的，或者漂亮衣服，你倒好，都给这些人，你看看你一双鞋子都穿了多久了，衣服也是别人捐的，我不是阻止你善良，我是想你应该先对自己好点儿。"

孙晓燕低着头支吾着说："我觉得自己挺好的。"

郭树一只脚撩起来踩在凳子上说："你好，你哪里好了？你看看你的脸，黄得和这里的妇女有什么区别？"

老刘拍了一下桌子说："郭树，你过分了啊。"

郭树低着头扒拉着饭吃。

我没有说话，汪灿站起来说："下午要教孩子们唱歌，我先回宿舍休息了。"说着拿着饭盒便去了水池那里洗碗，老刘把用塑料袋装着的花生米抓起来塞进裤袋里，然后也往水池边走去，郭树看了一下手机说："等下一点钟，一起出发。"然后便也走了。

　　我看着沉默的孙晓燕，飞快地扒拉了几口饭，那一刻我觉得有些尴尬，便起身也离开了。

　　回到房间躺在床上刷了一下朋友圈，看见小曼的一条动态，她们公司准备去西安团建，我点了一个赞，我忽然间又想起了晓月，便从床上站起来走到窗台前，看着一望无际的山野，我已经不会再去难过了，想起晓月的时候也只是在内心微微一颤，好像清风吹过稻田，很多事情都已经变得不再重要了，那撕心裂肺的痛在时间的河里已经愈合，但是我知道，在河里沉没的还有我关于爱情的期待和勇气。

　　郭树的摩托车停在一楼的墙角，他只要一踩油门，排气管的轰鸣声就立马响彻大地，我走出房间看着郭树，他穿着上次那件衬衫，还戴上了墨镜，排气管里喷涌出黑色的烟，我说："你消停会儿行吗？"

　　郭树冲着我和孙晓燕挥了挥手讲："快点儿快点儿。"

　　我们走到郭树的身边，我对孙晓燕说："你坐中间吧。"

　　因为去县城的路实在太难走，坐在中间会舒服些，孙晓燕也没讲什么，就坐了中间，一路上颠簸得中午吃的饭都要吐出来了，郭树看起来心情不错，哼着歌，过了很久终于转到了大路上，郭树忽然间说："晓燕，这一路有没有一种被我和陆之开非礼的感觉？"

　　我大吃一惊。

　　孙晓燕的双手一直都挡在胸前，而我也是双手抓着摩托车后座的不锈钢架。

　　我伸出手去拍了一下郭树的脑袋说："你闭嘴，没人会当你哑巴。"

　　郭树还是呵呵呵呵地笑着，他侧着头和孙晓燕说："晓燕，是不是这种感觉？"

# Chapter 13

×

# 内 心 的 宁 静

郭树把摩托车停在中央广场的车棚下面，然后说："我请你们去看电影，不过你要等下我。"说完他就拿着手机打电话。

我抬头看着天空，一片碧蓝，云朵淡淡地漂浮着，远处有推着小车的商贩，有一个老大爷拿着风筝在那里来来回回地走着，电影院就在广场的另一头，在所有的建筑里，电影院看上显得簇新，广场中间有一条长廊，远远望去我的感觉好像是英雄浮雕纪念长廊。

郭树挂掉电话说："女人就是麻烦，我以为只有大城市的女人麻烦，没想到这小地方的女人也一样麻烦。"

说着郭树拍了一下孙晓燕的肩膀调侃地说："还是晓燕好，清水出芙蓉，都不用打扮。"

孙晓燕的脸一下子就红了，她低着头看着脚尖，我说："郭树，怎么回事，什么时候在县城里还有女的了。"

郭树两个手指把脑门上的太阳镜一扣架在鼻梁上说："男人嘛，总要有个女的陪伴的嘛，汪灿那小子还小，老刘我都怀疑他是太监或者同性恋，你嘛，以后我帮你也介绍一个。"

我推了一把郭树说："正经一点儿，你是支教老师，没个正行。"

郭树"嗷嗷"地叫起来，"对啊，我是支教老师，我又不是寺庙里的和尚，就算是寺庙里的和尚，也要下山看一看人间烟火。"

和郭树继续扯下去，会没完没了，我看见对面的便利店，感觉到有些口渴，在学校是没有饮料的，看见遮阳伞下面的冰箱，忽然间有种久违的感觉，我和孙晓燕说："想喝什么？我请你喝饮料。"

郭树说："给我一瓶可乐和一瓶雪碧。"

孙晓燕说："那给我来一瓶橙汁吧。"

我走到对面的小商店，买了四瓶饮料，一瓶可乐，一瓶雪碧，一瓶橙汁，我自己要了一瓶冰红茶，等了大概十分钟，有个女孩从远处走过来，她算得上是一个漂亮的女孩，眼睛很大，椭圆的脸蛋显得天庭饱满，乌黑的头发披在肩头，脸上的粉黛把皮肤衬托得白里透红，眼线画得也恰到好处，一身穿着清凉又休闲，孙晓燕站在她面前，好像乌鸦与凤凰一般。

郭树把雪碧拧开给女孩，然后和我说："我女朋友，叫尼珍，爸爸是藏族，妈妈是汉族。"

我点了点头说："难怪难怪。"

郭树说："难怪什么？"

我说："难怪气质这么好。"

郭树鄙夷地对着我笑，"漂亮就漂亮，性感就性感，文人就是麻烦，还有气质，你要是喜欢，我让尼珍把她的闺蜜介绍给你。"

尼珍把手里的雪碧递给郭树，然后从裤袋里掏出一根橡皮筋，双手往后撩着头发，干净利落地把散开的头发扎成一束成为马尾，然后又拿过雪碧仰头喝了一口看着我说："你要是愿意的话，我把她们的微信推给你。"

郭树便起哄催着尼珍说："别只顾着说啊，现在就推给他。"

说着他就拿过我的手机打开微信二维码和尼珍说："他是我最好的朋友，你要把靠谱的姑娘介绍给他。"

尼珍扫过我的微信，然后我们加了好友，走了几步，我便收到了尼珍推荐的姑娘，她说："好好聊，我闺蜜，是纯粹的汉族人。"

到了电影院，郭树去买票，但是最后我看见是尼珍付的钱，郭树拿着票过来，给了我一张，然后给了孙晓燕一张，电影是一个爱情片，生搬硬扯的悲伤看得我昏昏欲睡，这样十分钟能够讲完的故事，导演硬是拍了两个小时出来，想想也真不是一般人所能完成的，看完电影出来，天已经昏黄了，孙晓燕说要去买些东西，郭树看了看手机说："那这样，我和尼珍去走走，三个小时后，在这里集合，我们一起回去。"

说完郭树便和尼珍往前走去，走了几步，郭树回头对我一笑，那好像是男生之间的默契，我知道他是去和尼珍开房了，我对这个县城也不熟，汽车驶过扬起的尘埃使得夕阳看上去一片昏黄，我和孙晓燕说："我陪你去买东西吧。"

孙晓燕"嗯"了一声，便带着我快步往前面走去，我跟在她的后面，看着她背后的 T 恤因为洗的次数太多，已经有几个小破洞，她的头发有些枯黄，好像很久没有打理过的样子，我看着忽然间有些心酸，就这样走了大概有十多分钟，我们到了一个批发市场，一整条巷子都是文具店，各式各样的都有，比外面的店里要便宜很多，孙晓燕很自豪地和我讲："这里的文具市场很有名的，市里很多人都来这里进货。"

我说："你经常来这里买吗？"

孙晓燕说："是啊，每次来县里都买，这里的大姐阿姨都知道我是村里的支教老师，所以也会以批发价给我。"

来到这里的孙晓燕，好像到了自己的地盘，她开始和店主去打招呼，为了便宜几块钱变得能说会道起来，说给点儿优惠就是在支援教育，我在一边听着插不上话，看着她把文具一样一样装进手提袋里，然后付钱，买好了文具，她又继续往前走。

我说："还要买什么吗？"

她说："我想给蛋花的爷爷奶奶一人买一双鞋子，看着他们的鞋子已经破得不能再穿了。"

我说："每年不都是有捐赠吗？"

她说："那都是孩子们的，老年人的很少，就算有，他们也拿不到的。"

她边说边走，我跟在身后，街边又出现了一些服装店，是那种门面很小，所有的鞋子都随意地摆在地上，衣服也是一长排地挂在一起，孙晓燕拿了两双解放鞋问店家多少钱，鞋子便宜得有些出乎意料，两双只要 50 块钱，但是尽管这样，孙晓燕还是硬生生地还价成了两双 45 块钱。

路过一家李宁店。

我说进去看看，孙晓燕说："你要买鞋吗？"

我其实不需要买，只是想送一双给她，但是我直接告诉她，她肯定会拒绝，我便点了点头。

我在看鞋子的时候，便和孙晓燕说："你自己也去看看。"

孙晓燕便跑到了女鞋区，我看着她拿着一双鞋子看了好久，店员让她试试，她摆了摆手说不试了，我看见了，便对着她说："你就试一下嘛，反正又不要钱。"然后对着店员说，"你给她去拿一双。"

孙晓燕穿上鞋子，站在镜子前看了看，在她换下来的时候，我悄悄去柜台把钱付了，当店员把鞋子打包好拿给她的时候，她吃惊地连连摆手说："我不买的。"

店员说："可是已经付钱了呀。"

我站在门口说："走吧，送你的。"

店员把鞋子塞到了孙晓燕的手上，孙晓燕走到我的身边，然后把鞋子拿出来，在袋子里找小票，我知道她会这样，早就把小票塞进了裤袋，孙晓燕找了一圈便放弃了，然后问我，多少钱。

我说："送你的，你收着便好了。"

孙晓燕好像并不开心，她说："那我不要，我不喜欢别人平白无故送我东西。"

我笑着说："那你不是在平白无故送别人东西。"

孙晓燕丢下一句，"那不一样。"

然后大步往前走去。

我追上去，把价格告诉了孙晓燕，她说："那等我下个月发了补助，我还给你。"

我想了想，这样也没什么，反正她的补助都用来买文具和补贴村里的老人了，下个月还给我之后，她就少买点儿文具，剩下的文具我来买便好，只是换了一种形式罢了，我抬头看了看已经暗下来的天空说："那也行。"

孙晓燕"嗯"了一声说："那我请你去吃晚饭。"

我说："可以呀，也真是有点饿了。"

孙晓燕说："那你喜欢吃什么？"

我说："我什么都能吃，比如说烧烤、烤牛肉、烤羊排，还有生蚝，多放点儿孜然就好，火锅也行，大片的毛肚，比手掌还大的一张放在火锅里涮个七八秒，然后塞进嘴里，味道真的很不错。"

孙晓燕说："我只能请你吃面或者小炒。"

我把放飞的思绪收回来，尴尬地笑了一下讲："面也可以，我不挑食。"

找了一个路边摊，把买的东西随手放在地上，孙晓燕要了一碗炸酱面，我要了一碗热干面，然后一份加一个煎蛋。

路灯在身后亮了起来，小城被笼罩在夜色里，我看着孙晓燕往面里倒了很多醋。

我说："晓燕，你是哪里人？"

她说："广西。"

我想了想广西，我去过广西的桂林还有南宁，印象深刻的是桂林的阳朔西街，一条街的酒吧夜里热闹得很，还有就是广西的啤酒漓泉，那种瓶盖是一个拉环的，一拉就开，我和她聊起这些的时候，她竟然没有去过桂林，漓泉倒是知道，她说，那是很多年前去的了。

孙晓燕真是一个不怎么会聊天的女孩，每次都是你问一句她答一句，你要是不问她就保持沉默，我总觉得两个人在一起要是一言不发总会有些许尴尬，但是孙晓燕好像并不在意这些，她泰然自若的样子并没有觉得两个人在一起的沉默有什么问题。

最后我只好放弃，埋头吃起了面，当我把筷子放下的时候，孙晓燕说：

"你别买单，我来。"

买完单，站在店门外，时间也差不多了，我们便往广场那边走，路上有卖手工艺品的老大爷，他用青色的竹叶折出各种昆虫的样子，孙晓燕蹲下去拿起来看了很久，然后拿着一个竹螳螂问老大爷多少钱，老大爷伸出一个手掌说："五块。"

孙晓燕便从裤袋里拿出五块钱递给老大爷，然后站起来把竹螳螂拿在手上翻来覆去地看，我说："这个挺漂亮的。"

孙晓燕点了点头说："嗯，真的很厉害，把竹叶竟折成了一只螳螂。"

路灯下的影子被拉得很长，骑着电驴的人从身边络绎不绝地过去，风从山谷里吹来，带着淡淡的树香，路边有一家餐厅，把牛骨头摆在外面招揽客人，我忽然间就想到了火锅，于是走到摊位上去买了五根，想着回去大家一起就当消夜吃了。

孙晓燕在我买的时候没有说话，但是走出去一段路程以后，便和我讲："这些也太贵了，你是买回去给火锅吃吗？"

我说："不是啊，大家一起吃，一人一个。"

孙晓燕说："我知道，你主要还是为了火锅。"

我笑起来说："也还好啦，一百块钱不到，我忘了告诉你，我除了乡里每个月发的那一点儿补助，我还有稿费的，郭树应该也和你讲过，我曾经也是一个作家。"

孙晓燕说："他说你写过书。"

我说："对啊，不过没多少人买就是了。"

孙晓燕说："那也很厉害了，我就不行，我写一篇 800 字的作文都费劲。"

走到广场，郭树还没到，我打电话给他，他说在吃饭，等一会儿，我们就在长椅上坐着，没有讲话，我看着手机，她把耳机戴上听歌，小曼打电话给我，我站起来走到护栏前。

小曼说："你现在能看见月亮吗？"

我说："我正看着呢。"

小曼说："我也看着，那你现在好好感受一下，我和你讲的话都由月亮来转达。"

我说："你别闹了，最近还好吗？"

小曼"哼"了一声讲："能有什么好，连个讲话的人都没有，每天上班下班，然后回到家里看电视，我真的觉得生活都到头儿了。"

"嘿"小曼突然加了一个语气词，"要不我也来和你一起支教。"

我连连打住小曼说："别，千万别，这里可没你想象得那么美好，你还是好好待在深圳，最好找一个深圳本地人，有个两套房子，以后我去深圳有个地方可以暂住。"

小曼鬼灵精怪地问了一下，"什么身份？"

我拿着手机，停顿了会儿讲："当然是朋友呀。"

小曼便立刻问："你别忘了，我们可是有婚纱照的，我告诉你，你可别在那里找个村里的姑娘就乐不思蜀了。"

我说："你想哪儿去了，我是来支教的。"

小曼气鼓鼓地说："你知道就好，要是你在那里结婚了，我就马上飞过来，然后把我们的婚纱照贴到村里的每一个角落。"

我在电话里笑起来说："真狠！"

小曼说："你以为呢，好让你知道什么是蛇蝎女人。"

我看见郭树从马路对面走过来，站在人行道路口，他和尼珍拥抱了一下，然后挥手告别。

我和小曼说："先挂电话了，等下还要骑一个小时的摩托车回村里。"

小曼"唔"了几声说："那你要注意安全。"

我说："知道的。"

小曼又说了一句，"陆之开，你给我照顾好自己。"

我在电话里愣了一下。

小曼说："再见。"

然后就把电话挂了，我把手机握在手里，望着月亮发呆，我在想小曼挂掉电话之后会不会也有深深的失落感，她会不会站在窗台前望着灯火辉煌的城市发呆，我们好像是站在河流的两岸，一边是繁华，一边是凋敝。

　　很快我又收到一条信息，也是小曼发来的。

　　"记住，不仅要照顾好自己，还得照顾好火锅，不然我不会放过你的。"

　　我回她："知道啦！"

　　郭树走过来的时候嘴里叼了一支烟，他没有去骑摩托车，然后走到我的边上说："有没有聊？"

　　我说："还没有。"

　　郭树用肩膀撞了一下我说："那你要主动一点儿啊，像你这样看起来斯文，还自己写书的人，在这里是很受欢迎的，就算不结婚，那生理需求总需要解决的嘛。"

　　我说："你别贫嘴了，你好好待尼珍吧。"

　　郭树说："尼珍是个好姑娘。"

　　我说："我知道，买电影票的钱也是她付的吧，这样的女孩子很少了。"

　　郭树叹了口气，然后把烟圈吐向空中，他的眼里有些落寞，他双手向后撑在护栏上，然后一使劲，便跳上了栏杆，双脚在空中慢悠悠地摇晃。

　　他忽然开口说："陆之开，你想过为什么活着吗？"

　　我在他身边的栏杆前靠着，我想起了赵宁，他也许知道为什么活着，所以去追寻人生的意义，可是如今却永远留在了那一片荒野里，每一次想到赵宁，我总会难过得不知所措，在机场的背影里，我后悔没有把他留住，或者没有好好告别，我总觉得他很快就会回来，他是那么优秀的一个人，我认识的女孩子几乎都被他的魅力所吸引，他待人和善，从来不会斤斤计较，住在他那里的几个月，连水电费都是他交的。每一次我说交水电费的时候，他总是摆摆手说："你又没工作，再说这点儿小钱有什么，以后你发达了，再还给我。"

我没有发达，但是也没有机会再还给他了，不过我想我有生之年一定会去一趟可可西里，去看一看赵宁。

我说："我有一个朋友也许知道，但是他死了。"

郭树看着我，然后叹了口气。

我说："从那以后，我就不再去想人生的意义了，活着也许就是最好的意义。"

郭树说："相比于死亡，这世间的一切都轻描淡写的，什么结婚，什么生子，什么赚钱，什么车子房子，又有什么意义。"

我在郭树的大腿上用力拍了一下说："走吧，回去请你们吃牛骨。"

我把手里的牛骨晃了晃。

郭树说："得了吧，给火锅带的吧。"

说着，郭树往前走，看见孙晓燕脚边的李宁鞋子。

"不是吧，孙晓燕竟然舍得给自己买鞋了。"郭树张大了嘴巴说，"真是太阳打西边出来了，全校第一抠的孙老师，也终于知道对自己好点儿了。"

孙晓燕白了郭树一眼说："你管不着。"

回去的路上一片漆黑，摩托车的车灯像一柄长剑在黑夜里穿来刺去，风从山里吹来越过田野，蛙声此起彼伏，进村的路上也是一片安静，连白天的狗吠声都消失了，到了学校，火锅听见了声音从楼梯上飞奔而来，一起跑下来的还有汪灿，我还没有来得及从摩托车上下来，火锅便往我的怀里跳，那么大只狗，差一点儿把郭树的摩托车给弄翻了。

汪灿说："火锅晚上没找到你，连饭也没吃，一个人趴在你房间的门口，怎么哄都没用。"

我听着汪灿说："心里有些难过，火锅不会讲话，没有见到我，可能以为我把它丢下一个人走了。"

郭树把摩托车停好，我把牛骨分给每人一根，然后交代他们，别把骨头扔了，要留给火锅，而我自己拿一根，我没有先把肉吃了，而是直接蹲下来，放在火锅的嘴边，火锅饿坏了，这时候狼吞虎咽地吃起来，在农村里的人，总以为狗是没有感情的，所以他们对狗总是又打又骂，但是狗真的什么都明白，谁对它好，谁对它不好。

　　时间就这么一天天过着，我开始习惯了这里的生活，周末骑着摩托车去县里逛逛，平时就带着火锅去田埂上走一走，和我联系最多的就是小曼，而且她和郭树也成了朋友，她一口一口树哥，让郭树开心得和火锅一样上蹿下跳。

　　小曼说："树哥，你为什么一直留着大胡须啊？"

　　郭树用手捋了捋说："是不是特帅？"

　　小曼说："帅是帅，但是会不会吓到小朋友。"

　　郭树愣了一下，然后叹了口气说："哎，我其实是阿富汗人。"

　　小曼马上打断郭树讲："咦，不对呀，你上次不是和我讲你是伊拉克人吗？"

　　我在旁边笑起来说："好了，你别听他瞎扯，他就用这套去骗无知少女的。"

　　小曼却哄着郭树讲："树哥才不是那样的人呢。"

　　郭树开心地哈哈大笑起来，然后对着我讲："就是，你别总败坏我的名声。"

　　郭树和小曼成了朋友之后，郭树便常常和我讲："小曼真有意思，像个猴子似的闹腾，喂，你真不喜欢她吗？多有趣啊。"

　　我说："我把她当妹妹看。"

　　郭树一脸鄙夷地看着我说："少来了，男女之间除非亲兄妹，不然都是瞎扯。"

　　我说："我知道她很好，但是我还是没有办法喜欢她。"

　　郭树说："但是我看得出来她喜欢你。"

我低头抽着烟，然后又抬头看着月亮，篮球架在月光下的影子刚好将我们覆盖，郭树说："你要是真的不喜欢她，就让她死心，而不是给她希望。"

我的手一抖，手里的香烟掉在了地上，然后又立刻捡起来放在唇间，我想掩盖我内心的慌乱，郭树说的话，像一柄剑刺中了我一直在逃避的问题，对于晓月，并不是我自己多么伟大，只是我在逃避责任，因为我清楚自己没有办法去护她一生，而小曼不一样，一直以来我都在接受小曼对我的好，这种好也是自私的，其实，我只是一个彻头彻尾自私的人。

想到这里，我异常难过，我猛地吸了几口烟，然后把烟头扔在地上，站起来，用脚尖把烟头踩灭，往前走去。

郭树在身后叫住我说："我知道你在这里是待不长久的，因为你根本不属于这里，你只是在逃避。"

我站住脚步，没有回头，背对着郭树说："有些人知道自己在逃避，但是已经习惯了逃避。"

我并不知道这句话是对我讲的，还是对郭树讲的。

这里的秋天来得很早，清晨开始渐渐变得很冷，树叶也开始凋零，孙晓燕本来是要离开的，但是她又决定继续待一年，大家都很开心，郭树从县城买了两箱啤酒，一起来的还有尼珍，我坐在郭树的身边，看着他满脸的胡须说："你也该去剪一剪胡须了。"

郭树却不以为然，"都这么多年了，如果把胡须剪了，那还是郭树吗？"

尼珍去帮老刘洗菜和做饭，孙晓燕还在自己的房间里批改作业，她是我们这里面最认真的老师，每一次批改作业，都会把正确的答案以及解析过程都写在旁边，但是我们都清楚，没有几个孩子会去看，但她总是说："反正在这里有大把的时间，就全当打发时间了。"

汪灿在那里看少儿频道的舞蹈合唱节目，因为元旦的时候说市里有领导要过来，学校要出一个欢迎节目，这个任务当然就落到了汪灿身上，郭树满不在乎地和汪灿说："要我说，给他们看个屁，形象工程走个过场，几年没来一次，一来还要给他们表演节目，真是官大爷。"

汪灿讲："有人关注总是好的，说不定把进村的路修得又宽又直呢。"

郭树一脸不屑地讲："你就想着吧，不过是拍几张照片在报纸上登一下就忘到脑后去了。"

汪灿没有搭理郭树，在我们这些人里面，我相信汪灿才是最能帮助孩子们的，因为他一直在做他认为对的事情，比如说教孩子们唱歌，带孩子们打球，把这个学校的故事拍成视频传到网上去，他一直在试图让更多的人了解到这里，而我们其他人，更多的时候是守在这里陪着时光老去。

尼珍坐在我的身边问我："你没有和我的姐妹聊？"

我有些尴尬地说："不知道聊什么，和陌生人聊天，我不知道如何开口。"

尼珍有些失望地说："总不至于让女孩子来找你呀，我姐妹人特别好，人也长得漂亮，你要加油一点儿。"

我点点头说："好好。"

尼珍说："要是你真的不知道，你就问问郭树，他对于撩女孩子得心应手得很。"

郭树躺在床上，一个鲤鱼打挺地坐起来看着我们说："喂，我可听到了，别乱讲我坏话。"

尼珍站起来走到郭树身边，然后弯下腰双手掐着郭树的脸说："你也就是在这里老实，没有机会，要是去别的地方，你还不是个十足的渣男。"

我笑起来附和着说："这个我可以做证，他上大学的时候就喜欢冒充国际友人骗学妹，说什么希望学妹能带他熟悉学校，一会儿希望学妹能教她中文，还说什么是民族礼仪亲了学妹的脸蛋儿。"

尼珍用力一掐,郭树"嗷嗷"叫起来,他喊着:"你别相信老陆这个坏人,他瞎扯的。"

我说:"你敢说你没冒充外国人骗学妹?"

郭树争辩着说:"但我没吃豆腐,我都是名正言顺和学妹谈恋爱。"

我说:"那不就得了,以欺骗的形式开始。"

郭树挣脱尼珍要来打我,我转身冲出房门往操场跑去,郭树在二楼撑在走廊的护墙上对着已经站在操场中央的我说:"你别跑。"

我说:"那你下来啊。"

郭树冲了下来,我也没跑,郭树过来一个猛虎扑食的动作用手臂锁住我的喉咙和我开玩笑,火锅不明白发生了什么,"嗖"地跑过来,对着郭树狂吠起来。

郭树放开我,然后对着火锅骂起来:"我是你树爷,狗崽子,在我面前吼什么吼。"

说着撑开双手吓唬火锅,嘴里还"汪汪汪"地在和火锅吵架似的。

火锅往后退了两步,龇牙咧嘴地瞪着郭树。

我蹲下去摸了摸火锅的脑袋,火锅才安静下来,郭树也走过来,但是火锅立马又龇牙咧嘴起来,郭树站起来拍了拍手说:"好好,你心里只有你这个主人,哪怕他把你带到这个穷乡僻壤里来。"

说完他自讨没趣地走上楼回宿舍去了。

我带着火锅在操场上奔跑,也会训练它跳高,现在的火锅,一个冲刺已经可以跳过两米高的单杆了。

尼珍站在走廊上叫我上去吃饭了,我冲着火锅招了招手,它便跟在我脚边上楼去,尼珍把碗筷摆好,桌子上每个人的位子都摆了一瓶啤酒,郭树帮着孙晓燕把啤酒盖撬开了说:"今天你必须喝完一瓶,我们今天都是因为你才有这口福的。"

孙晓燕说:"大家随意就好。"

郭树抓着啤酒就往孙晓燕的碗里倒了一大碗说:"其他人都可以随

意，就你不可以。"

第二天是周末，没有课，大家都尽情地喝着，喝到午夜，实在有些喝不下了，郭树便说："我们玩个游戏，真心话大冒险。"

尼珍叫起来，"好俗气的游戏啊！"

郭树伸出手摸了摸尼珍的头说："那你倒是说一个好玩的游戏。"

火锅趴在我的脚边，我伸手摸了摸火锅的头，这只是一个习惯的动作，郭树看见了就笑起来说："我有尼珍的头可以摸，你只能摸火锅的。"

尼珍用力往郭树的肩膀上来了一拳说："你说什么，拿我和狗比。"

郭树"嗷嗷"叫地捂着手臂说："在老陆心里，你还不如火锅呢。"

尼珍咬牙切齿地瞪着郭树。

我看着老刘，老刘在偷笑，老刘的笑很快传染给了汪灿、孙晓燕，我们都跟着一起笑起来。

闹过之后，我们还是开始玩这个游戏。

第一局是老刘输了。

我问老刘："为什么一个人来到这里？"

老刘说："反正到哪儿都是一个人，来到这里挺好的，能够奉献一点儿力量。"

第二局是汪灿输了。

我问汪灿："来这里这么久会不会想家？"

汪灿说："当然会想，反正现在通信发达，经常给家里打个电话就好了。"

郭树叫起来："喂，你问的这是什么问题呀，这酒还怎么喝，我都要睡着了，下次换我来问。"

下一局输的是尼珍。

我们都起哄看着郭树。

郭树摸了摸胡须说："珍宝贝，没办法啊，我得'大义灭亲'。"

我笑起来，"你会不会用成语，还'大义灭亲'。"

郭树说："你别起哄，我要开始问了。"

然后郭树便对着珍妮说："你第一次是在几岁？"

我们看着珍妮，珍妮恶狠狠地盯着郭树，然后拿起桌上的啤酒一饮而尽说："我选择喝酒。"

大家扫兴地"切"了一声。

郭树说："要这样玩，我给大家打了一个样，继续继续。"

下一局又是汪灿输。

郭树问："你还是不是处男？"

汪灿想喝酒，但是尼珍站起来一把按住汪灿的酒杯说："这有什么，快讲，不准喝酒。"

我说："都是成年人了，讲。"

汪灿低着头说："是。"

郭树很坏地看着汪灿说："是什么，大点儿声，我没听清楚。"

汪灿红着脸大声地重复了一遍，"是处男。"

郭树很满意地笑起来，然后看着孙晓燕讲："晓燕，你准备好，下一个可能就是你了。"

可是下一局输的是我。

郭树看着我，一脸不怀好意地笑，"我想想看，我问什么好呢，你肯定不是处男，放心我不会问这么低级的问题。"

说着，郭树一拍脑门说："你是不是喜欢那个女孩？"

汪灿把脑袋凑过来说："陆哥喜欢哪个女孩？"

郭树讲："在视频里不是见过吗？就是那个上蹿下跳小猴子一样的姑娘啊。"

汪灿恍然大悟似的点了点头。

尼珍双眼瞪着我讲："难怪加了我闺蜜，却从来不去聊，原来是心里有喜欢的女孩了。"

说着她掐了一把郭树讲："那女孩漂不漂亮？"

郭树往后闪了闪说："反正比你温柔。"

尼珍说："你怎么知道？"

郭树看着我讲："陆之开，你说是不是？"

老刘吃着盘子里的花生米，老刘这个人，桌上永远都有花生米，一碟花生米，一杯小酒，好像是他生活永远的追求，老刘一边嚼着花生米，一边说："还玩不玩，我都一个人喝了两杯了。"

郭树把凳子往旁边挪了挪说："当然玩，陆之开，你快点儿说。"

我说："我喝酒。"

郭树连连拦下来讲："不行。"

我说："为什么尼珍可以，我不可以。"

郭树对尼珍眨了一下眼睛说："谁让她是我亲爱的呢。"

我翻了一个白眼。

对于小曼，其实我选择喝酒的那一刻就已经是答案了，只是有些事情还需要时间，我依旧没有办法彻底去忘记晓月，其实对于爱情，有些时候真的不必去在乎天长地久，只要把美好的念想和回忆留在心里，也是可以相伴过一生的。

那天我没有回答，我不明白大家为什么总是要纠结那个已经没有意义的答案，郭树开玩笑地和我说："要是不说也行，就吹一瓶。"

我便拿起酒瓶一口气喝了一瓶。

那年的冬天，小曼来到了这里。

那天刚好下雪，一大早学校的操场上就落满了一层洁白的雪，火锅没有见过，"嗷嗷"叫着在雪里打滚，我穿着羽绒服跑到操场上去堆雪人，郭树走下楼问我一起去县城吗，一边说着一边戴上皮手套走到墙边，他用手把摩托车坐垫上的雪都拍落下来。

我说："你又去找尼珍吗？"

郭树说："不是，去接一个朋友，待会儿你叫一下其他几个，我会买点儿好酒好菜回来。"

我说："你家亲戚要来。"

郭树骑上摩托车，他依旧没有戴头盔，而是戴上了墨镜，这家伙，总喜欢耍帅。

他把车骑到我的身边停住，一只脚点在地上说："我妹妹要来，到时候介绍给你，那可是少有的可爱女孩，你肯定会喜欢的。"

我从口袋里拿出两枚大衣备用的纽扣，当作雪人的眼睛按在雪人的脑袋上，我看着郭树说："那快点儿去，我等着。"

摩托车的轮胎在雪地里留下了一条孤独的黑色的痕迹，我蹲在地上，火锅往我的怀里钻，我摸着火锅的脑袋，它就像个孩子，听话又懂事，我用手指比了一个夹烟的动作，火锅就会飞快地跑去我的房间，把我的香烟和打火机叼过来，但它依旧还是每次只能叼一样，所以我比一个夹烟的动作，它就得楼上楼下跑两次。

后来我便习惯把打火机放进烟盒，这样火锅就不用跑两次了。

大雪落在火锅的脑袋上，它时不时甩动身子把雪抖落在地上，我站在操场的中间抬头望着天空。

老刘抱着暖水壶站在走廊里对着我说："不冷吗？站在外面。"

我说："不冷，有十多年没看见过下雪了。"

老刘说："广东是不是从来都不下雪。"

我说："反正我在深圳待了快八年没见过下雪。"

老刘说："上来喝一杯白酒不？我新炒了花生米，酥脆酥脆的。"

我说："你好好吃，不过别喝得太多，等下郭树的妹妹要来，看他那样子，又要一起喝点儿。"

老刘说："这个样子啊，那我再去弄点儿花生米，这点儿可能不够，说着就转身回到房间里去了。"

世界变得好安静，我想出去走走，便带着火锅走出校园，收割完的农田里被大雪覆盖着，一片雪白，视野可以望见很远很远的地方，整个世界好像都是白色的，我和火锅相视了一眼，然后便往一望无尽的雪里跑过去，火锅也跟着我在雪地里奔跑，跑了几步我便摔倒了，火锅便往我身上扑过来，我们就在雪地里打滚儿。

一直过了很久，我听见身后一个熟悉的声音。

"陆之开。"

我一愣，回过头去望着远处。

一个穿着米黄色羽绒服的女孩正站在我之前踩过的脚印处。

"是我呀。"

她挥着手便向我跑过来，火锅比我先认出了小曼，它"嗖"地一下就冲了过去，小曼蹲下来一把抱住火锅。

我见到小曼，还没有缓过神来。

小曼抱着火锅走到我面前说："怎么啊，不欢迎吗？"

我内心是很开心的，来这里这么长时间，其实也是挺想这个活泼的姑娘的，我说："郭树不是去接他妹妹了吗？"

小曼把火锅放在地上，然后走上前一把挽住我的手臂说："没错啊，我本来就是他妹妹啊，你忘记了之前视频的时候，他都叫我弟妹的。"

我跟着小曼笑起来说："别闹，郭树这个人，满嘴跑火车。"

"我觉得他挺好的呀。"

小曼往前走了几步然后一个转身回来看着我讲："至少我说来，他就跑那么远去接我。"

脚下冒出雪堆的稻茬依然清晰可见，我听着脚踩在雪地上雪堆碎裂的声音，然后说："他是很好的人，永远都满腔热情的，但是看着他，我总会想起赵宁，他们都一样，对人永远都是那般的友善。"

小曼停下脚步，踮起脚把我头顶和肩上的雪拍落下来，然后说："有些人走了，就别再去想了，我们活着的人要好好生活下去。"

我们安静地走了一段路，肩并着肩，火锅跟在我们身后，我说："怎么想到来这里，是放假了吗？"

小曼说："我辞职了。"

我吃惊地看着她。

"骗你的啦。"小曼讲，"公司刚完成一个项目，我们小组有一段假期，你忘了，今天是你的生日，上一次我过生日是你在身边，这一次我也想给你过生日。"

关于生日，我已经很久没有记着了，上一次生日还是在20岁的时候，爸妈叫了几个亲戚在家里吃了一顿饭，我说："我没有过生日的习惯。"

小曼讲："那怎么行，以前你不过，但是以后我来给你过。"

"太麻烦了。"我说。

小曼的目光望向远处的群山，她没有再说生日的话题，而是讲："陆之开，你还别讲，这地方真是漂亮。"

我双手插在羽绒服的口袋里，"是漂亮，下雪天当然漂亮，要是天晴，可就没这么漂亮了，交通不好，生活多少有些不方便，不过我还好，有火锅陪着，有其他一些支教的老师在一起，也就不觉得孤独了。"

小曼用脚踢着地上的雪，火锅看见一只落在稻茬上的麻雀，便冲了过去，麻雀受到了惊吓，扑腾着翅膀向空中飞去，火锅一个猛扑的动作让它狗脸着地溅起了一片碎雪。

走了很长的一段路，学校在身后已经看不清了，我和小曼说，我们往回走吧，再这样走下去就要往山里去了。

小曼在我面前跳了跳，把头上和身上的雪都抖落下来，然后说："我们这样是不是一起白了头。"

她一脸的笑容，我有些时候挺羡慕她的，好像忧愁很少，我不知道她是在我面前这样没有忧愁，还是本来就没有忧愁，她从口袋里拿出两颗糖放在掌心说："吃一颗。"

我拿过一颗剥了放进嘴里，"是苹果味的。"

小曼把另一颗放进嘴里，然后我们往回走。

走了一段路，才发现火锅哼哧哼哧地追上来，它那火急火燎的样子让我和小曼哈哈大笑起来。

走回学校，郭树从楼上扔了一挂鞭炮下来，鞭炮在我们的脚边噼里啪啦地炸开，火锅被吓得窜到了一边，郭树和汪灿双手扒在护栏上笑，小曼双手叉腰地抬起头看着郭树说："老郭，把我哥哥吓到了，我就把你下巴上的胡须一根根拔掉。"

郭树摸了摸胡须，然后立马闭嘴走回房间。

汪灿举起右手，一个"Hi"也只说了一半，就尴尬地退回去了。

我看着小曼说："什么时候这么凶了？"

小曼把手臂上的羽绒服往上一撸，像个女土匪似的讲："我可不温柔，我只是对你比较温柔。"

说完她就大步往楼上走去。

小曼在这里待了几天，我让她和孙晓燕住一起，郭树靠在栏杆上和我讲："怎么不睡一起呢？"

我说："你别扯这些，她值得更好的男孩子。"

郭树拍了拍我的肩膀说："你小子，只是不敢面对自己罢了。"

小曼带着火锅从远处回来，她走到郭树旁边揪了一下他的胡子，郭树"嗷嗷"地叫起来，小曼然后一把勾住郭树说："老郭，是不是讲我坏话了？"

郭树说："怎么可能？"

小曼用审视的目光看着郭树说："那就是欺负陆之开了。"

郭树这一下大喊冤枉，"我欺负他，我怎么可能欺负他呢？"

小曼哈哈笑起来讲："和你开玩笑的啦，不过，老郭，我回去的时候，你就帮我照顾一下他，你别看他这么大了，其实不会照顾自己的。"

郭树点了点头讲："嗯，还尿床。"

小曼一愣，"尿床？"

我照着郭树的屁股踹了一脚，"你继续瞎扯，信不信撕烂你的嘴。"

郭树扶着屁股，故意做出一副好像受伤的样子，"嗷嗷"叫着往前面走去，一边走一边说："哎哟，被人家夫妻混合双打了。"

我无奈地摊了摊手。

小曼的社交才能是我望尘莫及的，她待了五天，却和每一个人混得很熟，好像都是知己一样，小曼离开的那天，大家竟然都有些难过，孙晓燕抓住小曼的手说："曼姐，我以后一定会去深圳看你的。"

汪灿也说："小曼姐，我以后找女朋友一定要找你这样的。"老刘说："我会想你的。"

小曼双手环抱在胸前看着郭树说："老郭，该你说了。"

郭树一把抱住我说："我会帮你照顾好小陆的。"

我啐了一口说："你别恶心我了好吗？"

小曼一眨眼笑起来说："老郭，懂我。"

说完郭树也回应了一眨眼，然后把摩托车钥匙丢给我说："快送小曼去火车站吧。"

我说："你骑车快啊。"

郭树说："时间还早，你们慢慢骑就好，老子还要批改作业呢。"

# Chapter 14

×

# 洪 水

寒假如期而至。

我们也要回家了，老刘说不回家过年了，就留在这里。

我想着去云南旅游一趟，便带着火锅搭车去了丽江，在丽江租了一间客栈，客栈的老板是个文艺青年，聊起我以前写过书，现在在支教，他便对我青睐有加，给了我一个很低的价钱，还时常和我在院子里喝茶，没事的时候就陪我在丽江的古街上走走。

他是很早一批的丽漂，我问他为什么来这里，他说这里是文艺青年的天堂啊，我便笑起来，可是看你也并不是文艺青年啊。

他双手插进裤袋里，然后站在路牌下说："我喜欢的一个姑娘她是个文艺青年，她喜欢丽江，可是后来她走了，得病走的，她的梦想是以后能和我在丽江白头偕老，所以我就来这里开了一家客栈，那是很多年前的事情了，丽江还没有这么商业化，来的人真的是因为梦想，自然房租也不贵，我的客栈是那时候买下的房子。"

我们走到丽江商业街附近的那片广场，我想起来在那棵树下小曼说给我挂了一个福，可是我找了很久都没有找到。

他问我："是不是有喜欢的人在这里留下了痕迹。"

我说："是个姑娘，很难去定义，她和我说在这里写了一段话给我，可是我找不到了。"

他说："那我也帮你找找。"

我说："算了，没必要找，现在还有联系呢。"

他说："人的时间其实是很有限的，如果可以走下去就不要浪费时间。"

我点了点头，路边的酒吧掌柜和他打招呼说："枪哥，一起喝一杯，搞了点儿羊肉。"

那时候我才知道他叫枪哥。

枪哥看着我，然后和掌柜的说："老樊，新来的小兄弟，是个作家。"

老樊嘀咕了一句，"来丽江的作家，一年没有一千也有八百了。"

虽然声音很小，但我依旧听见了。

枪哥走上前拍了一下老樊的头说："你这破酒吧真应该倒闭了。"

老樊说："那我倒闭了，就跟你一样改成客栈，开酒吧太累了，每天睡不好觉，还是客栈好。"

枪哥说："但是你酒吧赚钱啊，加上你这个黑心老板。"

老樊嘿嘿笑起来，"偶尔偶尔。"

枪哥一脸鄙夷地讲："还偶尔，趁别人喝醉了给别人多算个几百块钱你干得不少。"

老樊不屑地讲："我就讨厌那些暴发户一样的人，以为自己有钱是大哥，喜欢装，那不多赚点儿他们的钱我赚谁的。"

说着老樊看了我一眼讲："赚这些穷酸作家的？他们有钱吗？骗骗女孩子睡觉可以，来我这买不起单。"

枪哥看着我讲："你别在意，老樊是这一片有名的炮仗，不过人特别好。"

老樊说："你可别给我戴高帽子。"然后老樊看着我说，"小兄弟，既然是枪哥的朋友，也就是我的朋友，进来一起喝口酒，吃点儿羊肉暖暖身子。"

枪哥过来拉住我说："在丽江，蹭吃是一种文化，特别是能在老樊这里蹭吃，以后出去你可以写进故事里了，比那个在丽江很有名的作者都火。"

老樊摆了摆手说："你可千万别写，老子可不想成为名人，普通人多好，还可以宰宰那些吹牛的家伙，要是真成了名人，我还是老樊吗？"

吃着羊肉火锅，聊着天，外面的风呼呼地吹着，如今是下午，酒吧还没有开门，现在这个季节游客也很少，街道上显得空空荡荡的，我们喝着酒聊天。老樊是个商人，开这个酒吧就是为了赚钱，他是玉溪人，老婆和孩子都在老家，所以他每周都会开车回家。

火锅在桌子中间翻腾，水汽升腾而起，老樊看着枪哥说："喂，找一个老婆啊，和你一起经营客栈，多好。"

枪哥笑起来说："我可不想三人行。"

老樊说："你别每次就这样打马虎眼，都走了这么多年了，她也能理解的。"

枪哥端起酒杯说："走一个，走一个。"

我们喝了一口，枪哥把酒杯放在桌上，然后说："老樊，每个人都有自己的生活方式，我觉得现在挺好的。"

老樊夹了一大块羊肉放进嘴里嚼，然后说："好，好，以后我儿孙满堂，你孤独终老，我其乐融融和老太太打牌搓麻将，你就被护工骂着老不死的。"

枪哥伸出手，指着老樊说："你就不能说点儿好听的？"

老樊在嘴里飞快地嚼着羊肉，两个腮帮子像松鼠似的，他一边嚼着一边飞快地讲："枪哥，我说的是实话，这是你未来的人生。"

吃完喝好，我问老樊要了一个袋子，然后把骨头带回去给火锅吃。

我每天就这样在丽江闲逛，带着火锅从一头走到另一头，听民谣歌手唱歌，和卖手工艺品的小伙子聊天。

枪哥问我："你有没有想过以后。"

我说："先支教，等哪天不想继续了，再想以后的事。"

枪哥说："那可以考虑来丽江，我觉得你更适合这里。"

我说："我可开不起客栈。"

枪哥说："我可以给你一个房间免费住，你呀就给我写写推荐。"

我说："这可以，等我哪一天累了，就来找你。"

我回去的时候，因为有火锅在，我不能坐火车，于是便一路搭车，枪哥让朋友先把我载到昆明，在临别的时候，枪哥给了我一个拥抱说："我知道你心里有一个人，所以你在排斥其他人。"

我没说什么。

枪哥笑着拍了拍我的肩膀说："我开客栈这些年，遇见的人太多了，所以从你走进我客栈的那一刻，我就知道了。"

我拉开车门，火锅跳进了后座，我也跟着坐了进去。

车子缓缓启动，我挥手告别，看着后车窗外渐渐成为一个黑点儿的枪哥，我内心有些难以言说的感觉。

火锅一路趴在车窗上看着窗外，我想有一天火锅老了，也可以和其他的狗狗吹牛它这一生了，只是想到火锅被做了绝育手术的事，我有些愧疚地摸了摸火锅的脑袋，它也许并不知道自己身上的残疾。

到了昆明，我找了酒店住宿，讲了很多很多好话，加上火锅一脸谄媚的笑，前台小姐姐才同意让火锅也住进去，不过一再交代："狗狗晚上一定要看好，不能叫，不然我会受到处分的。"

我说："放心吧，火锅很乖的。"

在昆明待了两天，终于约了一辆车可以回去，到家的时候已经是第二天的傍晚，我带着火锅回到家里。

街坊邻居开始指指点点，说老陆家的儿子，没有带女朋友回来，带了一只狗回来，我爸妈当然是失望的，所以很长时间都没有和我讲话，我倒也落得清闲，每天就在家看看书打打游戏，百无聊赖的春节终于过去了。

再一次回到学校却发生了一件大事。

老刘在学校过节，本来是要去照顾那些贫困户的，却照顾到了一个女人的床上，那家的男人把老刘堵在宿舍打了一顿，还把老刘所有的钱都拿走了，当作赔偿，老刘在学校里是待不下去了，发生这样的事情只能离开。

我们谁也没有见到老刘，他在我们来到学校之前就离开了，我们想找他，但是发现他已经把我们的微信都拉黑了，我知道他是没脸见我们，老刘的房间里一片狼藉，桌子上还有半袋已经潮掉的花生米，我拿起来吃了一粒，发现已经坏掉了。

孙晓燕拿出扫帚打扫了起来，郭树站在门口叹了口气说："也怪我，老刘这么大的男人了也肯定有生理需求，我应该带他去县城的。"

然后他看着汪灿说："小子，要是想要朋友了，跟哥哥讲，别犯糊涂。"

汪灿说："我有女朋友。"

郭树走到汪灿身边拍了一下他的头说："你哪来的女朋友，这里女的就一个。"

然后他看着孙晓燕说："不会是晓燕吧。"

孙晓燕立马把自己摘一边说："可不是我。"

汪灿说："我网上认识的。"

郭树一脸不屑，"网恋你也相信，现在的拍照多假，声音也可以变，你看着好看，别到时候见到的时候吓死你，是个老阿姨。"

汪灿说："才不会呢！"

郭树叹了口气说："你是太年轻。"

我想起晓月来，如果是网恋，我和晓月也算是吧，而且是那种永远也不会见面的网恋，我看着汪灿，便笑起来说："我倒觉得网恋没什么不好，毕竟可以先了解彼此的三观，灵魂更容易靠近。"

郭树瞪大眼睛看着我说："陆之开，你这是在教坏小朋友啊！"

我听见楼下火锅在那里叫。

是几个男孩子在欺负蛋花，我便冲下楼去。

到了楼下，我才发现，这一次不是他们在欺负蛋花，而是在欺负火锅，蛋花在保护火锅，那几个蛮横的孩子，不断地朝蛋花扔石子，但是蛋花抱住火锅的脑袋。

我站在那群孩子面前，可是那些孩子丝毫不畏惧，有一个男孩穿着科比的 23 号球衣，那是捐赠过来的衣服，他迎着我的目光说："你们都给我滚出去，你们都是臭流氓，你们那个姓刘的老畜生把鼻涕的妈妈给睡了。"

然后在我的面前，左手比了一个圆圈，右手伸出食指，然后右手的食指不停地穿过左手的圆圈，我一瞬间有些恍然，我们是来这里支教的，是让这里的孩子变得文明有礼的，可是这里的一切依旧是荒芜的，野蛮生长得仿佛如野草。

那些孩子大摇大摆地走了，蛋花依旧抱着火锅，我问蛋花，"为什么要保护火锅？"

蛋花说："因为我和火锅是朋友。"

那一刻我真的好累，觉得初春的阳光是那般的炙热，我用手覆在眉毛上，赶紧走到树荫下，五星红旗在旗杆上迎风飘扬，我忽然间想离开这里了，我本来就不是救世主，我没有必要在这泥塘一样的地方为了这些人去挣扎，这个世界是精彩的，人生迷失其实是没有关系的。我开始怀念和赵宁一起去酒吧的日子，也包括在哈尔滨的岁月，而这里一无所有。

郭树走到我的身边说："如果你想走，就走吧，其实很多人待了几个月就会走，因为他们来的目的不过是想体验一下生活。"

我说："郭树，你感觉到累了吗？"

郭树拍了拍裤管，然后一屁股坐在地上说："我记得很早就和你讲过，你不属于这里。"

我有些烦躁地讲："不是这些，我们不远千里来到这里，最起码的需要是得到尊重，可是这里没有，没有。"

郭树咬着一片落叶，然后双手枕在后脑勺上躺到地上去，一只脚架在另一脚的膝盖上，然后说："你啊，把你的臭架子放下来，你要先把自己看成是和他们一样的人才行，你总觉得自己是受过教育的，比别人更加高等，那样得不到别人尊重的。"

我说："那你天天这样又赢得尊重了吗？"

郭树说："我不在乎，但是我相信大多数人还是感谢我们的，我和你不一样，因为我属于这里。"

我看着郭树，他一脸的大胡子，裤子也是脏兮兮的，身上穿的是一件汗衫，已经被洗得脱浆了，但是他笑起来是我们这些人里面最灿烂的，我拍了拍郭树的脚说："喂，你有梦想吗？"

郭树说："我啊，没有想过，不过现在的梦想是做这个学校的校长，我太烦那个老头儿了。"

我看着郭树讲："你还真打算在这里扎根了？"

郭树把树叶吐出来说："扎根也没什么不好，我是无所谓的，其实你真把这里当作家了，很多问题也就不再是问题了，而你一直都是把自己当游客，我不是说当游客不好，我其实挺希望你只是作为一个游客的。"

蛋花和火锅在阳光底下追逐，春天的泥土气息飘散在空气里，郭树站起来朝着宿舍喊了一句，"晓燕，我房间的床上有个不用的点读机，你等下一起拿到蛋花家去。"

我说："可以啊，你个铁公鸡竟然舍得花一个月补助买点读机送人。"

郭树用手按住胸口说："别讲了，我心痛的。"

说着走到蛋花跟前摸了摸她的脑袋走出校门去。

我望着碧蓝的天空，汪灿又在宿舍里唱歌，最近他恋爱了，总是脸上挂着笑容，但是问他，他又总不说，爱情真的是很奇妙，可以在荒芜里开出鲜花。

五月的时候，忽然间连日都是大雨，整个天空好像被捅了一个窟窿，我倒是喜欢下雨，喜欢站在走廊上看着大雨，火锅就趴在我的脚边，雨越下越大，学校停了课，我有了更多的时间，小曼跟我视频，她坐在海边的草坪上，那是熟悉的海和天空，火锅看着小曼，用舌头舔着手机屏幕。

小曼问我在那边一切都还好吗，我说还行，最近大雨，学校停课了，所以有了很多自己的时间。小曼说，那你刚好可以写写支教的故事。我说已经好久没有动笔了，以后再看机缘吧。小曼讲了她的境遇，涨了工资，公司发展得也越来越好，老板有计划在上海开个分公司，可能会把她调去上海，不过那应该是两年后的事情。

我说："那挺好的，以后去上海的招待就交给你了。"

小曼问我："那你怎么想的，就一直待在那里吗？我记得你说就待一年。"

我停顿了一下，然后说："我还没有找到方向。"

小曼说："我昨天晚上加班到很晚，我依旧选择等公交车，但是我不慌，因为 APP 上显示末班车还没有走，那时候我就想，等其实不是一件可怕的事情，只要知道能等得来。"

我听着小曼讲着。

"其实等人也是这样的，只要知道会来，那么等多久都没有关系，就怕的是，不知道他会不会来，但是自己已经习惯了去等。"

外面的雨下得越来越大，忽然间我们听见老校长跑进了学校对我们喊："快点儿走，别管东西了，山上的洪水要下来了。"

我便把手机丢在床上跑到走廊上，老校长站在雨里不断地挥舞着他那唯一的右手。

"快点儿走，往村外跑。"

那是个周末，郭树去县城找尼珍了。

孙晓燕突然拍了一下手说："糟了，蛋花的爷爷奶奶年纪大了，不知道有没有走？"

说着她抓起一把伞就往楼下跑去，我赶紧也拿起把伞追了出去，汪灿也跟了过来，路上都是往村外走的人，孙晓燕一路问有没有见到蛋花的爷爷奶奶，但是所有人都摇着头，雨越下越大，伞已经丝毫不起作用了，孙晓燕把伞丢在一边，我也把伞丢了，然后跟着往村里跑。

走到蛋花家门口，水已经在路上漫过脚踝了，孙晓燕推开门，看见两位老人还坐在床上，他们都有些耳背，丝毫不知道危险的来临，孙晓燕上前去告诉他们危险，但是他们只是满脸疑惑地扬起头，我便上前蹲在蛋花爷爷的面前把他背起来，汪灿见状也去背上蛋花的奶奶，孙晓燕便一把抱起蛋花，我们便往来时的路上奔跑，雨越来越大，全身已经湿透了，我抬头看了一眼远处的山，看见一条淡淡的黄线从山上垂下来，快到村口的时候，我才发现蛋花的爷爷一直在那里喊。

他要回去，他所有的积蓄都还在床板下面，那是以后要留给蛋花的。所有人都木然地望着即将被洪水侵袭的家园，两位老人倔强的脾气村里人也是第一次见着，他们对每一个劝阻的人都啐了一口唾液，我把火锅抱起来放到汪灿的手上说："你抓住它别让它乱跑，我去拿。"

汪灿说："那太危险了。"

我说："没事，应该还来得及。"

说完我便往村里再次冲回去，火锅在身后"汪汪"地叫起来。

我跑到蛋花奶奶家的时候，水已经没过膝盖，我迅速地在床板底下找到了用塑料袋包着的一叠钱，那应该是从银行刚取出来的，都是簇新的，我看了一下，大概三千多块钱的样子，我把钱揣进胸口，然后赶紧往外面跑去，可是水越来越大，已经到了腰间，这样走到村口已经不可能了，水还在涨，我有些害怕了，如果决堤了，大水滔天而来，我就得永远留在这里了。

那一瞬间，我脑海里想到晓月，想到小曼，我有些难过，我也想到了赵宁，他好像在远处等我，他永远留在了可可西里的荒原，而我要留在大山深处的田野，走已经寸步难行，我直接游了起来，我想起在不远的地方，有一棵古榕树，爬到树上也许可以躲过洪水，于是我往那边游了过去，我抬头看了一眼远处的山上，之前是一条黄色的线，如今已经成了好几条，而且每一条都变得很粗，天空依旧是一片昏暗，我往古榕树那边游去。

周围除了雨声，便是"哗哗"的水流声，我想着如果真的就这样走了，也没有什么不好，我仿佛听见赵宁在和我讲："喂，你这是干吗？赶着来见我吗？你现在可别来，你看看你狼狈的样子，老子不欢迎。"

我心里骂着："就算老子死了，也比你好，老子至少还会有个全尸，还会有人记住。"

我抬头仿佛看见赵宁就靠在那棵大榕树上，他一副不羁的样子看着我说："真是狼狈，你看看你，有本事就过来。"

我拼命地游过去，赵宁坐在树干上，双脚在空中摇晃，他说："其实还是人间好，有酒有肉还有姑娘。"

我说："那你倒是回来啊。"

赵宁从树干上站起来，对着我说："你以为坐飞机呢，还卖往返票。"

我游啊游，"后悔了吧，寂寞了吧，无聊了吧，让你牛。"

我终于游到了树边，以前只有村里的那些顽皮的孩子才能爬到这么高，可是现在我很轻易地就爬到了树干上。

赵宁忽然间伸手挡住了我，让我不要靠近他，我看见他并没有被雨淋着，他的头顶竟然有一片晴空。

赵宁说："陆之开，我好想你，但是我要走了。"

我忽然间被一阵摩托艇的声音拉回了现实，两个解放军战士开着摩托艇向我冲过来，他们把我拉上摩托艇，然后给我穿上橘红色的救生衣，我回头看着那棵古榕树，我看着赵宁躲在树叶的后面，我对着古榕树讲："我也想你。"眼泪便掉了下来。

村口也已经被洪水没过了，村里的人都转移到了乡里去安置，当我到乡里的体育馆的时候，郭树走过来往我身上打了一拳说："就你能，就你是英雄。"

我木然地站着。

郭树背对着我，然后一转身双手抱着我说："你真让人担心，我都不知道怎么和小曼交代了。"

说完，郭树把手机丢给我说："你是不是之前一直和她通着电话，然后没挂？"

我才想起来，那时候我的手机丢在床上了。

郭树说："你可把她担心坏了，我还在县里的时候她就打电话劈头盖脸地骂我，搞的尼珍还以为我和别的女人有什么事，她都比我先知道村里遇上了洪水，我赶紧骑着摩托车赶回来，汪灿说你回去给蛋花的爷爷奶奶取钱了，我当时就给了汪灿一脚，真是气死我了，钱重要还是人重要。"

我摸了摸胸前，然后无奈地笑了笑，"钱在游泳的时候弄丢了。"

我知道郭树没钱，大家都没钱，好在汪灿后来回学校帮我把手机和电脑带了出来。

我拿着手机走到一边去给小曼打电话。

我说："小曼。"

那边带着哭腔说："你没事吧？吓死我了。"

我说："能借我五千块钱吗？"

小曼说："你去干吗了，这么久才给我回电话。"

我说："我没事，已经到了安置点，不过我遇到些事情，要是可以你先借我五千块钱，我过两个月就还你。"

小曼说："没事就好，我马上给你转。"

我说："谢谢你，我现在还有些事情要处理，等一切都回归正常，我再和你讲今天的事。"

小曼说："好。"

挂掉电话，我很快便在微信里收到了转账，不是五千，而是一万。

火锅这个时候从外面飞奔进来，我这才想起来火锅，它在我的脚边又蹦又跳，浑身都湿透了，汪灿走到我身边说："对不起，陆哥，刚刚没来得及和你讲，你往村里跑的时候，火锅就要跟着去，我没有管好它，在转移的时候，我一不留神它就往水里跑了。我想去找它的，可是救援队不让，叫我不要添乱，说不就是一条狗吗？"

我蹲下来抱着火锅，我问汪灿："可以给我去找一条干毛巾吗？"

汪灿说："好。"

很快他就拿着一条干的毛巾过来，我把火锅脑袋上的水擦干，然后走到郭树身边问："这乡里有取款机吗？"

郭树说："找取款机干吗，你现在要钱干吗？"

我说："你别管，告诉我就好了。"

郭树说："沿着街道向北，一直走，有一个邮政的取款机。"

我一把拿过郭树手里的伞说："谢了。"

我走出去，火锅也跟着跑过来，郭树一把按住火锅，火锅龇牙咧嘴地就要攻击郭树，郭树被吓得一个机灵，闪到了一边，嘴里骂着，"真是狗随其主，一样的臭脾气。"

火锅跟在我的身边，我把伞往它那边挪，走到取款机那里，我取了五千块出来，然后回到体育馆找到蛋花的爷爷奶奶，我把五千块给蛋花爷爷，老人拿过钱，一张一张数起来，郭树有点生气地讲："还会少你的不成，你这个老头儿。"

蛋花爷爷数了一会儿，然后把剩余的钱还给我说："我一共有2600块钱，这是要留给蛋花读高中的，其他的钱不是我的。"

我说："剩下的是学校给蛋花的补助。"

蛋花爷爷一双浑浊的眼睛看着我。

我又大声说了一遍。

然后他的眼里渐渐有了光芒，他说："给这么多呀！"

我拍了拍他的手说："是呀，蛋花很聪明哪。"

蛋花爷爷的眼睛一下子又浑浊起来，他说："蛋花是个可怜的孩子，她从小就没有爸爸妈妈，我和她奶奶也没有几年好活了，我们一走，她就彻底成了孤儿，你说她以后该怎么办？"

郭树凑到他的耳朵边说："你放心好了，政府会管的。"

蛋花爷爷点了点头说："共产党好，共产党好，大家都有饭吃。"

郭树拍了拍我的肩膀，然后往前走去，我跟着他，他走到体育馆的后门那里，我们望着窗外的雨。

郭树讲："为什么要自己拿钱去垫？"

我说："毕竟是我弄丢的。"

郭树讲："就算你不去拿，这钱也没有了，况且你差点还把命搭进去了。"

我说："这点儿钱对我来讲没什么，到时候再赚就是了，但是对于蛋花的爷爷奶奶来讲，是一辈子的积蓄，是蛋花的未来，你想过要是蛋花爷爷知道自己一辈子的积蓄被洪水冲走了，他会有多么绝望吗？"

郭树看着我，然后说："就你英雄，不过这钱我出一半。"

我看着郭树笑而不语。

郭树推了我一把说："喂，你不相信？"

我伸出手说："那你倒是拿来啊。"

郭树嚷嚷起来，"你还真要？"

我耸了耸肩说："有人给钱我不要，我又不是傻子。"

郭树咬了咬牙说："我没想到作家也这么庸俗。"

我看着郭树一副吃了瘪的表情哈哈笑起来，"你没想到的可多了。"

夜里只能在地上打个地铺睡觉，但是大家都没有睡着，家园被淹没了，很多人家里的东西都没有来得及拿出来，夜里便有些人悄悄地溜出去，他们想回家看看，但是在路口有救援队的在看守，谁也不可以回去。

在体育馆待了几天，伙食还算可以，这里已经上了新闻，很多媒体都过来采访，所以在伙食这一块，县政府在尽量保持较好的供应，大雨在三天之后渐渐退去，进村的路一片狼藉，被淹死的家畜在黄泥路上腐烂发臭，阳光透过云层把这个山村变成了一个大蒸笼。

村民们踩着家畜腐烂的尸体寻找回家的路，学校也被淹了，课桌凌乱地堆在教室里，地面上都是一层黄泥。

　　第二天有个大领导来了，在村口的时候便犯难了，车子开不进来，身后是摄像机和记者，他从车上下来，沿着村民走过的路，踩着家畜腐烂恶臭的尸体往村里走，走到村委会的时候，有个女记者趴在路边吐了。

　　大领导的脸色很难看，县长一直在拿手帕擦着额头上的汗水，大领导一言不发，走到学校的时候，大领导看着我们，只是说，在这么艰苦的条件下，真是辛苦你们这些年轻人了，我代表县里，代表乡里感谢你们。

　　后来很快施工队便来了，从乡里到村里的水泥马路在一个月后便修好了，从那以后去县城方便了很多，小车子也可以进出了。

　　郭树和我感叹，"我一直以为教育可以拯救这里，可是现在我想我错了。"

　　我摸着火锅的脑袋没有讲话。

　　郭树说："只有当官才能拯救这里，你看看我们在这里几年，改变了什么，什么都没有改变，但是大领导只是来了一次，走了一圈，水泥马路马上就从乡里通到了这里。"

　　我说："我们当不了大官，说不定我们的学生里面有人可以当大官当大领导，然后来帮助这里。"

　　郭树咧嘴笑起来，"这好像是我们聊以自慰的唯一办法了。"

　　不仅仅是修了进村的马路，施工队也进村里来了，"众志成城，重建家园"开始刷遍了村里的每一个角落，捐款和捐物源源不断地进来，汪灿一直以来运营的关于这个村庄的媒体账号忽然间就爆了，浏览量不断地攀升，这让汪灿感到害怕，私信里有太多太多的消息，汪灿根本看不过来。

　　汪灿成了名人，他的账号粉丝突破了 200 万，很多记者要来采访这个乡村自媒体人，但是汪灿都拒绝了，一起来的还有钱，很多广告商找过来，给汪灿一条视频 10 万的报价，只要在视频的结尾露出品牌 logo

就好。

汪灿迷茫了，10 万是什么概念，在这个人均年收入只有一万块钱左右的地方，发一条视频就能有一个普通农民 10 年的收入，在我们一个月只有 800 块钱补助，连吃一顿消夜都不敢点荤菜的地方，一条视频能够赚 10 万。

汪灿和我说："哥，你说我该怎么办？"

我笑着说："一条视频 10 万，你这是大 V 了啊，如果想赚一笔钱，就得趁这个机会。"

汪灿伸出手指在地上画着。

我接着说："其实赚钱没什么不对的，你也不可能一辈子在这里，你的视频是有力量的，让更多的人认识了这里，其实村里有如今的变化，你也贡献了一分力量，但是我希望你明白，你和这里是相互需要的，没有这里，你就成不了大博主，这里也需要你，去让更多的人了解这里的变化。"

汪灿说："我喜欢拍视频，我喜欢去分享，我觉得那是我生活的意义，但是我也清楚，我是一个支教老师，我的职责是教好这里的孩子，如果我因为拍视频赚钱，而不再是一个支教老师，我是不是就成了逃兵，成了懦夫？"

我看着汪灿一脸痛苦的表情，便笑起来说："这不是逃兵，你只是在发挥自己更大的价值，只要最后都能帮到这里，其实做什么不重要，你总不能要求一个木工也是最好的泥瓦匠吧。"

汪灿低着头没有说话。

我说："你别忘了初心就好，'不忘初心'四个字说出来很简单，但做起来很难。"

郭树开始打趣汪灿说："汪总，我可以给你提包吗？"

汪灿说："树哥，你别闹。"

郭树说："以后出去吃饭，必须你买单。"

汪灿说："这个没问题。"

郭树接着说："什么时候买辆四个轮子的车，现在路修好了，开上四个轮子的车带我们去县城大撮一顿，我们来这里这么久，就我一辆摩托车，都不能带大家一起去县城玩。"

汪灿说："以后再说，以后再说。"

让我们感到诧异的是，一个礼拜后这个梦想就实现了，不过不是汪灿实现的，而是他那个网恋的女朋友，那个女孩开着车直接到了学校的楼下，她从车上下来，把墨镜摘掉，然后对着宿舍楼喊："汪灿，你给我出来。"

我们扒在走廊的阳台上，看着一个身材高挑的女孩子，这可能是这个闭塞的农村里第一次有了时尚的概念，学校外面一下子围满了穿着朴素的男人和女人，也许他们只是在电视上见过这样的女孩子，郭树比汪灿更快地冲了下去。

郭树想搭讪，但是女孩看了一眼郭树说："你这大胡子该剪一剪，再长一点儿都可以做鸟窝了。"

郭树说："我有中东血统。"

女孩鄙夷地拿着眼镜在指尖摇晃了几圈说："你这土鳖还想装海归，你倒是先把那带着土渣味的普通话学好再来，别教坏这里的孩子。"

郭树傲娇着跑回楼上，痛哭着和我说："从来没有见过嘴这么毒的女人，汪灿一定要和她分手，太女强男弱了，汪灿不会幸福的，她一定是冲着汪灿的钱来的，要是兄弟，我们一起帮汪灿搅黄了去。"

我说："可是看起来不像啊，她开的车是奔驰，少说也得三十多万。"

郭树说："谁知道是不是租的，现在虚荣的女孩子太多了。"

我说："先看看再说。"

郭树一把拉住我讲："陆之开，我不管，你一定要站在我这边。"

女孩子走上楼梯，那气场让郭树立马扒在门框上不敢出来，她和汪灿说："广告不可以接，你要是缺钱和我讲，我就当投资人给你投钱。"

我看着郭树。

郭树把脸朝向一边。

女孩叫黄珊，成都人，家境优渥，爸妈都是商人，反正就是很有钱，她坐在汪灿的床上对着坐在凳子上的汪灿说："我和你讲了多少遍，目光要长远，虽然你现在有粉丝，但是粉丝都是这次灾难带来的，要是这个时候接广告，一定会被人骂，你也注定走不长远。"

汪灿说："可是我会把钱拿出来捐给学校。"

黄珊说："那也不行，现在的舆论有多可怕，有心者要是拿这个来炒作你根本就没办法去解释，你要知道，那些每天没事干的网民，最喜欢做两件事：一是塑造英雄；二是毁灭英雄。你现在就继续你的创作，要是缺钱，你和我讲。"

说着她把车钥匙丢给汪灿说："这车我开了两年，现在给你代步。"

我和郭树站在门口，郭树瞪大眼睛看着我讲："30多万的奔驰拿来代步，这得多有钱啊，要是尼珍也这么有钱就好了。"

我拍了一下郭树讲："你也好意思讲出来。"

郭树咧嘴一笑，"我就说说。"

汪灿倒好，把车钥匙还回去说："这个村里连轿车都没有，我开个奔驰像什么样子，我是来支教的，不是来炫富的，这样会给这里的人带来很不好的风气。"

黄珊一脸疑惑地讲："这车很贵吗？"

郭树冲进去拿过钥匙说："不贵不贵，汪灿，这我就要批评你了，你以后要拍很多视频，没有车子多不方便，人家也是一片好心，你可不能寒了别人的心。"

郭树说完一脸谄媚地看着黄珊笑着说："是不是，黄鳝姐。"

黄珊给了郭树一个白眼说："是黄珊，shān，第一声，你才黄鳝呢！现在对于支教老师的要求都这么低吗？普通话不标准就算了，连字都认不全也行。"

郭树愣了一下，然后把车钥匙丢给黄珊，号叫着又跑了出来。

我说："怎么了？"

郭树结巴着说："这女的，这女的……"

渐渐地，已经到了饭点，黄珊说："初次见面我请大家去县城吃一顿好的吧。"

郭树拉着我说："你要坚定立场，不能被糖衣炮弹收买了。"

我笑着说："不至于吧。"

黄珊站在门口叫我："开哥，快点儿，一起去；树哥，你去吗？"

郭树一扬头说："老子才不稀罕呢。"

我走到门口，郭树咬牙切齿，黄珊笑着说："那就算了。"

我们一起下楼，坐上车，车灯亮起来的时候，郭树一把拉开车门，恶狠狠地对我说："坐进去一点儿。"

我说："你不是不去吗？"

郭树说："你们都走了，我一个人无聊。"

"哦！！！！"

我们笑着连连应和。

黄珊待了两天便回去了，那台奔驰汪灿没有要，但是送了一辆五菱的面包车给汪灿，让他去拍摄的时候方便点儿。

郭树把对黄珊的不满发泄给了汪灿，从那以后，郭树便开始叫汪灿，"吃软饭的"。

"喂，吃软饭的，车借我开一下，我去找一下尼珍。"

汪灿好说话，每次都会笑着把车钥匙给郭树。

我就和郭树说："你能不能要点儿脸，你天天借别人的车，还要损别人。"

郭树说："他本来就是吃软饭的。"

我哈哈笑起来，"你就说吧，等黄珊来就要收拾你了。"

郭树支吾地讲："我会怕一个女的。"

我说："你这话等黄珊来了再讲。"

郭树转了转手里的钥匙说："汪灿他敢打小报告，我就撕了他。"

说完他大步往楼下走去。

汪灿成了大山的引路人。

他开始开着五菱到处拍视频，把这里的每一个角落都装进了视频里，火锅成了汪灿的帮手，渐渐地也成了汪灿大山故事里的主角，火锅的聪明一下子俘获了无数人的心，火锅会给那些贫困户去送面条送油，放学之后也学会了送路远的孩子回家，汪灿跟拍了几次，火锅变成了大网红，无数人留言要给火锅送礼物。

我当然也很开心，毕竟狗儿子出息，做爹的也光荣。

# Chapter 15

×

# 世 界 的 旋 涡

　　村里渐渐变得越来越好，马路宽了，水泥路直接通到了每一家的门口，自来水也接进了每家每户，路修好了，那么经济也就起来了，村里的农作物开始源源不断地运往城里，人们也开始变得有钱起来，以前村里的女孩都以嫁到外面为荣，如今终于有外面的女孩嫁进来了。

　　我们也可以随时随地去县城里吃一顿，然后当天就回来，火锅也开始每一顿都有肉骨头吃了，是那种没有剔掉肉的骨头。

　　但是第二年的冬天，一切都变了，在村里的水泥路上再也看不见火锅护送孩子放学回家的身影，再也看不见火锅给汪灿背相机支架的身影，再也看不见活泼聪明的火锅在学校的操场上和孩子们追逐的身影。

　　火锅死了。

　　被一个泥瓦匠用毒骨头毒死然后吃了。

　　我当时就晕了过去，醒来的时候已经是晚上，学校操场的灯异常明亮，操场上围满了人，村主任把泥瓦匠绑了，让他跪在操场中间。

　　村主任说："要杀要剐都听你的。"

　　我的眼泪不停地掉，我又想到了赵宁，赵宁被野兽吃得尸骨无存，我的火锅也被吃得尸骨无存，那一刻我才明白什么是心如死灰。

　　我走到泥瓦匠身边。

　　我问他："火锅是不是一下子就死了，你给我说说你是怎么把它杀了的。"

泥瓦匠一脸疑惑地看着我。

村主任说："让你说就说。"

泥瓦匠便回忆起来，"我好久没有吃狗肉了，这几天又冷得厉害，我本来想去打别人家的狗的，可是其他狗都太凶了，只有你的狗听话，不咬人，我就把药放进骨头的肉里，你的狗一点儿也没防备就吃了起来，一两分钟就死了，然后我就把它拿到后院，用火把它的毛烧掉，然后烧开水。"

我打住他说："它没有什么痛苦吧？"

泥瓦匠疑惑地看着我，村主任踢了他一脚说："你别磨叽。"

泥瓦匠说："能有什么痛苦，一下子就死得僵硬。"

我站起来，自言自语地讲："那就好，那就好。"

黄珊冲上前，一个耳光打在泥瓦匠的脸上。

泥瓦匠当时就愤怒了，在农村被女孩子打是一件奇耻大辱的事，泥瓦匠号叫起来，"不就是一只狗吗？你个女娃也配打我，老子赔你就是了。"

我说："算了，火锅只是一只狗，他杀了它，最多也就是拘留几天，派出所也不能拿他怎么样，算了，算了。"

说完我感觉太累了，我又晕了过去。

等我醒来的时候已经在县里的医院，我手臂上输着营养液。

郭树说："你已经昏迷了两天了，你要不要吃点儿东西。"

我摇了摇头，然后把脸撇向一边。

夜里，我听见黄珊和汪灿在那里吵架。

汪灿说："火锅是我的兄弟，是我的搭档，我要把它的遭遇告诉全国的粉丝。"

黄珊说："那能改变什么吗？火锅已经死了，它只是一只狗，但是你一旦说出去是这里的村民杀了它，那么这个村就完了，所有人所有的努力都完了，你那几百万喜欢火锅的粉丝会憎恶这里，会用舆论把这里淹没，这里又会重新回到贫瘠，你也完了，没有人再会去关注你的视频，你要知道你和这个村子是绑在一起的。"

汪灿说："那我也不管，我说过火锅是我的搭档，是我的朋友，我要给它一个公道。"

黄珊叫起来，"你怎么就这么倔，难道你要把这个村子毁了吗？"

我知道黄珊是在说给我听，她知道只有我的话汪灿才会听，那一刻我真正明白黄珊真是个厉害的女人，但是她说得对，不能因为火锅，把整个村子毁了，火锅也一定不希望这样。

等黄珊走了，汪灿留下来陪我。

我睁开眼睛和汪灿说："黄珊说得对，不能把村子毁了，大家走到这一步不容易，你就随便编一个理由好了，说火锅生病了。"

汪灿的眼泪掉在手臂上。

我累了，真的累了，我侧过身子去。

醒来的时候，小曼坐在我的身边。

看见小曼，我便再也抑制不住眼泪，我从床上挣扎着起来，一把抱住小曼。

我不停地说："对不起，对不起，我没有把火锅照顾好。"

小曼不停地拍着我的背，在我耳边轻轻地讲："我带你走。"

我唯一能做的只有走，永远离开这里。

小曼在附近的酒店住了几天，每天给我熬粥和煲汤，我出院的时候小曼陪我去学校和他们告别，我坐在凳子上，看着墙角火锅的小窝，心里还是剧烈地疼着，收拾好行李，我走出房间到走廊上，看着操场上忽然间多了许多孩子，他们手上抱着很多刚出生的小狗仔，他们齐声地说："陆老师，您别走好吗？"

我还是走了，从那些孩子们的身边走过，我可以不恨这里，但是我没有办法原谅。

在村口，汪灿送我和小曼去高铁站。

我和小曼说："我已经好几年没坐过高铁了，因为高铁不让带宠物，今天终于可以再坐一次了。"

小曼的手忽然间抓住我的手。

车子开在从村里到县城的路上没有扬起灰尘。

我说："他们依旧觉得火锅不过是一只狗，没错，火锅是一只狗，可是它比多少人更像个人。"

我和小曼回到了深圳，回到了这个没有夜晚的城市。

我终于鼓起勇气和小曼在一起了。

隔年的国庆，收到了郭树的请柬，他和尼珍在成都结婚，我竟然不知道他们定居成都了，在请柬上，郭树终于把胡子剃了。

风，开始有了秋天的味道。

我们买了机票飞到成都，是汪灿开车来接的，他也离开了那个村庄。

开的车，是以前的那一辆奔驰。

一路上汪灿说他也离开了那个村庄，孙晓燕也离开了。

我有些伤感。

汪灿说："因为那个村庄已经不需要我们了，现在村子条件好了，家家户户都变成了楼房，我也没有什么可拍的了，毕竟那个村庄已经和全国其他那些村庄没有什么区别了，一样的楼，一样的路，一样的人，也不再需要支教老师了，听说今年有很多毕业生选择去那里当老师，不但有编制，工资和市里也差不多，教学楼和宿舍楼都翻新了，变成了六层，周边的村庄都开始把孩子放在那里读书。"

我看着窗外，是流光溢彩的城市，夜空中没有星星，汪灿说，他在成都开了一家自媒体公司，过两年也会和黄珊结婚，以后也会多拍一点儿和黄珊在一起的视频，黄珊是强势了一点儿，但也是个心善的姑娘。

我问汪灿："你为什么会相信网恋？"

汪灿把车窗摇下来，窗外的风涌了进来，汪灿说："可能孤独的时候更容易敞开心扉，才能坦诚地把自己的灵魂展示在别人面前。"

我想晓月也是，是在我最孤独的时候闯进了我的生命里，我将最脆弱的自己交给了她，所以才这么多年都念念不忘。

　　在我内心的最深处，我听见了一个声音，该放下了。

　　我把眼睛闭上，大口呼吸着窗外的空气，手紧紧握着小曼的手。

　　汪灿说："陆哥，你忽然间问这个干吗？"

　　我说："想起了往事。"

　　车子在酒店门口停好。

　　郭树绕过其他客人径直往我这里走过来。

　　我们相互看了一眼，然后张开双臂给了彼此一个大大的拥抱。

　　我看着西装笔挺的郭树说："还是剃了胡子帅。"

　　郭树笑了笑，然后把我们迎进去。

　　我给了郭树一个红包。

　　小曼也从包里拿出一个红包。

　　郭树没收小曼的，而是把我的红包在眼前晃了晃说："一家人只收一个红包，这是礼数。"

　　孙晓燕已经坐在那里了，看见我来，便站了起来，我还看见了老刘，我大步走过去，和老刘握了握手，孙晓燕回老家了，成了当地小学的老师，老刘呢，去了苏州打工，再没做过老师。

　　婚礼的开场白，是汪灿做的视频，有太多我们关于学校的回忆，看到火锅的时候，我的心再一次被刺痛。

　　郭树把我们都叫上台去。

　　因为汪灿的原因，有记者问，是不是你们支教的那些伙伴今天都到齐了。

　　汪灿不知道怎么回答，因为这是郭树的婚礼，说不齐似乎有些不吉利。

　　郭树拿过话筒笑着说："还少了一位伙伴，它替我们永远留在了那里，它的名字叫火锅。"

然后荧幕上是一张大大的火锅的照片。

郭树看着我说："火锅是我朋友陆之开从深圳带过去的，让他来讲讲。"

我接过话筒，却不知道说什么，我回头看着火锅的照片，它再也不会趴在我的脚边了，我记得有个夜晚我没烟了，我对着客厅叫了几声火锅，那一阵安静让我真的害怕了，我才发现火锅是真的走了。

我的眼泪不断地掉下来，我说不出一句完整的话，最后只是断断续续地讲："火锅最后都没有走出你们四川，你们以后在吃火锅的时候都多想一想它，它也是为四川教育做出过贡献的。"

台下一片笑声，但是台上的人都在掉眼泪。

我问小曼："如果那年我们没有收留火锅，是不是更好，虽然还在流浪，至少它还活着。"

小曼握住我的手讲："火锅一定不会后悔跟着你。"

那夜大家都喝醉了。

老刘说："我是被冤枉的，我没有睡她。"

我说："那你为什么不说清楚？"

老刘就哭了，"说不清楚的，在那个地方哪说得清楚，也没有人会听你说，他们只是想要我那点儿钱。"

我拍了拍老刘的肩膀说："都过去了。"

老刘点了点头说："嗯，再也不去了。"

那一瞬间，我发现老刘已经有一半白发了。

# Chapter 16

×

# 天 各 一 方　　此 生 不 见

"你还是把我奶奶放下了。"

我有些难过，我看着眼前这个已经垂垂老去的男人，阳光从窗户外照进来，落在他洁白的被子上。

他的目光浑浊，端起茶几上的水喝了一口说："是的，我早就把晓月放下了，因为那一年我知道晓月的耳朵治好了，她不再需要我，而小曼才是我生命里的人，我把这一辈子的爱都给了小曼，而晓月只是我生命里遥远的月亮。"

我有些恼怒地说："可是我奶奶记了你一辈子。"

他的嘴唇有些颤抖，然后深深地叹了一口气，"她为什么那么傻，本来就是不可能的人，何必成为一辈子的牵绊呢？"

我的目光越过窗户望向窗外，外面依旧晴空万里，炮哥打电话跟我说："要回去了，时间不早了。"

挂掉电话，我和他说："我奶奶念了一辈子，她去了深圳，去了西安，现在找到了这里，她想见你。"

这时候小悠拿着饭进来，我说："我不吃了，我要回去了。"

小悠说："哥哥，你吃一点儿，我爸爸特别买了基围虾。"

我看着眼前的小女孩，忽然间有些难过，那种难过我不知道怎么去形容，好像我们都是意外来到这个世界的一样，好像被流放了一样，我笑了一下，然后走出了病房。

炮哥在楼下等我，见我一言不发地坐进车里，炮哥把车掉了一个头然后开在主干道上，炮哥说："洵安，你也别怪你舅爷，他也有难处。"

　　我冷笑了一下说："他就是个懦夫，他害怕奶奶会怪他，所以他把我拉出来，因为不管我做了什么，奶奶都不会怪我。"

　　接着我一拳打在了车门上，"可是奶奶依旧会很伤心啊！"

　　炮哥没有说话，他安静地开着车，车窗外是这座闷热的小城，街边的人群缓缓地走着，樟树的树荫下，推车卖冰凉粉的小摊前站满了人。

　　回到酒店，舅爷叫住我说："臭小子，怎么样？"

　　我一把挣脱舅爷拉着我的手，然后大步地往电梯间走去，舅爷在身后叫着："兔崽子，反了你了。"

　　我回到房间，打开电脑，便给孝琴写信。

　　"陆之开还是把奶奶给放下了，我很难过，我为奶奶感到不值得，她心心念念了一辈子的人，却早就把她放下了，他和别人结婚了，和一个爱他的人。

　　"我不知道该怎么办，如果奶奶知道是这样的结果会不会很伤心，你说我该怎么办，我要不要告诉奶奶？"

　　打完这些字，我的眼泪就掉在了键盘上，我把电脑合上，然后躺在床上，我的心渐渐变得安静下来，愤怒与悲伤好像沙粒一样渐渐沉下来，我想着陆之开那些年的境遇，这一切并不能怪他，因为奶奶的出现已经把他一生的轨迹给打乱了，他也等过奶奶，可是奶奶结婚了，并且有了方木白，你又怎么能指望陆之开一直去等一个结了婚的奶奶呢？

　　想着想着，我便睡着了，醒来的时候已经到了下午，我起床去冲了一个澡，然后便收到了孝琴的回信。

　　"不管如何，我都觉得你奶奶应该知道，其实你奶奶想要的并不是一个依旧对她念念不忘的陆之开，只是想给这么多年的思念画上一个句号。

　　"再换一个角度来想，其实你奶奶也更愿意看到一个幸福的陆之开，而不是一个因为她而一生孤苦的陆之开，爱一个人，总是希望他好的。"

让我感到诧异的是，爷爷给我打电话了，我站在窗台前，爷爷问我在这里还好吗，吃的习惯吗，我说一切都好。

爷爷并不知道我们来到了湖南，这些年很多事情奶奶都不会和爷爷说，我和爷爷在家里也很少聊天，所以这一次我和爷爷的说话，就好像陌生人那么礼貌，我知道爷爷是想让我告诉他奶奶的情况，但是我又不能和他讲，至少在现在这个时候。

挂掉电话，我忽然间同情爷爷，他一定也很失落，但是这种失落他深深地埋在心里，也许有一天别人知道陆之开和奶奶的故事，他们会感动，会落泪，但是我想最伟大的是爷爷，如果不是爱，在这漫长的岁月里，谁又能这样去守护一个人呢。

我开始明白，舅爷给我的这道题，其实不需要我来解，这道题应该交给陆之开。

我把爷爷和奶奶的故事讲给了陆之开听，其实在这漫长的岁月里，彼此都有了最好的结果，奶奶有了爷爷的庇护，而陆之开有了宋曼的爱，剩下的不过是远在空中的月亮，那么明亮那么美丽，这些不就够了吗，何必要去月亮看一看那千疮百孔呢？

我和陆之开说："陆爷爷，我会告诉奶奶你在这里的。"

我想他一定明白我的用意。

我又等了两天，陪奶奶在这座小城里转，好像秋天要来了，夜里的风开始有些凉，我已经不再焦虑了，我也开始相信奶奶和陆之开都会以最好的方式继续生活下去，我的奶奶永远是我的奶奶。

我把一切都告诉奶奶的时候，奶奶并没有显得激动，而是淡淡地说："既然找到了，那就去见一下吧。"

那语气平淡的好像是，稻田里的稻谷成熟了去收割一下，汽车没油了去加一下，月底该交话费了去交一下，我看着奶奶往前走的背影，忽然间发现奶奶其实还是老了，她慢悠悠地走着，一只手撑着腰，香瓜奶奶走得更慢，天空中月亮皎洁如玉。

舅爷夜里敲我的门。

他目光如炬地看着我说："你都和奶奶说了。"

我点点头。

舅爷搓了搓双手，然后焦急地来回踱步，他像一头笨熊一样走来走去。

我说："舅爷，你别转了，我都要晕了。"

舅爷说："小兔崽子，你奶奶的脾气你是知道的，要是她倔起来要留下来怎么办？"

我摊了摊手说："那就顺其自然好了。"

舅爷目瞪口呆地看着我。

我恶作剧地对舅爷笑起来，"当年你悄悄去见陆之开的时候，你相信他，现在也应该相信他。"

舅爷大惊地对我说："这个他都和你讲了，你没和你奶奶讲吧。"

我说："舅爷，你真是个卑鄙小人。"

舅爷愤怒地看着我。

我赶紧笑着往后退了几步讲："你要是凶我，我就告诉我奶奶去。"

舅爷换了笑脸说："那时候都是为了你奶奶好。"

我说："我知道，所以舅爷，你就别操心了，都快 40 年了，不管是何种结果，都该有结果了。"

舅爷盯着我，过了很久，他站起来拍了拍我的脑袋说："是啊，连你这小兔崽子都长大了。"

第二天，我们去医院，车子停在医院的门口，天空碧蓝得像一片湖，奶奶和香瓜奶奶搀扶着走下车。

走了快 40 年，终于就要走到一起去了，我看着奶奶的目光里已经有了泪花，我搀扶着她，她摆了摆手说："不用，我自己走就好。"

我们跟在奶奶的后面，那一路走得很慢很慢，医院里人很多，来来往往的有护士还有病人，走道里的灯有些昏暗，空气里都是消毒水的味道，走到陆之开的病房，和我想的一样，陆之开已经走了。奶奶深深地叹了一口气。

护士走过来，她问："是来找陆之开的吗？"

奶奶说："是的，他人呢？"

护士说："今早出院了。"

然后她把一张照片拿出来，在奶奶的眼前晃了晃。

"他说把这个交给来找他的人。"

奶奶接过照片，那是 30 多年前的奶奶，照片已经泛黄，陆之开珍藏了 30 多年。

在照片的背面，却有一行新写上去的字：

"晓月，我过得很好，你是我永远的月亮。"

奶奶的手垂下来，嘴里不停地说："罢了，罢了，没有遗憾了。"

昨天还是月明星稀，今日便下起了雨，舅爷让炮哥先把香瓜奶奶送上去西安的飞机。

两位老人紧紧地拥抱着告别，我们也订了下午的机票。

到厦门的时候，爷爷和方木白站在出口处。

爷爷看见奶奶，蹒跚地走过来，他一瘸一拐的样子让我忽然间有些想笑，奶奶站在那里等爷爷走近了说："你个老头子，就不能好好拄着拐杖吗？"奶奶说完，然后对着方木白说："还有你，臭小子，也不知道扶扶你爸，脑袋都是糨糊吗？真是上辈子遭了什么罪，遇见你们这对父子。"

我们看着奶奶的背影，奶奶走了几步，然后回过头来对着爷爷说："我说老头子，你倒是跟上来啊！"

我愣了一下，这么多年我从来都只听奶奶直接叫爷爷的名字，叫"老头子"这还是第一次。

爷爷的脸一下子就红了。

我和舅爷，还有方木白都笑起来。

我叫住方木白。

"爸爸，妈妈呢？"

方木白也愣了一下，毕竟我也好多年都不叫他爸爸了。

"你妈在家里做饭呢。"

（全文完）